KB243145

공현의 낙수에서 배로 황하로 들어가며
즉흥시를 지어 부현의 벗들에게 부치다

自鞏洛舟行入
黃河卽事寄府縣僚友

강물 낀 푸른 산 뱃길은 동쪽을 향하고
동남쪽 사이 활짝 열려 드넓은 황하로 통하네
겨울 나무는 먼 하늘 끝에 닿아 희미하고
석양은 물결 속에서 사라져 간다

來水蒼山路向東
東南山豁大河通
寒樹依微遠天外
夕陽明滅亂流中

만검조종

萬劍祖宗

만검조종 1
한성수 新무협 판타지소설

초판 1쇄 찍은 날 § 2006년 2월 10일
초판 1쇄 펴낸 날 § 2006년 2월 20일

지은이 § 한성수
펴낸이 § 서경석

편집장 § 문혜영
편집책임 § 김민정
편집 § 이재권 · 서지현

펴낸곳 § 도서출판 청어람
등록번호 § 제1081-1-89호
등록일자 § 1999. 5. 31
어람번호 § 제2-0836호

주소 § 경기도 부천시 원미구 심곡1동 350-1 남성B/D 3F (우) 420-011
전화 § 032-656-4452 팩스 § 032-656-4453
http://www.chungeoram.com
E-mail § eoram99@chollian.net

ⓒ 한성수, 2006

ISBN 89-5831-985-2 04810
ISBN 89-5831-984-4 (SET)

만검조종

萬劍祖宗

Fantastic Oriental Heroes

한성수 新무협 판타지 소설

1

신공절학을 익히기보다는
만 번 단련함이 옳다

도서출판 청어람

목차

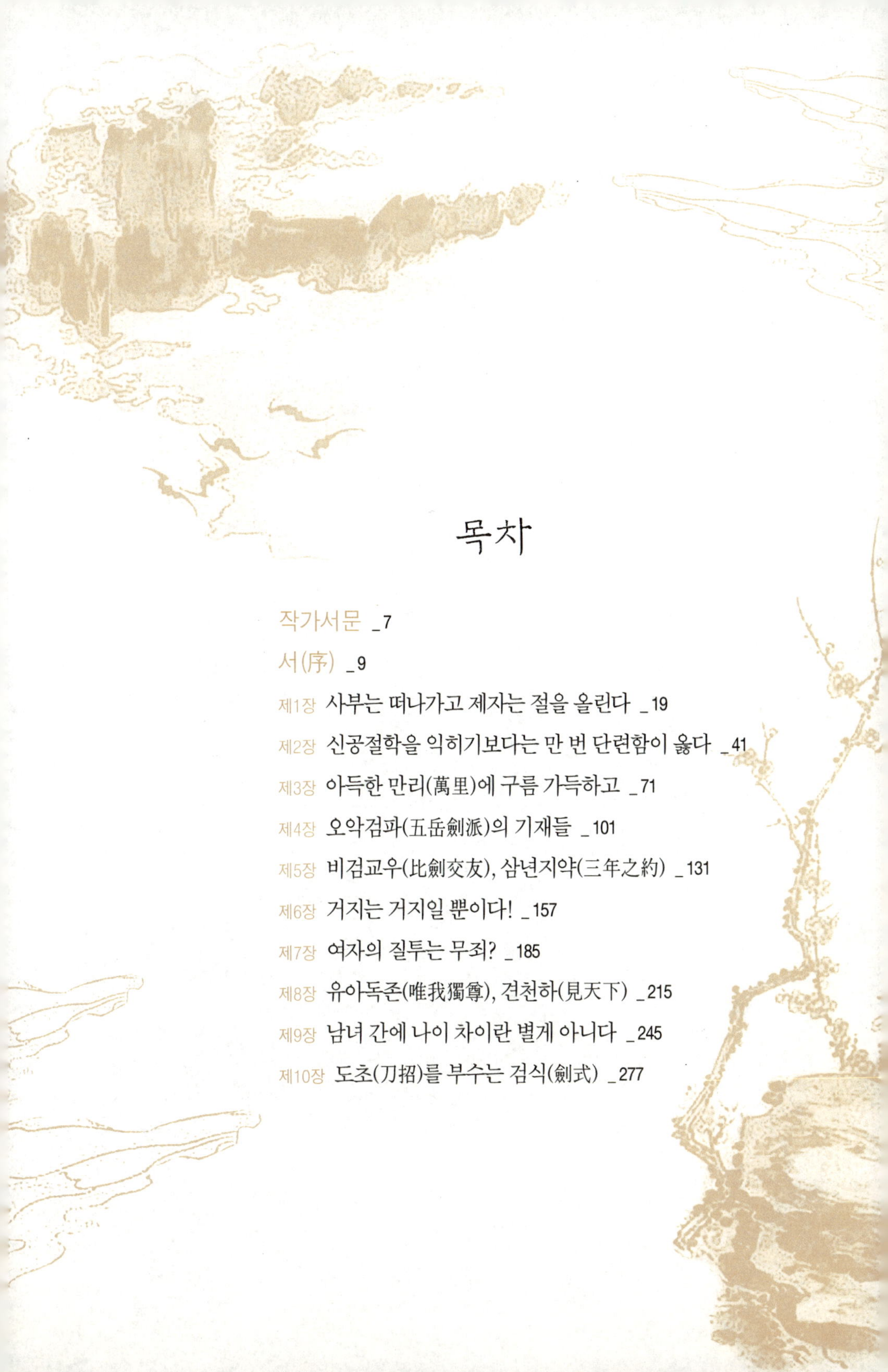

작가 서문

어떤 문파에서든 무적의 전설은 있다!

한성수

序 1

두 자 일곱 치.

검에 내려앉은 기운은 억겁과 같은 세월이고, 하늘마저 갈라놓을 듯한 패도.

창천이여! 황토여!

하늘과 땅 사이에 홀로 선 한 검자(劍者)가 있으니, 내 검을 보소서!

이것이 바로 백만 번을 갈고닦아 완성한 지존(至尊)의 검이요!

천장단애(千丈斷崖).

홀로 서서 크게 소리친 검자가 검무(劍舞)를 추기 시작한 순간, 하늘이 열리고 그 속에서 기린과 옥룡이 구름을 뚫고 내려왔다.

검선지경(劍仙之境).

그것조차 그리 멀어 보이지 않는다.

검으로서 선(仙)을 구하니 이것이 바로 하늘에 이름이요, 땅의 도리를 구하는 바다. 그리하여 하늘이 검에 화답하고 땅이 이를 허락하니, 검자는 곧 풍운(風雲) 속에 그 모습을 감추었다.

자신이 만들어놓은 그곳으로…….

序 2

　　만검조종(萬劍祖宗),

만검에는 본시 첫 시작이 있고,

우공이산(愚公移山).

어리석은 자가 산을 옮긴다.

어지럽게 늘어져 있는 문방사우(文房四友).

그 가운데 좌정한 채 눈을 반개하고 있던 이십 세 중반쯤 된 청년의 눈꺼풀이 가볍게 떨렸다. 잠시 벽에 걸어놓을 좋은 글귀를 생각하다 깜빡 잠이 들었다가 깼다.

꿈속.

그곳에서 그는 평생에 걸쳐 갈고닦은 필생의 검식을 마음껏 펼쳤다.

현실에선 경험한 일이 없는 무한한 기쁨과 해방감을 맛본 것이다.

'…파산(破山)만으로도 당적할 자가 천하에 없는데 아직 이름조차 정하지 못한 구검 연환 같은 걸 펼쳐야 할 일이 있을 리가 없지.'

내심 고개를 가로저은 청년이 감고 있던 눈을 뜨고 자신이 써놓은 글귀들을 바라봤다.

"흠, 어기충소(御氣沖霄) 같은 것도 써야 하려나?"

청년이 써놓은 글귀 중엔 꽤나 그럴듯한 사자성어가 잔뜩 적혀 있었다. 모두 앞으로 받아들일 제자들에게 보여 귀감이 되게 할 글귀였다.

그러나 너무 많음은 부족함만 못한 법.

청년은 천천히 고개를 흔들곤 자리에서 일어나 이미 몇 가지 글귀를 걸어놓은 고택의 대청 이곳저곳을 바라봤다.

다소 낡긴 했으나 제법 운치가 있는 광경이었다. 청년으로선 가진 돈을 몽땅 털어서 마련한 곳이니만큼 그렇지 않으면 곤란하기도 했다.

청년은 대청을 벗어나 밖으로 나섰다.

오늘은 스스로 문파를 세우기로 결정한 첫날이었으나 오랫동안 헤어져 있던 사부를 맞으러 출발해야만 했다. 벽에 걸 글귀 정도를 가지고 한없이 시간을 끌고 있을 순 없었다.

청년이 고택을 빠져나왔을 때였다. 꽤나 오래전부터 청년이 나오기만을 기다리며 고택 주변을 맴돌고 있던 세 명의 노인이 제각각의 표정을 한 채 다가들었다.

"모두 약속대로 오셨군요."

청년이 미소 지으며 노인들을 반기자 윤기가 자르르 흐르는 흑발, 흑염에 묵빛 전포를 걸친 패도적인 인상의 노인이 벌컥 화를 내며 소리쳤다.

"약속이 다르잖는가, 약속이!"

"제가 약속 시간에 늦은 겁니까?"

"노부는 지금 약속 시간을 말하고 있는 게 아닐세! 다른 일을 말하고 있음이야!"

"아!"

청년이 그제야 알았다는 듯 나머지 노인들에게 시선을 던지자 묵포노인이 여전히 화를 내며 소리쳤다.

"노부는 자네가 이럴 줄 몰랐네! 어찌 노부를 불렀으면서 저 벼락을 맞아 뒈질 다른 늙은이들이 여기 있을 수 있단 말인가?"

"거기엔 사정이……."

청년이 침착하게 전후 사정을 설명하려 입을 열었을 때였다. 묵포노인과 꽤나 멀리 떨어져 하늘만을 응시하고 있던 백색 학창의를 걸친 백발, 백염의 노인이 나직이 한숨을 토해냈다.

"허어, 어찌 세월이 지나도 저놈의 지랄맞은 성질은 변함이 없단 말인가."

"무어라?"

묵포노인이 시비를 건 백발노인을 죽일 듯이 노려봤다. 오늘 모인 세 사람 중 묵포노인이 평생 원수처럼 생각하고 있는 사람이 바로 백의노인이었다. 그와 얼굴을 마주한 것만 해도 불쾌하기 짝이 없는데 시비까지 걸어오자 도저히 참을 수 없었다.

번뜩!

묵포노인의 눈이 짙은 살기를 뿜어냈다, 과거 소림사(少林寺)의 전설이라 불리는 백팔나한대진(百八羅漢大陣)을 단신으로 부술 때 보였던 것과 동일할 정도로.

그러나 그 정도 살기에 주눅이 들 백의노인이 아니다. 그는 가볍게 묵포노인의 살기를 무시하고 청년을 원망스럽게 바라봤다.

그는 내심 오늘 눈앞의 청년과 만날 약속에 봄날 계집아이와 같이 가슴이 두근거렸었다.

그의 평생에 처음 있는 일로, 뭇 제자들과 도손들에게 이런 마음이 들킬까 봐 십여 일 전부터 표정 관리를 하느라 힘이 들었을 정도이다.

한데 날듯이 약속 장소에 도착해 보니 원수 같은 묵포노인이 먼저 도착해 있는 게 아닌가!

백의노인은 순간 억장이 무너지는 걸 느꼈다. 그리고 약속의 주재자인 청년에게 극도의 서운함과 원망을 느꼈다. 그런 마음마저 조금 후 다른 한 명의 노인이 도착하며 산산조각나 먼지로 변해 버렸지만 말이다.

멀뚱하게 서 있는 청년에게 원망의 시선을 던진 백의노인이 묵포노인에게 경고하듯 말했다.

"늙어도 죽지도 않는 마두야, 당장 그 너절한 마기를 뿜어내는 걸 그만두는 게 좋을 것이다! 아직도 내 검은 녹슬지 않았으니까!"

"검이 녹슬지 않았다? 정말 그런지 내가 한번 견식해 봐야겠구나!"

"얼마든지!"

백의노인이 묵포노인의 살기에 대항하기 위해 기운을 일으키자 주변 분위기가 급격히 살벌하게 변했다. 당장 피를 부르는 싸움이 벌어져도 모자람이 없을 듯한 상황.

두 노인의 중간쯤에 서서 얼굴을 부채로 가리고 있던 자줏빛 청룡포를 걸친 부드러운 인상의 노인이 나직이 혀를 찼다. 그는 두 노인과 꽤나 오래전부터 알고 지내던 사이로 이와 같은 광경을 적어도 세 번은 목도한 일이 있었다. 이젠 슬슬 지겹기까지 했다.

자의노인이 두 노인은 놔둔 채 살그머니 청년 쪽으로 다가섰다.

"두 사람이 아무래도 삼십 년 전의 은원을 풀고자 하는가 보네. 노부는 그런 것에 별 관심이 없는데 자네는 어떠한가?"

청년이 미소하며 대답했다.

"저 역시 관심없습니다."

"과연."

자의노인이 청년을 향해 고개를 끄덕여 보이자 서로를 향해 당장에라도 뛰어들 듯 기세를 올리던 두 노인이 버럭 노성을 터뜨렸다.

"이 비열한 놈!"

"또 중간에 끼어들어 이득을 취하려 하는가!"

자의노인이 두 사람을 번갈아 바라보고 충고하듯 말했다.

"나는 그저 만검조종이라 할 수 있는 천하제일의 기인을 한시라도 빨리 만나고 싶을 뿐일세. 두 사람의 결과 없는 싸움은 삼십 년 전에 질리도록 봤으니 다시 보고 싶지 않을 뿐이네."

"그, 그거야……."

"나도 당연히 그런 생각을 하고 있네."

묵포노인과 백의노인이 그제야 만장했던 살기를 죽일 기미를 보이자 자의노인이 빙긋이 웃어 보였다. 자신의 말이 천하에서 가장 고집불통이라 할 수 있는 두 사람에게 먹혔음을 알고 만족한 것이다.

"지난 일 갑자 동안 우리 세 늙은이는 몇 번이나 싸워왔네. 하지만 결국 누구도 천하제일이 되지 못했네. 어찌 이제와 다시 해묵은 싸움을 벌이려 하는가. 이미 당대의 천하제일기인이 존재하는 판에 부끄럽지도 않은가?"

자의노인의 말에 묵포노인과 백의노인의 시선이 묵묵히 고택 앞에 서 있는 청년을 향했다. 자의노인의 말에 평생 단 한 번도 수긍해 본 일이 없지만 이번만은 다르단 생각이 들었기 때문이다.

묵포노인이 겸연쩍은 기색으로 말했다.

"이게 모두 자네의 탓일세! 어찌 처음부터 노부만 부른 게 아님을 말해주지 않았는가?"

"그랬으면 오늘 이곳에 오지 않았을 텐가?"

자의노인이 놀리듯 묻자 묵포노인이 입을 굳건히 닫았다. 청년과의 약속을 지키는 건 둘째치고 천하제일기인을 보기 위해 결국 자신이 이곳을 찾았으리란 걸 알고 있기 때문이다.

자의노인이 청년에게 말했다.

"슬슬 출발해야 하지 않겠는가? 노부는 정말 천하제일기인이 보고 싶어 몸살이 날 지경이라네."

"노부 역시 기대하고 있다네."

마지막으로 백의노인마저 채근하듯 말하자 청년이 세 노인을 하나하나 눈으로 살피곤 입가에 매달려 있던 미소를 지웠다. 다소 풀어진 듯 보이던 인상이 급격히 냉철하게 변하는 순간이었다.

그가 경고하듯 말했다.

"출발하기 전에 한 가지만 다짐을 받겠습니다. 세 분 선배님은 결코 제 사부님을 만난 후 지금과 같은 행동을 하시면 안 됩니다. 사부님은 저와는 달리 세속을 벗어난 신선 같은 분이시니까요. 결코 화를 내선 안 되고, 함부로 무공을 드러내거나 무례한 언사 역시 자제해 주십시오. 어떻게든 제가 막아보도록 하겠지만 사부님께서 한번 화를 내시면 천지가 진동하니, 결코 세 분 선배님의 안위를 장담할 수 없습니다."

　세 노인의 얼굴에 일순 긴장이 흘렀다. 그들이 알고 있는 청년은 결코 남에게 허언을 하는 사람이 아니었다. 그가 이 정도로까지 말한다면 분명 사실일 터다.

　"허허, 자네 같은 걸출한 인재를 키워낸 분이 오죽하시겠는가!"

　"염려 놓으시게! 그저 노부는 그분의 존안을 보는 것만으로도 일생의 광영으로 여길 터이니!"

　"이를 말인가!"

　세 노인이 언제 죽일 듯 언성을 높이고 살기를 뿌렸냐는 듯 이구동성으로 소리치더니 어느새 서로 간의 거리를 좁혔다. 혹시라도 청년의 사부가 화를 내는 일이 생길 시 서로 손을 잡아야만 할 초유의 사태가 벌어질 수도 있기 때문이다.

　그 모습을 묵묵히 바라보며 내심 피식피식 웃는 청년의 시선이 먼 동쪽을 향했다. 참으로 오랜만에 사부를 다시 만날 생각을 하니 기쁨과 함께 묘한 불안감이 가슴을 짓눌러 왔다.

　'그런데 사부님께서 혹시 너무 놀라 심장이라도 나빠지시면 곤란한데 말야…….'

　청년이 입가에 내심을 읽을 길 없는 미소를 매단 채 뒤통수를 손으로 긁적거렸다.

제1장

사부는 떠나가고 제자는 절을 올린다

　소산 내 제자야, 갑자기 이 사부의 모습이 보이지 않아 당황스러울 것이다. 오늘은 네게 드디어 이 사부의 비장의 절기인 천지무상독존검법(天至無上獨尊劍法)의 진정한 위력을 보여주려 했는데 말이다.

　기실 과거 네게 말했다시피 이 사부는 당금 무림의 최강이라 일컬어지는 삼존(三尊) 따위는 안중에 두지 않는다. 그들의 무위란 고작해야 한 부분에서 일가(一家), 혹은 일절(一絶)을 이뤘을 뿐, 진정한 무학의 깊이에는 발끝조차 담그지 못했기 때문이다.

　본래 와호장룡(臥虎藏龍)이라 하지 않더냐!

　하나 어찌 이 사부가 이곳 강서성(江西省)의 옥화산(玉化山)에 은거한 걸 알았는지 삼존이 감히 도전장을 보내왔구나. 가히 가소롭다 하지 않을 수 없는 일이나 이 사부 역시 무인인 이상 어찌 도전을 받고 그냥 물러설 수 있겠느냐?

그래서 밤새 깊이 생각한 끝에 이 사부는 삼존의 도전을 받아들이기로 하고 지금 길을 나선다.

그러나 만의 하나이겠지만 너는 혹여 이 사부가 돌아오지 않더라도 삼존을 찾아 복수하겠다는 생각은 하지 말거라. 사부는 삼존을 이긴다 해도 결코 자신을 드러내지 않고 우화등선(羽化登仙)할 터인즉.

사부가 천지무상독존검법을 깊이 체득해 보니 이 검법을 대성하면 결국 호풍환우(呼風喚雨)하고 선(仙)의 깊은 경지에 들어서 인세에는 남을 수 없게 되더구나. 사부야 이미 살 만큼 살았으니 상관없겠으나 너같이 앞날이 구만리 같은 녀석에겐 못할 짓인 것 같다는 생각이 들었다. 그러니 너는 깊이 생각해 보고 굳이 사부의 뒤를 따를 필요는 없느니라.

전낭에 돈을 좀 남겨놓았다. 너도 다 컸으니 그리 큰 걱정은 되지 않지만 예쁜 각시를 얻으려면 무일푼이어선 곤란하지 않겠느냐.

사부 단양이 적는다.

날이 밝자마자 추소산은 평소처럼 동굴 안을 깨끗이 정리하다 붉은색 전낭과 편지 한 통을 발견했다. 그중 먼저 편지부터 개봉한 추소산의 입가에 '훗' 하고 미소가 번져 나왔다.

눈가에 감도는 부드러운 기운과는 당최 어울리지 않는 실소.

추소산의 눈에는 간밤 고심고심하며 편지를 썼을 단양의 모습이 손에 잡힐 듯 똑똑히 보였다.

당시엔 혹여 사부 단양이 놀랄 것을 걱정해 실눈조차 뜨지 않았지만 땅이 꺼질 듯하던 한숨 소리와 작은 부시럭거림으로 모든 상황은 짐작한 바였다.

'그래도 끝까지 이런 편지를 남기실 줄이야…….'

추소산은 어느새 축축하게 젖은 눈으로 편지와 전낭을 고히 품속에 집어넣었다.

추소산이 사부 단양과 만난 건 지금으로부터 육 년 전, 그의 나이 십이세 때의 일이다.

당시 강남은 대가뭄 뒤에 장강 상류에서 일어난 홍수로 기아와 난민이 들끓고 있었다.

당연히 도시의 길거리에는 추소산 또래의 거지 아이들이 떼를 지어 뛰어다니며 행인들에게 구걸하고, 음식 가게 앞을 서성이며 무엇이라도 훔쳐 먹을 생각으로 가득했다.

추소산 또한 별반 다르지 않았다. 그때 그는 괜스레 콜록거리며 아픈 시늉을 하던 중 얼굴에 술기운이 얼큰하게 오른 사부 단양을 만났다.

반백이 다 된 머리와 수염.

남루하지만 더럽지 않은 청의 경장에 허리춤에 매달린 철검.

추소산의 눈에 단양은 꽤나 대단한 사람 같아 보였다. 특히 그는 아무도 눈여겨보지 않던 자신에게 다가와 관심을 보이자 정신이 번쩍 드는 느낌이었다.

"부모나 형제가 있느냐?"

단양의 물음에 추소산은 얼른 고개를 가로저었다. 순간 추소산의 뱃속에서 들린 꼬르륵 소리에 단양이 사람 좋아 보이는 웃음을 얼굴에 담았다.

단양이 추소산에게 손을 내밀며 말했다.

"일단 요기부터 하자꾸나."

"예……."

추소산은 대답과 함께 비틀거리며 자리에서 일어섰다.

그때까지 그는 나이 십이 세가 되도록 거지처럼 길거리를 떠돈 자신에게 처음으로 친인이라 할 수 있는 존재가 생기리라곤 생각지도 못했다.

추소산은 밥을 얻어먹으며 자신의 신세 내력을 단양에게 천천히 설명했다. 오 년 전 강남을 휩쓴 기근 때문에 부모에게 팔린 처지로 일 년 전까진 곡마단을 쫓아다녔는데, 갑자기 녹림(綠林)의 산적을 만나 다시 고아가 된 과정을 세세히 이야기한 것이다.

당시 곡마단의 사내들은 죽거나 병신이 되었고, 여자들은 모두 산적들에게 잡혀갔는데, 추소산은 나이가 어리다는 이유로 한 목숨 부지할 수 있었다.

기구한 팔자를 타고났다고 할까?

단양은 배를 채우고 객잔에 방을 얻은 뒤 차근차근 자신의 신세를 풀어놓는 추소산의 말을 들으며 내심 고개를 끄덕였다.

그가 보기에 추소산은 꽤나 험한 일을 연달아 당했음에도 크게 성격이 거친 것 같지 않고, 구김이 보이지 않는 데다 말 또한 조리있게 잘했다. 이만 하면 제자로 삼아 자신의 뒤를 잇는 데 부족함이 없는 재목으로 생각되었다.

"허어, 어린 나이에 참으로 힘든 삶을 살았구나."

"험한 세상이니 어쩔 수 없다고 생각합니다. 하지만 절 귀여워해 줬던 곡마단의 누님, 누이들을 생각하면 지금도 마음이 좋지 않습니다. 그때 제게 힘만 있었어도……."

단양이 크게 고개를 끄덕여 보였다.

"그래, 네가 그런 도리까지 안다니 참으로 장한 일이다. 그래서 말인데, 이렇게 우리 두 사람이 만난 것 또한 인연이니 너는 노부의 제자가 되지 않겠느냐?"

"절 제자로 받아들여 주시겠다는 겁니까?"

"그렇다."

단양은 참으로 근엄한 표정을 지어 보였다. 적어도 어린 추소산의 눈에는 그렇게 보였다.

벌떡!

생각할 것도 없이 자리에서 일어선 추소산이 얼른 사제지간을 맺는 구배지례를 올리기 시작했다.

일 배, 이 배, 삼 배…….

정중하고 성의를 다해 머리를 바닥에 박는 추소산을 단양은 흐뭇한 표정으로 바라봤다. 눈치가 빠를뿐더러 예의 바른 제자를 얻었다는 생각에 기분이 한껏 고양되었다.

결국 구배지례(九拜之禮)를 끝마치고 고개를 든 추소산이 들뜬 목소리로 소리쳤다.

"사부님, 이제부터 이 제자는 성심성의를 다해 사부님을 모실뿐더러 결코 무공 수련을 게을리 하지 않을 것입니다!"

"무… 공……?"

"제자는 녹림의 도적들에게서 도망친 후 몇 달에 걸쳐서 곡마단의 누님, 누이들을 구해내려 노력했습니다. 그렇지만 세 차례나 시도하고도 성공하지 못했습니다. 무공을 익히지 못했기 때문입니다. 그런데 오늘 하늘의 도우심으로 사부님을 만났으니 얼마나 다행스런 일인지 모르겠습니다."

추소산은 자기가 말하고 혼자 감격해했다. 스스로 밝힌 포부가 꽤나 마음에 들었기 때문이다. 그는 당시 자신을 바라보던 단양의 당황한 표정을 살필 겨를이 없었다.

단양이 잠시의 침묵 끝에 말했다.

"그렇구나. 네가 무학에 그렇게나 깊이 뜻을 두고 있었구나."

"예, 그렇습니다."

추소산은 대답과 함께 순진한 기대감이 가득한 눈빛을 던졌다. 그러자 단양이 한차례 헛기침과 함께 입을 열었다.

"크허험, 노부는 본래 너를 거둔 후 그저 평범한 권각 정도를 가르치려 했다. 그것만으로도 제 한 몸 호신할 수 있을 정도는 되리라 봤던 것이다. 그러나 네 무공에 임하는 자세와 뜻이 이와 같다니 노부로서도 생각을 달리할 수밖에 없겠구나. 너에게는 노부의 비장의 절기를 가르쳐 주겠느니라."

"아!"

추소산은 크게 탄성하며 다시 머리를 바닥으로 향했다. 역시 자신의 생각대로 단양이 무림 고수가 분명하단 사실이 밝혀졌기 때문이다.

단양이 천천히 말을 이었다.

"너는 현 무림에서 가장 강한 세 사람이 누구인지 아느냐?"

고개를 든 추소산이 잠시 생각하다 대답했다.

"삼존이 아닙니까?"

"그렇다. 삼존이다. 그럼 너는 삼존이 어떠어떠한 내력을 가졌는지 아느냐?"

추소산이 고개를 저어 보였다. 삼존이란 이름은 너무나 유명하여 어린 그조차 그 소문을 익히 들은 터였다.

사실 무림에 대해 조금이라도 관심이 있는 사람이라면 그 이름을 모른다는 게 불가능할 정도였다.

하지만 곡마단과 헤어진 뒤 하루 먹을 끼니를 걱정해야 하는 처지가 된 추소산으로선 더 이상의 것을 안다는 건 힘든 일이었다.

단양이 그럴 줄 알았다는 듯 미소 지었다.

"삼존은 무림에서 가장 강하다 알려진 세 사람의 절대무인을 말하는데, 천하제일마(天下第一魔) 광천존(狂天尊) 우대승, 천하제일검(天下第一劍) 검신존(劍神尊) 강구량, 천하제일패(天下第一霸) 패도존(霸刀尊) 여신유를 이른다. 그들은 각기 마교(魔敎)라 불리는 신성천교(神聖天敎)의 교주이고, 오악검파(五岳劍派)의 으뜸인 화산파(華山派)의 장문인이며, 강남제일이라 불리는 패천문(霸天門)의 문주이니라."

"……."

"하지만 솔직히 말해 노부가 보기에 삼존은 아직 아이들이라 할 수 있다. 노부가 독창해 낸 천지무상독존검법은 능히 하늘을 가르고 바다를 쪼개며 태산을 옮기는 위력을 품고 있기 때문이다."

단양은 극도로 근엄한 표정을 지어 보였다. 자신이 한 말이 모두 진실임을 추소산이 반드시 믿도록 할 작정인 것 같았다.

추소산은 그저 고개를 끄덕여 보일 뿐이었다. 무림의 일에 대해 그다지 아는 바가 없는 그에겐 단양이 한 말의 진위를 가릴 수 있는 능력이 없는 것이다.

가만히 고개를 주억이는 추소산의 모습에 크게 흡족한 기분이 된 단양이 말했다.

"노부는 네게 그 천지무상독존검법을 가르쳐 줄까 한다. 네 생각은 어떠하느냐?"

"사부님께서 가르쳐만 주신다면 어찌 제자가 힘써 익히지 않겠습니까? 다만 제자가 본디 배운 게 없고 불민하여 사부님의 명성에 누를 끼치지 않을까 걱정될 뿐입니다."

추소산의 조심스런 대답에 단양이 슬며시 손을 내밀어 어깨를 정답게 두들겨 주었다.

"너는 걱정할 것이 없다. 노부가 보기에 너는 꽤나 영특하고 근골 역시 나쁘지 않아 보이니까. 다만 천지무상독존검법에는 한 가지 연마하기 어려운 점이 있는데……."

단양이 슬쩍 말끝을 흐리자 추소산이 얼른 목소리를 높였다.

"본래 일반적인 무공을 연마하는 것도 만 번의 단련이 있어야 한다고 들었습니다. 어찌 천하무적의 검법을 익히는 데 어려움이 없겠습니까? 사부님께서는 개의치 말고 말씀해 주십시오."

"착하다."

다시 추소산의 어깨를 두들겨 준 단양이 내심 준비하고 있던 말을 쏟아내기 시작했다.

"천지무상독존검법은 본시 하늘의 도(道)를 깨닫고 땅의 이치를 알아야만 그 첫 번째 기초를 닦을 수 있느니라."

"하늘의 도, 땅의 이치……."

"그렇다. 그러니 천지무상독존검법을 익히려는 자는 먼저 천하를 주유해야 하고, 많은 사람들을 만나 많은 이야기를 하고, 맑은 눈으로 세사를 뚫어보는 경지에 이르러야 한다. 검법의 초식을 익히고 천지와 교통을 이루는 건 그 다음이니 그 기초를 쌓는 것이 매우 힘든 일이 된다. 노부 역시 검법의 기초를 쌓는 데 반평생을 보냈으니 너는 그러한 어려움을 참고 견뎌낼 수 있겠느냐?"

"…노, 노력하겠습니다."

추소산은 폭포수처럼 쏟아지는 단양의 말에 잠시 고민하다 고개를 숙여 보였다. 어린 마음에도 천하제일의 검법을 익히려면 그 정도의 고난쯤은 감수해야 하지 않겠는가 하는 생각이 들었기 때문이다.

결국 그날부터 단양과 추소산, 이 기묘하게 맺어진 사제지간은 일 년 동안 강남 이곳저곳을 다니며 즐거운 나날을 보내게 된다. 단양에게나 추소산에게나 평생 가장 즐겁고 마음 넉넉한 기간이었다. 두 사람은 사제지간인 동시에 조손지간이며, 부자지간이라 할 수 있었다.

추소산이 단양이 한 말에 의심을 품은 건 강남을 주유하던 일 년여 기간 중의 일이었다.

그는 본래 곡마단을 따라다니며 힘든 기예를 익히고 눈치를 키워왔던 터라 어리숙하지 않았고, 무공에 대한 타고난 재능과 후천적인 열의가 충만했다.

단양의 명에 따라 천지무상독존검법의 기초를 닦는 사이에도 여기저기 무공과 관계된 일에 관심을 갖게 됐고, 곧 자신이 들은 말이 사리에 맞지 않음을 알게 되었다.

그래도 아직 어린 나이였다. 하늘같이 의지하고 있던 단양이 새빨간 거짓말을 했으리라고는 믿기 힘들었다.

단양은 종종 자신이 거짓말을 하지 않았음을 보여주기 위해 사람이 없는 곳에서 물 위를 달리거나 칼을 배에 찔러 보이곤 했다.

경공과 외공을 보여준 것이다.

며칠간의 고민 끝에 추소산은 단양의 행동을 하나하나 살피기 시작했다. 평소 놓치고 지나갔던 세세한 부분까지 관심을 기울이기로 마음먹은 것이다.

그러는 동안 단양의 진면목이 드러나는 사건이 일어났다.

호남성(湖南省)의 악양(岳陽)을 지날 때였다.

여느 때와 마찬가지로 객점과 주루를 돌며 이야기를 파는 단양의 보조를 맞추다 심부름을 나갔던 추소산은 처음 예상보다 빨리 숙소로 돌아왔다. 운이 좋게도 시장에 이르기 전에 단양이 사 오라 한 물건을 파는 사람을 만날 수 있었기 때문이다.

숙소로 향하는 골목을 빠르게 뛰어가던 추소산은 얼른 걸음을 멈췄다. 익숙한 단양과 몇몇 사람의 목소리가 한데 섞여 들려오는데 상황이 심상찮아 보였다.

강호의 밑바닥을 구르며 지낸 추소산에겐 매우 익숙한 상황.

단양은 몇 명의 불량배한테 협박당하고 있었다, 자기들의 허락도 받지 않고 영업을 했다는 말도 안 되는 말을 들어가면서.

추소산은 골목 한쪽에 얼른 몸을 숨기고 내심 단양을 향해 소리쳤다. 당장 저 불량배들을 때려눕히라고. 그래서 자신에게 한 모든 말이 거짓말이 아님을 보여주라고.

그러나 단양은 몇 마디 사정의 말을 하고 돈까지 내주며 불량배들에게 굽신거렸다.

그뿐 아니다. 그는 오히려 쌈짓돈까지 꺼내주며 그들에게 몇 가지 부탁까지 했다. 추소산이 왔을 때 자신 앞에서 쩔쩔매는 모습을 보여주기를 원한 것이다.

추소산은 자신도 모르게 눈물을 흘렸다. 단양에게 여태까지 속은 것이 분한 것이 아니었다. 철모르는 제자를 실망시키지 않기 위해 단양은 얼마나 고심고심해 왔을 것인가. 그것이 더없이 미안하고 안쓰러웠다.

그 후 몰래 확인한 바에 의하면 단양의 칼은 특수하게 제작되어 칼날을 누르면 쑥 들어가는 가짜였고, 물 위를 달렸던 곳에는 눈에 안 띄게 말뚝이 박혀져 있었다. 한마디로 단양이 보여준 모든 것은 가짜이고 거짓말이라 할 수 있었다.

하지만 그때 이미 추소산은 단양에게 깊은 정을 느끼고 있었다.

어려서부터 험한 삶을 살아온 그에게 단양은 친 혈육 이상으로 소중했다. 굳이 단양에게 진실을 토로하라고 종용해서 그를 곤란하게 만들고 싶지 않았다.

다만 추소산의 무공에 대한 열망은 나이가 들수록 커지기만 할 뿐, 수그러들지 않았다. 그는 타고난 무골이었고, 마음속으로 작정한 바가 있었다. 반드시 무공을 익혀야만 했다.

결국 추소산은 단양의 거짓말을 따르는 척 능청을 떨며 스스로 무공을 수련하기 시작했다.

그는 길거리에서 산 무공서를 따라 연공하고, 투로를 몰래 연습했다. 제대로 된 사부를 만나지 못했으나 남보다 몇 배의 노력을 기울인다면 어떻게든 무공을 연마할 수 있으리란 판단이었다.

오 년이 흘러 그의 노력은 어느 정도 결실을 맺었다.

몇 가지 권법서를 응용해 스스로 독창해 낸 건곤권(乾坤拳)은 발경(發勁)과 촌경(寸勁)을 일으킬 수 있는 경지에 이르렀고, 단양이 가르쳐 준 엉터리 천지무상독존검법의 형과 식 역시 나름대로 뜯어고쳐 쓸 만하게 만들었다. 가히 무학의 대종사(大宗師)가 와서 본다 해도 탄성을 터뜨릴 만한 성취였다.

하나 그런 추소산의 성취가 단양을 당황하게 하고 겁먹게 만들었음이 분명했다.

　그는 자신이 가르쳐 준 게 분명한데 놀랍게도 무시무시한 검경(劍勁)을 뿌리는 검초에 놀랐고, 갈수록 기골이 장대해지고 눈빛이 날카로워지는 추소산의 모습에 한숨을 짓는 날이 갈수록 늘어갔다. 단양은 변화를 원하지 않았으나 추소산은 너무나 빠르게 변화해 갔다.

　그리하여 결국은 결자해지(結者解之).

　단양은 자신으로선 도저히 가르칠 수 없는 제자 추소산에게 진실을 밝히기보다는 모습을 감춰 존엄을 지키기로 나름대로 결론을 내린 것이었다.

　'길이 험한데 횃불이라도 밝히고 내려가셨는지…….'

　잠시 동굴 바닥에 아무렇게나 주저앉아 단양과 보냈던 즐거운 한때를 회상하던 추소산은 고개를 가볍게 흔들었다.

　내일 날이 밝으면 천지무상독존검법의 진정한 위력을 보여주겠다던 단양의 말을 들을 때부터 내심 그는 사부와의 이별을 준비하고 있었다.

　예감상 그러했다. 하지만 막상 홀로 남게 되자 마음 한 켠이 텅 비는 느낌이었다.

　"좋아!"

　추소산은 혹시라도 단양이 돌아올 것에 대비해 깨끗하게 청소한 동굴 안을 살피곤 평소 천지무상독존검법을 연마할 때 사용하던 목검을 들어 어깨에 걸쳤다. 사부가 하산(下山)했으니 제자 역시 산에 머물 이유가 없다.

　'다시 만날 날까지 부디 건강하십시오.'

　동굴을 빠져나온 추소산은 묵묵히 자세를 가다듬었다. 눈앞에 단양이 있는 듯이 하직 인사를 올리기 위함이었다.

일 배(一拜).

추소산은 처음 단양을 만난 날과 같이 머리를 바닥에 가져다 댔다. 어쩌면 두 눈이 퉁퉁 붓도록 울며 산을 내려갔을지도 모를 단양을 배웅하지 못한 대신이었다.

슥!

절을 마치고 일어선 추소산의 목검이 슬며시 종상벽하(從上劈下)의 자세를 취했다. 지난 오 년간 꾸준히 연마한 천지무상독존검법의 첫 번째 초식이었다.

'사부님이 지키지 못한 약속을 제자가 대신 하는 것도 그리 예의에 벗어난 일은 아니다!'

추소산의 목검이 힘있게 공중에서 회전을 일으켰다. 그리고 이어진 오룡희주(烏龍戲珠), 황룡포섬(黃龍抱蟾), 봉황전시(鳳凰展翅), 폐음소음(閉陰掃陰), 육합개정(六合開丁), 사수해구(死手解求), 팔방풍우(八方風雨), 철우경지(鐵牛耕地)…….

추소산은 천지무상독존검법의 구 초식을 하나도 빼놓지 않고 성심성의껏 펼쳐 보였다.

단양이 전해준 그대로의 초식으로 그 자신이 첨가하거나 수정한 부분은 단 한 군데도 포함시키지 않았다. 평생 마지막이 될지도 모르겠지만 오늘만큼은 반드시 그래야만 할 것 같았기 때문이다.

검끝에 내려앉은 정적.

구 초식의 마지막인 철우경지가 끝났을 때였다.

한쪽 발에 자신의 체중을 실은 채 목검을 바닥에 축 늘어뜨린 추소산이 갑자기 편지의 내용을 떠올렸다. 눈살이 저절로 찡그려진다.

"그런데 사부님도 너무하시는군. 이런 편지를 남겨놓아 버리면 싫더라도 삼존을 찾아가지 않을 수 없잖아. 사부님의 지존검법(至尊劍法)을 증명하기 위해서라도 말야."

단양 앞에선 단 한 번도 내뱉지 않았던 투덜거림과 함께 추소산은 천지무상독존검법의 이름을 멋대로 바꿨다.

단양과 헤어졌으니 더 이상 착하고 건실한 제자인 척할 필요가 없어진 것이다. 곡마단이 녹림 산도적들의 습격을 받았을 때처럼 말이다.

당시엔 단양에게 대수롭지 않다는 듯 말했지만 추소산은 수 개월에 걸쳐 녹림 산채를 세 번이나 숨어들어 갔다.

그 와중에 생명의 위기 또한 몇 번이나 넘겼는데, 한 번은 채주를 거의 반쯤 죽이고 도망친 일도 있었다. 단양과 만났을 때는 그 당시 당한 심한 상처가 채 낫지 않은 상황이었다.

자신의 가슴을 가로지른 검상 부위를 매만지며 당시의 흉험했던 상황을 떠올린 추소산의 입가에 흐릿한 미소가 떠올랐다. 꽤나 시일이 지나가긴 했으나 지금도 산채에 잡혀 있는 여인들을 포기할 생각은 전혀 없었다.

*　　　*　　　*

밤새 야반도주하듯 옥화산을 내려온 단양은 지친 다리를 질질 끌며 바위 위에 노구를 걸쳤다.

어느새 일흔이 다 된 나이.

몇 년 전만 해도 반백이었던 머리와 수염이 이제는 파뿌리처럼 백발, 백염으로 변해 있었다. 어찌 보면 신선 같고, 달리 보면 죽을 날을 받아놓은 노인의 모습이다.

단양은 간밤 작별을 고한 제자 추소산을 생각하며 눈가에 그렁하니 맺힌 눈물을 소매로 닦아냈다.

육 년 전 우연히 만나 사제지연을 맺은 제자의 곁을 떠난 것이 한편으론 후회되고, 다른 한편으론 묵었던 체기가 쑥 내려간 듯 시원한 기분이었다.

'잘한 일이다. 암, 잘한 일이고말고.'

단양은 연신 고개를 주억거렸다. 처음 추소산을 제자로 받아들였을 때와 같은 자기 확신을 갖고 싶었기 때문이다.

단양은 본래 강남의 객점이나 주루를 떠돌며 이야기를 파는, 그저 그런 인생을 사는 사람이었다. 평소에 남에게 크게 나쁜 일을 한 일은 없으나 가끔 허풍을 떨어 사람들을 놀래키길 좋아했는데 결국 그 버릇이 화를 불렀다.

지금으로부터 육 년 전이었다.

평소처럼 강호 협객들에 대한 이야기를 그럴싸하게 꾸며내서 술과 밥을 잔뜩 얻어먹은 단양의 기분은 매우 좋은 상태였다. 그날따라 평소보다 그의 애기가 사람들로부터 큰 호응을 받았기 때문이다.

길거리를 걷는 단양의 입가에는 저절로 콧노래가 흥얼거려지고 있었다.

두둑하게 부른 배나 주머니보다 기분 좋은 건 자신의 애기를 듣고 즐거워하는 사람들의 표정이었다. 이야기꾼으로서 그 이상의 기쁨은 있을 수 없는 게 당연했다.

그런데 그런 단양의 눈에 지저분한 행색을 한 채 길모퉁이에 주저앉아 있는 거지 소년의 모습이 들어왔다. 십여 살이나 먹었을까?

거지 소년은 잘 먹지 못해 비쩍 마른 상태에 얼굴은 시커먼 때가 가득했다. 여느 길거리의 거지들과 전혀 다름이 없는 모습이었다.

군이 다른 점을 들자면 반짝거리는 한 쌍의 눈 정도랄까?

단양은 자신도 모르게 걷던 걸음을 멈추고 소년의 얼굴을 빤히 바라봤다. 기분이 좋아서 그랬는지 소년에게 괜스레 마음이 기울어짐을 느꼈다.

'크흠, 그러고 보니 슬슬 이 늙은이도 제자 한 명쯤은 받아들여야 할 때가 된 것인 게지?'

그것이 단양과 추소산, 두 사제지간의 만남이었다.

그러나 단양은 추소산을 맞아들인 후 한 가지 난감한 상황에 봉착하게 되었다. 정중하고 성의를 다한 배사지례를 끝마친 추소산이 한 가지 착각을 했기 때문이다.

무공을 가르쳐 달라니?

단양은 자신이 호신을 목적으로 한다기보다는 이야기를 늘어놓을 때 양념을 첨가하기 위해 차고 다니는 검이 오해의 빌미를 제공했음을 눈치챘다.

단양의 흐뭇하던 기분은 단박에 구름 저편으로 날아가 버렸다.

평생 재밌는 이야기를 만들어내는 데만 골몰해 온 그로선 도저히 들어줄 수 없는 것을 방금 제자로 받아들인 추소산은 원하고 있었다. 단양으로선 고민에 빠지지 않을 수 없었다.

그러나 추소산에게 무공을 배우고 싶은 까닭을 전해 들은 단양은 더욱 그가 마음에 들었다.

눈앞의 소년은 그야말로 의지견정하고 의리가 있는 참 괜찮은 녀석이었다.

견물생심(見物生心)이라고, 결코 남에게 빼앗기고 싶지 않았다. 단양 자신이 비록 무공이라곤 시정잡배 중 누구라도 할 줄 아는 주먹질 몇 가지 정도밖에 아는 게 없을지라도.

'어찌할까……'

단양은 고심하던 중 한 가지 묘수를 생각해 냈다. 이야기꾼 특유의 허풍기와 함께 한 가지 희대의 거짓말이 떠오른 것이다, 검으로서 신선의 경지에 오를 수 있을뿐더러 호풍환우조차 가능한 천지무상독존검법이라는.

'이 녀석이 무공을 익히고 싶어하는 건 어디까지나 함께 곡마단에 있었던 여인들을 흉악한 산도적들에게서 구출해 내기 위해서다. 웬만한 무공 고수가 아니라면 목숨이 열 개라도 힘든 일이야. 하물며 이 녀석이 기연을 만나 무공 고수가 된다는 건 꿈같은 일이라 할 수 있다. 그러니 차라리 이 녀석은 내 말을 믿고 날 의지하는 편이 나을 것이다. 암, 백 번 낫고말고.'

단양은 자신의 거짓말에 넘어간 추소산을 바라보며 열심히 자기 합리화를 했다. 마음을 강하게 다잡았다.

그때까지 그에겐 눈앞의 추소산에게 가장 좋은 일은 자신과 함께 강남을 주유하며 이야기로 대중들을 즐겁게 하는 것이란 확신이 있었다.

하지만 일 년이 지나갈 무렵이었다.

단양은 다시 큰 고민에 빠지게 되었다. 그냥 성실하고, 착하고, 평범하고, 건강하기만을 바랐던 추소산이 어떤 것이든 한 가지를 배우면 열 가지, 백 가지를 익히는 비범한 인재임을 깨달아 버렸기 때문이다. 자신으로선 절대 그 그릇을 채워줄 수 없는…….

그때부터 단양의 하루하루는 지옥이 되었다.

이미 추소산을 친 혈육 이상으로 사랑하게 된 그로선 어떻게든 현재의 관계를 유지해야만 했다. 결코 추소산이 단양 자신이 한 거짓말을 눈치채어선 안 되었다.

결국 단양은 그동안 추소산이 장가갈 때를 대비해 조금씩 모아왔던 돈 중 일부를 풀어 식량과 가재도구를 사가지고 강서성의 옥화산으로 들어가기로 결정했다. 추소산이 더 나이를 먹어 세상 물정을 알기 전에 산에 들어가 외부와 단절된 생활을 하기로 마음먹은 것이다.

물론 단양이 준비한 건 그것만은 아니었다.

그는 추소산의 눈을 피해 길거리 약장수에게 몇 가지 검법서를 샀다. 그런 거라도 봐놔야만 추소산에게 천지무상독존검법에 대해 그럴싸하게 둘러댈 수 있다는 생각에서였다.

'에휴에휴, 생각해 보면 참 꿈같이 즐거운 육 년간이었다. 지지리 복도 없던 내 평생에 소산 이 녀석을 만난 건 정말 큰 행운이었다. 다만 녀석이 내 바람대로 그냥 평범했다면 더욱 좋았을 것을…….'

단양은 간밤 마지막으로 살폈던 제자 추소산의 얼굴을 떠올리며 다시 한숨을 내쉬었다. 당시 그는 추소산의 머리를 평소처럼 매만져 주고 싶었으나 혹여라도 잠이 깰까 두려워 아무 짓도 할 수 없었다.

날이 밝으면 지난 오 년간 각종 삼류 검법을 섞어 어렵사리 만든 형과 식만 가르쳐 왔던 천지무상독존검법의 진정한 위력을 보여주어야만 한다. 그렇게 약속했다. 이 밤이 지나면 단양으로선 도망칠 기회가 없다는 뜻이었다.

단양은 마치 자신의 눈앞에 추소산이 서 있기라도 한 것처럼 손을 앞으로 내밀었다. 그의 손끝에 허공이 붙잡혔다.

마음속에서 치열한 번민이 일었다. 지금 당장이라도 추소산에게 돌아가 자신의 거짓말을 이실직고하라고. 그리하면 마음 착한 녀석은 필시 용서해 줄 거라고.

단양은 고개를 가로저었다. 자신에게 절대 그럴 용기가 없음을, 그리고 결코 제자 추소산이 지난 육 년간 가졌던 희망을 짓밟을 수 없음을 알고 있었기 때문이다.

"제자야, 소산아, 못난 이 사부를 용서해다오. 그렇지만 이 녀석아, 너도 정말 이 사부한테 너무한 거다. 너는 어째 그리 천재여야만 했던 것이냐!"

멍하니 떠나온 옥화산 쪽을 바라보는 단양의 뇌리 속으로 제자 추소산이 장성해 어여쁜 처자를 아내로 얻고, 곧 떡두꺼비 같은 아들을 낳아 자신에게 안겨주는 모습이 스쳐 갔다. 모두 이젠 부질없는 일이었다.

"끙차!"

갑자기 무리한 탓에 끊어질 듯 아픈 허리를 추스르고 간신히 자리에서 일어선 단양이 옥화산을 뒤로하고 걸음을 옮기기 시작했다.

지난 육 년간이 한낱 꿈속의 풍경이었던 것처럼 이젠 홀로 걸어가야만 할 길이 눈앞에 펼쳐져 있었다.

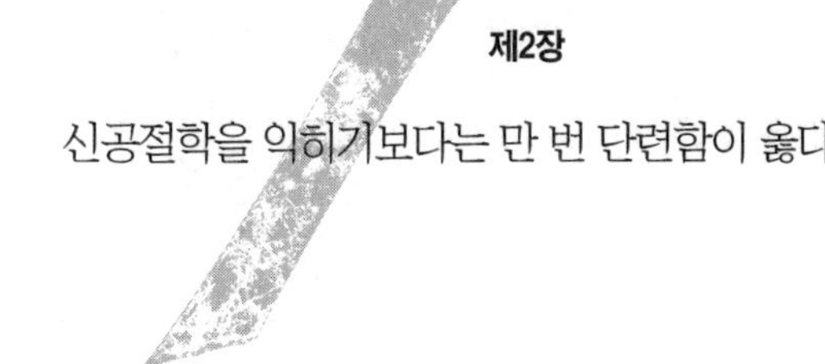

제2장

신공절학을 익히기보다는 만 번 단련함이 옳다

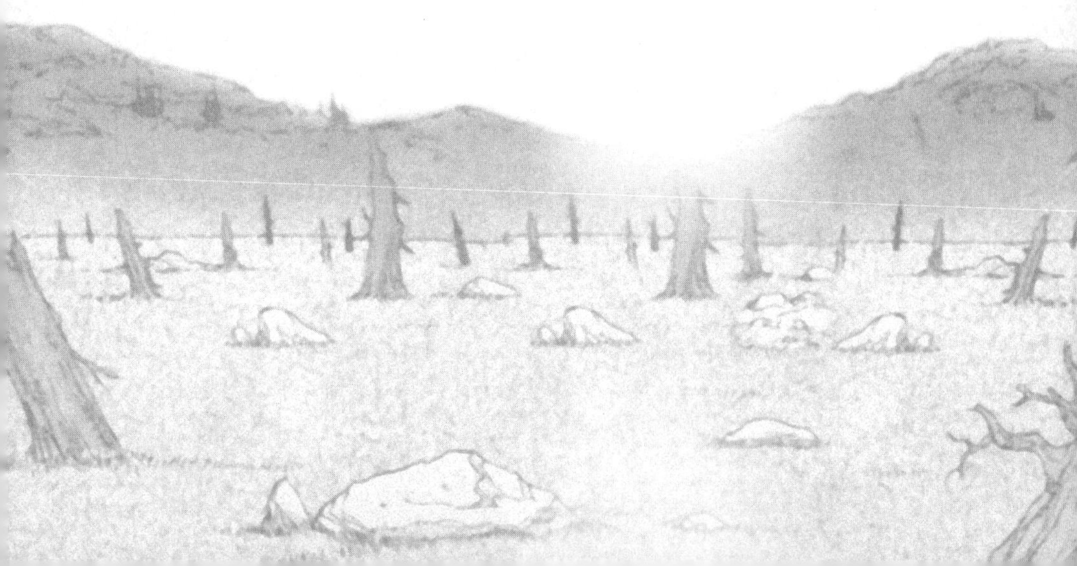

옥화산을 내려온 추소산이 향한 곳은 근동의 소도시인 의황(宜黃)이었다.

가끔 식료품이나 필요한 물품을 사러 오곤 하던 곳인데 그가 바로 향한 곳은 의황 최고의 무관이라 불리는 백룡무관(白龍武館)이었다.

지난 오 년간 추소산은 의황에서 종종 곡마단에서 배운 변검(變臉)을 공연해서 돈을 벌곤 했다. 사부 단양이 모은 돈이란 한계가 있어 그가 몰래몰래 보태지 않고선 생계를 잇기에 곤란했기 때문이다.

그러다 백룡무관에 속한 제자들과 우연히 싸움이 벌어졌는데, 추소산은 백룡무관주의 대제자를 비롯한 열 명의 적전제자를 모조리 때려눕혔다. 그가 본신의 실력을 드러낸 이상 평범한 무관의 제자들로선 감히 대항할 수 없는 게 당연했다.

결국 그 일을 계기로 백룡무관주인 백룡검(白龍劍) 유성룡의 눈에 든 추소산은 그에게 줄기차게 제자가 될 것을 종용받게 되었다.

　한평생 무공 고수가 되진 못했으나 사람 보는 눈 하나는 타고났다고 자랑하는 유성룡이 보기에 추소산은 날개를 얻지 못한 유룡으로 여겨졌음이다.

　물론 추소산은 유성룡의 제안을 완곡하게 거절했다. 사부 단양을 배반할 수 없었기 때문이다.

　해서 유성룡은 안타까워하면서도 더 권하지 않고 추소산에게 아무런 조건없이 자신의 내공을 전수해 줬다. 어린 나이에 이미 진경에 오른 추소산의 무공은 적당한 내공 심법의 도움이 없다면 곧 땅속에 파묻힐 것임을 그는 알고 있었다.

　유성룡이 익힌 내공은 귀원연기공(歸元鍊氣功)으로 송대(宋代) 천하제일문파(天下第一門派)로 이름이 높던 전진파(全眞派)의 한 지류였다.

　과거의 찬란한 영명과는 다르달까?

　당대에 이르러 명맥조차 불분명해진 전진파의 귀원연기공은 평범하게 내공을 운기해 축기(蓄氣)하고, 나이가 듦에 따라 굳는 경맥의 소통을 원활하게 하는 정도의 내공 심법이었다.

　그야말로 천하 각대 문파의 절세신공과는 비교가 안 될 정도로 초라하고 소박한 내공 심법이었으나 추소산으로선 감지덕지였다. 그렇지 않아도 홀로 무공의 기초를 하나하나 닦아나가다 보니 내공 심법이 절실해진 상황이었는데 그 목마름을 귀원연기공이 달래주었다.

　그로부터 추소산의 무공은 나날이 일취월장했다. 너무 빨리 무공이 진경을 보여 단양을 두려움 속으로 몰아넣었고, 결국 스스로 제자의 곁을 떠나게 만들 정도였다.

　결국 유성룡과 귀원연기공은 의좋던 단양과 추소산 두 사제지간을 이별하게 만든 원흉이라고 볼 수 있다. 추소산으로선 결코 그와 같은 상황을 생각해 본 바가 없지만 말이다.

'하지만 그 당시 내가 유 관주님을 만날 수 없었다면 지금쯤 경맥이 모조리 굳어 평생 절정의 무공을 연마하긴 힘들게 됐을 것이다. 그러면 필시 제대로 된 무공을 가르쳐 주지 않은 사부님을 원망하게 됐을 터이니 지금 와서 공과를 논하기엔 무리가 있다.'

사부 단양이 심심찮게 말해주던 고사(古事)처럼 자신의 처지를 생각한 추소산이 발걸음을 빨리했다. 어서 유성룡에게 인사를 하고 의황을 떠나기 위해서였다.

한데 추소산이 막 백룡무관이 보이는 거리에 도착했을 때였다.

오 척을 약간 넘을 듯한 키에 열다섯 정도의 나이, 청의 무복을 차려입은 홍안 소년이 울면서 백룡무관 안에서 뛰쳐나오는 게 아닌가.

"운보?"

소년이 유성룡의 막내 제자인 홍운보임 알아본 추소산이 슬쩍 발걸음을 빨리했다. 홍운보의 뒤를 따라 백룡무관에서 빠져나온 커다란 덩치의 흑의거한이 흉악한 표정을 짓고서 그의 뒤를 쫓고 있었기 때문이다.

"꼬마야, 어딜 도망가는 거냐?"

흑의거한은 대뜸 큼지막한 손으로 홍운보의 뒷덜미를 낚아채려 했다. 손에서 바람 소리가 나는 게 무공을 연마한 자의 수법임이 분명했다.

찌직!

홍운보는 단숨에 거한의 손에 붙들렸다. 나름대로 신형을 움직여 거한의 손을 피하려한 것 같기는 한데 추소산이 보기엔 너무나 어설펐다.

“놔줘요! 놔줘!”

홍운보가 크게 소리 지르며 울부짖었다. 거한에게 붙잡힌 자신의 운명이 어찌 될는지를 잘 알고 있는 표정이었다.

‘여전히 운보의 보법이 불안정하구나!’

추소산의 걸음이 조금 더 빨라졌다. 거한의 손이 홍운보의 얼굴을 짓뭉개는 걸 막아야만 했다.

따닥!

막 홍운보의 얼굴을 짓뭉개려던 거한의 얼굴이 크게 일그러졌다. 추소산의 목검이 그의 팔목을 곧게 찍었기 때문이다.

“크으!”

거한의 오른팔이 축 늘어졌다. 그러자 몸을 버둥거려 거한의 품에서 빠져나온 홍운보가 추소산을 보고 반색하며 소리쳤다.

“소산 형님!”

추소산은 홍운보에게 슬쩍 고개를 끄덕여 주곤 거한에게 소리쳤다.

“검은 무복에 철장 모양이 수놓아져 있는 걸 보니 철장방(鐵掌幇)의 호걸 같은데 어찌 어린애를 붙잡고 사문의 무공을 욕되게 하려는 것이오!”

“이, 이 녀석! 내가 철장방 소속임을 알면서 감히 끼어드는 것이냐!”

추소산은 거한이 자신의 예상을 확인시켜 주자 눈살을 가볍게 찌푸렸다.

이곳 의황에는 몇 개의 무림 문파가 있는데 그중 최강이 바로 철장방이었다.

문도 수만 백여 명이 넘는 그곳과 백룡무관은 세력 면에서 결코 비교가 되지 않았다. 서로 간에 결코 싸움이 일어날 수 없다고 할 수 있었다.

백룡무관주인 유성룡이 비록 의황을 대표하는 고수 중 한 명이라곤 하나 철장방에겐 모든 면에서 한 수 양보하는 처지였다. 싸워봤자 상대가 되지 않을 걸 뻔히 아는 까닭이었다.

'그런데도 철장방에서 백룡무관에 쳐들어왔다면 보통 큰일이 아니다!'

내심 마음을 결정한 추소산이 거한에게 물었다.

"오늘 철장방에선 몇 분이나 백룡무관에 왕림하신 거지요?"

거한이 탈골된 팔의 고통을 참고 누런 이를 드러내며 웃어 보였다.

"흐흐, 방주님 이하 십대고수가 모두 왔다. 오늘로써 백룡무관은 현판을 떼고 의황에서 모습을 감춰야만 할 것이다. 그러니 천둥벌거숭이 같은 네 녀석도 지금 바로 내 앞에 머리를 조아리면…….."

"그럴 마음은 없소."

"이 녀석이……!"

순간, 거한의 몸이 크게 휘청거렸다. 추소산의 목검에 태양혈(太陽穴)을 얻어맞고 기절한 것이다.

쿵!

거한이 쓰러지자 홍운보가 눈물이 범벅된 얼굴로 추소산에게 달려들었다.

"흑흑, 소산 형님, 사부님이… 사부님이…….."

"유 노사님께서 어찌 되신 것이냐?"

추소산의 침착한 물음에 홍운보가 얼굴을 소매로 훔치고 대답했다.

"사부님은 얼마 전 표행을 따라나섰다가 팔을 다치셨는데 오늘 갑자기 철장방에서 사람들이 몰려와서 행패를 부리기 시작했어요."

"본래 철장방과 백룡무관 사이가 좋지 않았었느냐?"

"그건 잘 모르겠지만 철장방주란 사람은 사부님한테 당장 비무를 하자고 소리를 질러댔어요. 그래서 사형들이 나섰는데, 모두 철장방 측 사람들한테 두들겨 맞아서 저만 몰래 빠져나왔어요. 대사형이 소산 형님한테 가서 알리라고 해서요."

'역시 덕조가 가장 침착하구나.'

천천히 고개를 끄덕이고 홍운보의 어깨를 한차례 두들겨 준 추소산이 나직이 속삭였다.

"너는 따라 들어올 것 없다."

"소산 형님……."

추소산이 홍운보를 뒤로하고 백룡무관으로 향했다.

끼익!

백룡무관 안에 들어선 순간 추소산은 자신을 향해 파고드는 네 개의 수장과 맞서야 했다. 문 앞을 지키고 서 있던 두 명의 철장방도가 반마디 물음도 없이 덮쳐 왔기 때문이다.

파팍!

추소산의 목검이 거의 한 동작에 가깝게 두 번을 움직였다.

오룡희주.

검은 용이 구슬을 가지고 놀 듯 움직인 검초에 두 명의 철장방도가 바닥을 나뒹굴었다. 추소산을 기습한 대가였다. 사실 그들은 자신들이 어째서 바닥에 쓰러졌는지조차 알아차리지 못했다. 그만큼 추소산의 검초가 빨랐기 때문이다.

탁!

추소산이 손으로 문을 밀어 닫았다. 그러자 갑작스레 난입한 추소산을 향해 백룡무관의 연무장에 모인 사람들의 시선이 일제히 쏟아졌다.

바닥에 처참하게 쓰러져 있거나 무릎 꿇려져 있는 백룡무관의 제자들과 연무장을 몽땅 장악하고 있는 철장방도 모두의 시선을 한몸에 받게 된 셈이다.

그중 한 명.

가슴에 철장의 모양이 금실로 수놓여진 검은색 무복에 금색 피풍의를 걸친 사십대 중반으로 검은 안색을 한 호남의 장년인이 눈에 광채를 담았다.

"근래 들어 백룡검이 한 명의 기재를 가르치고 있다고 하더니 과연 범상치 않군 그래."

'철장방주 석장천!'

철장신전(鐵掌神箭) 석장천. 단순한 의황제일의 고수가 아니라 강서성에서 이름을 드날리는 무학 명가를 맞은 추소산이 슬며시 포권하며 말했다.

"추소산이라 합니다."

"석장천일세."

석장천은 당당히 자신을 밝힌 추소산에게 슬쩍 고개를 끄덕여 보이고 시선을 근처에 도열해 있던 열 명의 철장방도에게 던졌다. 철장방이 자랑하는 철장십수(鐵掌十手)로 하여금 추소산을 상대하란 명을 내린 것이다.

철장십수의 막내인 구운진이 바로 나서려 했다. 그러나 석장천은 고개를 가로저었다. 그로선 무리란 뜻이었다.

철장십수의 으뜸인 황석인이 석장천에게 고했다.

"제가 나서겠습니다."

"젊은 친구의 기도가 범상치 않으니 전력을 다해야 할 것이다."

"명심하겠습니다."

황석인이 석장천에게 허리를 접어 보이고 추소산의 앞으로 나섰다. 추소산이 보기에 삼십대 초반인 그는 신법이 안정되고 눈에서 안광이 번뜩이는 게 이미 무공이 진경이 이른 듯했다.

'이 정도라면 덕조로서도 대항하기 힘들었을 테지.'

한눈에 황석인의 실력을 가늠한 추소산이 말했다.

"당신은 어떤 무기든 사용해도 상관없소."

"내가 사부님께 전수받은 무공은 철장과 신전술뿐이다. 오늘 단궁을 들고 오지 않았으니 너는 염려 말고 덤벼보아라!"

"그럼."

추소산은 사양하지 않고 목검을 들어올렸다. 오늘 백룡무관을 침범한 철장방의 세력이 강하니 굳이 강호의 규칙을 들어 권각으로 대항할 필요는 없다는 판단을 내린 것이다.

스으!

추소산의 목검이 황석인의 팔뚝에 위치한 협백(俠白)을 노렸다. 처음 철장방도인 거한을 상대할 때와 동일한 종상벽하였다.

황석인이 그에 대항해 석장천의 절기인 철장공(鐵掌功) 십사식 중의 하나인 번운수(繁雲手)를 펼쳤다. 강철조차 부숴 버릴 정도로 단련한 철장으로 추소산의 목검을 박살 낼 요량이었다.

그러자 순간, 추소산의 목검이 변화를 일으켰다.

황룡포섬.

누런 용이 두꺼비를 잡듯 꿈틀거린 목검이 황석인의 목젖에 위치한 천돌(天突)을 살짝 건드리고 뒤로 빠졌다.

"쿨럭!"

황석인은 갑자기 기혈이 거꾸로 도는 걸 느끼곤 연신 기침을 토해냈다. 잔뜩 철장공을 끌어올리고 있던 그의 양손이 힘없이 허공을 가로질렀음은 물론이다.

"하!"

석장천의 입에서 가벼운 찬탄이 터져 나왔다. 자신이 평생에 걸쳐 창안해 낸 철장공이 단숨에 파훼되는 모습에 놀랐음이다.

"이 녀석이!"

기침을 멈춘 황석인이 더 이상 공격하지 않고 뒤로 물러선 추소산을 보고 이를 갈았다. 무공이 사부인 석장천보다 떨어지는 그는 방금 추소산이 펼친 검초가 의미하는 바를 아직 이해하지 못하고 있었다.

그는 다시 쌍수에 철장공을 모았다. 추소산에게 일검을 당했으나 그다지 큰 부상을 입지 않았으니 다시 도전해 볼 생각이었다.

그때 어느새 신형을 움직였는지 황석인의 바로 뒤에 떨어져 내린 석장천이 그의 완맥을 거머쥐었다.

우둑!

반신이 저리는 느낌에 황석인이 고개를 돌렸다.

"사부님……."

"석인, 너의 상대가 아니다."

황석인이 옆으로 비틀거리며 물러났다. 그는 완맥을 통해 파고든 석장천의 심후한 내력에 압도되어 대답조차 할 수 없었다.

'고수!'

추소산은 석장천이 대뜸 황석인을 제압하는 걸 보고 눈에 이채를 띠었다. 그가 확실히 유성룡보다 뛰어난 고수임을 알 수 있었기 때문이다.

석장천이 눈을 번뜩이며 말했다.

"처음 펼쳤던 게 종상벽하고, 다음이 오룡희주, 마지막이 황룡포섬이었던가?"

"그렇습니다."

"잘도 그런 평범한 초식으로 내 철장공을 깼군 그래."

"저는 단지 불완전한 철장공의 빈틈을 노렸을 뿐입니다."

"불완전한 철장공?"

"방주님의 손에서 펼쳐지지 않은 철장공은 아무런 의미가 없지 않겠습니까?"

추소산의 말은 연이은 패배로 손상된 석장천과 철장방의 자존심을 세워주는 것이었다. 은근히 열받아 있던 석장천으로선 기분 나쁠 리 없다.

"크하하, 젊은 친구가 정말 말 한번 잘했다!"

흔쾌한 얼굴로 대소를 터뜨린 석장천이 갑자기 더욱 눈을 번쩍이며 말했다.

"자네, 유룡검법(遊龍劍法)을 익히지 않았으니 유성룡의 제자는 아니겠지?"

석장천의 바뀐 말투에 추소산이 정중히 대답했다.

"그렇습니다만 유 노사님께 많은 도움을 받았습니다."

"그래 봤자 내공의 기초나 잡아준 것이겠지. 그런 건 은혜랄 것도 없으니 자네는 신경 쓸 필요가 없네."

석장천의 말이 떨어졌을 때였다. 갑자기 연무장 너머에 세워진 건물

안에서 황색 그림자가 번뜩이며 튀어나왔다.

"석장천 이노옴!"

벽력과 같은 노성과 함께 모습을 드러낸 이는 황색 무복에 청수한 인상을 한 사십 세가량의 장년인이었다.

그가 바로 백룡무관주인 백룡검 유성룡임을 알아본 추소산의 안색이 가볍게 변했다. 얼마 전 표행에 따라나섰다가 팔을 다쳤다던 그의 손에 들린 검이 정오의 햇빛 아래 반짝거리고 있었기 때문이다.

"도대체……."

추소산의 시선이 연무장 위에 널브러져 있던 유성룡의 대제자 유덕조를 향했다. 추궁하기 위함이었다.

움찔!

실눈을 하고 추소산과 유성룡을 살피고 있던 유덕조가 어깨를 떨더니 고개를 살그머니 옆으로 돌렸다. 잔뜩 부끄러운 표정을 하고서.

추소산은 친구처럼 지냈던 유덕조가 일순 지어 보인 표정으로 전후의 사정을 대충 짐작할 수 있었다. 그의 입에서 절로 한숨이 흘러나왔다.

그때 급한 마음에 신발조차 신지 않고 대청에서 뛰쳐나온 유성룡이 수중의 검을 석장천에게 마구 휘저으며 소리쳤다.

"네가 나한테 이럴 수가 있느냐!"

석장천이 냉소와 함께 대답했다.

"유성룡, 내가 뭘 어쨌다고 그러는 것이냐?"

"시치미를 떼려는 것이냐? 지금 네가 우리 백룡무관의 뒤를 이을 수제자를 가로채려 하지 않았느냐, 이 죽일 놈아!"

'백룡무관의 수제자?'

자신도 모르는 사이 백룡무관의 수제자가 된 추소산이 유성룡을 빤히 바라봤다. 그러자 석장천이 추소산의 얼굴 표정을 한차례 살피곤 유성룡에게 목청을 돋웠다.

"언제부터 여기 추 소협이 백룡무관의 수제자가 되었지? 그는 유룡 검법도 익히지 않았을뿐더러 너한테 그저 무공의 기초 정도를 전수받았을 뿐이라고 하던데?"

"그, 그건……."

유성룡이 말문이 막혀 더듬자 석장천이 득의만면을 지었다.

"역시 그렇군!"

"뭐가 역시란 거냐?"

"그야 추 소협은 백룡무관의 제자가 아니니 내가 제자로 삼아 후일 철장방의 후대를 맡긴다 해도 상관없다는 것 아니겠느냐!"

"뭐라고! 네가 지금 나와의 약속을 헌신짝 버리듯 하겠다는 것이냐!"

유성룡이 펄쩍펄쩍 뛰며 소리치자 석장천이 냉정하게 대답했다.

"우리의 약속은 어디까지나 추 소협이 백룡무관의 제자일 때를 가정한 것이었다! 그가 자신의 입으로 백룡무관의 제자가 아니라 밝혔으니 모든 건 무효가 된 것이다!"

"그렇지만 그가 펼친 검초에 담긴 내력은 분명히 나의 귀원연기공이다! 그런데도 네 녀석은……."

"흥, 그까짓 삼류 내공 심법 가지고."

"뭐라고!"

유성룡이 당장에라도 석장천에게 덤벼들 듯 노기에 차 소리를 질렀다. 그러나 이때 가장 분노에 차 있는 사람은 다름아닌 석장천의 수제자인 황석인이었다.

그동안 황석인은 은연중 철장방의 소방주 대접을 받고 있었다. 그는 방주 석장천의 수제자일뿐더러 그의 무남독녀와 혼인한 사위였기 때문이다. 그런 황석인의 얼굴이 지금 흙색으로 변해 있었다. 여태까지 요지부동이었던 그의 위치가 평생 듣도 보도 못한 추소산 때문에 흔들리게 된 것이다.

'저 죽일 놈!'

황석인은 추소산을 살기 어린 시선으로 노려봤다. 형체가 보이지 않는 칼이 있다면 당장 추소산에게 던져 가슴을 열어젖히고 싶은 심정이었다.

그때 그에게 더욱 가혹한 일이 닥쳐 왔다.

유성룡의 노기에 찬 악다구니를 태연히 받아넘기고 있던 석장천이 갑자기 시선을 그에게 던졌다. 그리고 툭 던져진 감정이 느껴지지 않는 한마디.

"석인아, 오늘부로 너는 내 딸 다혜와 헤어져야겠다."

"예?"

"비록 너와 다혜가 삼 년 전 혼인을 올리긴 했지만 둘 사이에 아이가 있는 것도 아니니 헤어진다 해도 큰 문제는 없을 것이다."

"사, 사부님……."

황석인은 석장천에게 항변하려다 일시 기혈이 끓어올라 신형이 휘청거렸다.

석장천의 일점 혈육인 석다혜와 혼인한 지 삼 년간 두 사람은 매우 금슬이 좋은 부부였다. 여태까지 말싸움 한 번 해본 일이 없었다.

그런데 갑자기 헤어지라니?

황석인은 하늘이 노랗게 변하는 느낌이었다.

이때 기가 막히고 현기증을 느낀 건 황석인뿐이 아니었다. 버선발을 한 유성룡은 내심 아차 하며 석장천을 노려봤다. 그는 석장천의 놀라운 상황 판단과 결단력에 화가 나는 한편 탄복을 금할 수 없었다.

'석장천아! 석장천아! 너는 과연 철장방 같은 큰 기업을 이끄는 자답구나! 어찌 이렇게 과감하고 뻔뻔할 수 있더란 말이냐!'

유성룡은 분하고 원통했다. 그가 그동안 추소산에게 들인 공과 노력이 상당한데 이대로 눈앞에서 석장천에게 통째로 빼앗겨 버릴 순 없었다.

"이, 이혼녀 따위를 가져다 댈 셈이냐!"

"뭐라?"

"어찌 네 늙고 헌 딸을 추 소협에게 안길 생각을 했냐는 거다!"

석장천에게 버럭 소리친 유성룡이 재빨리 자신이 뛰어나온 대청을 향해 달려갔다. 갑자기 뭔가 중요하고 급한 일이 생기기라도 한 것처럼.

'설마……'

순간적으로 뇌리를 스치는 생각에 추소산은 으슬하니 추위를 느꼈다. 그가 아는 바 유성룡에게도 딸이 하나 있었다, 아직 시집가지 않은.

"으앙! 으앙!"

귀를 울리는 울음소리에 추소산은 이마를 손으로 짚었다. 설마 했던 일이 현실로 벌어졌음을 직감한 것이다.

유성룡이 다시 모습을 드러냈다. 그의 옆구리에는 십여 세가량 먹어 보이는 소녀가 안겨 있었는데, 추소산을 비롯한 백룡무관의 제자 모두가 아연실색한 표정이 되었다.

"가영이……."

"사부님, 설마……."

유성룡이 도착하자 바닥에 얼굴을 묻고는 계속 추소산의 눈길을 피하고 있던 유덕조가 벌떡 뛰어 일어섰다. 도저히 더 이상 참을 수 없다는 표정을 하고서.

"아버님, 가영이는 이제 겨우 열세 살입니다!"

유성룡이 옆구리에 긴 딸 유가영을 살짝 내려놓곤 태연스레 대답했다.

"나도 내 딸의 나이쯤은 알고 있구나."

"그런데도……."

"열세 살이면 충분히 혼인할 수 있는 나이다. 내 조모님께서도 그 나이에 조부님께 시집을 오셨느니라."

"그렇지만 그건……."

유덕조의 항변은 갑작스런 부친의 화난 모습에 크게 놀라 울던 유가영의 한마디에 끊겼다.

"가영이 소산 오라버니한테 시집가는 거야?"

유성룡이 웃음 띤 얼굴로 유가영을 바라봤다.

"항상 소산한테 시집가겠다고 했잖느냐?"

"그치만……."

유가영이 눈물 젖은 얼굴을 가볍게 붉히며 몸을 이리저리 꼬아 보였다. 아직 어린 나이라지만 여자였다. 이런 일을 겪고 보니 당황스럽고 부끄러움이 앞서지 않을 수 없다.

그 모습에 유성룡이 흐뭇하게 웃자 석장천이 삿대질을 하며 소리쳤다.

"유성룡, 그런 어린아이를 시집보내려 하다니 부끄럽지도 않느냐?"

"이미 시집간 딸을 억지로 이혼시켜 재가시키는 것보다는 낫지 않느냐!"

'그 말이 옳다!'

유성룡의 당당한 일갈에 졸지에 철장방에서의 모든 걸 잃어버릴 지경에 이른 황석인이 내심 찬성의 목소리를 높였다. 속마음이 바짝바짝 타 들어가고 있던 그에게 유성룡은 현재 유일한 아군이라 할 수 있었다.

석장천이 냉소했다.

"그래서 네 못난이 딸을 추 소협에게 시집을 보내겠다고?"

"내 딸이 못생겼다니…….

"다혜는 이미 오 년 전에 의황제일의 미녀로 손꼽혔다. 지금에 이르러선 꽃봉오리가 만개한 듯 더 예뻐졌고! 네 딸 가영이의 미모가 다혜를 따라올 수 있으리라 보는 것이냐?"

"으윽!"

석장천은 나직이 신음하며 유가영을 살폈다. 확실히 석장천의 딸 석다혜의 화사한 미모에 비해선 많이 떨어져 보였다. 나이가 어리니 후일 더 예뻐질 가능성은 있지만 그렇다고 해도 석다혜 이상 가는 미녀가 되진 않을 성싶었다.

그 모습에 황석인은 일순 절망을 느꼈다. 그는 사부이자 장인인 석장천에게 한마디 항변조차 할 수 없는 자신의 못남이 한스러웠다.

'모든 게 저놈 때문이다!'

자연스레 오늘 벌어진 일의 원인이랄 수 있는 추소산에게 모든 원망을 넘긴 황석인이 몰래 공력을 잔뜩 운기했다. 살심을 품은 것이다.

"죽어랏!"

황석인은 철장공 중 가장 살기가 짙은 철장투심(鐵掌鬪心)을 펼치며 추소산을 덮쳐 갔다. 일단 그를 죽여놓고 뒷일을 생각할 요량이었다.

'저런!'

황석인과 가장 가까이 서 있던 유덕조가 놀라 추소산에게 경호성을 발하려다 입만 가볍게 벌렸다. 석장천과 유성룡 간의 이전투구(泥田鬪狗)에 정신이 팔린 듯 보이던 추소산의 목검이 황석인의 철장을 꿰뚫고 있었다. 처음 그를 물리칠 때와 동일한 황룡포섬으로.

퍽!

황석인의 오른쪽 팔이 탈골되어 축 늘어졌다. 철장투심에 담겼던 힘이 거셌던 만큼 그가 받은 타격 역시 막심했다. 추소산이 그의 철장투심에 담긴 힘을 받아넘기기만 했기 때문이다.

"이화접목(移花接木)?"

"사량발천근(四兩撥千斤)!"

석장천과 유성룡이 동시에 놀라 소리쳤다. 이화접목은 원예에서 다른 가지를 이어 붙이는 걸 의미하는데 무림에서는 상대의 공격을 받아넘기는 고절한 무공을 뜻한다.

사량발천근도 이와 비슷한, 단지 넉 량의 힘으로 천 근의 힘을 받아넘긴다는 뜻이었다. 모두 무림의 절정무공의 바탕이 되는 고급 기법이었다.

목소리를 높인 두 사람 중 석장천만 어렴풋이 그 이치를 짐작할 수 있었다. 어려서부터 막역한 친구로 지낸 두 사람이나 현 상황에서 무공의 격차는 뚜렷했다. 적어도 한 단계 이상의 차이가 난다고 볼 수 있었다.

그 점을 잘 알고 있는 유성룡의 얼굴이 안 좋게 변했다. 추소산이 이미 이화접목이나 사량발천근과 같은 기법을 사용할 수 있다면 자신으로선 더 이상 가르칠 게 없다는 생각이 들었기 때문이다.

'하지만 석장천은 다르다! 그에겐 아직 추 소협을 가르칠 만한 것이 있어!'

그때 유성룡의 안색을 눈으로 살핀 석장천이 다시 추소산에게 달려들려는 황석인에게 다가섰다.

투둑!

마혈(痲穴)이 점혈된 황석인이 피를 토했다. 너무 억울하고 분해서 기혈이 완전히 역류해 버린 것이다.

"크아!"

석장천이 그의 명문혈에 손을 대고 내력을 전해주며 냉엄한 목소리로 말했다.

"마음을 안정시키고 단전의 내력을 모아라. 내가 내상 치료를 도와주겠다."

"사, 사부님, 차라리 절 일장에 죽여주십시오! 이 못난 제자는 도저히 이대로는……."

"못난 놈!"

한마디로 황석인의 입을 다물게 만든 석장천이 내력을 더욱 많이 주입시키며 말했다.

"본래 어떠한 신공절학을 익히기보다 만 번 단련함이 옳다고 했다. 다혜와 혼인하기 전 너는 하루 세 차례 연공하는 외에도 홀로 밤에 수련하기를 잊지 않았다. 덕분에 철장십수의 으뜸이 되었고, 나의 대제자가 되었다. 하지만 요 근래 네 녀석은 하루 세 차례 하던 연공을 두 번으로 줄이고, 밤에는 아예 방에서 나오지도 않고 있다. 철장공과 신전술의 수준이 정체된 것은 물론이거니와 오히려 삼 년 전에 비해 실력이 퇴보하기 시작했어."

"……."

"그러니 어찌 네 녀석한테 하나밖에 없는 딸과 철장방을 맡길 수 있겠느냐? 오늘 네 패배는 그동안의 오만과 게으름이 불러온 결과니 분해할 일이 아니다. 내력을 더 불어넣을 터이니 마음을 가다듬고 격탕된 기혈을 안정시키는 데 집중하거라."

"…예."

황석인은 눈물을 흘리며 석장천의 내력을 받아들이기 시작했다. 석장천의 말을 듣고서 깨닫는 바가 컸다. 평생 가슴속에 간직할 만한 말인 것이다.

황석인의 기혈이 빠르게 안정되었다. 한 가닥 진기로 황석인의 기경팔맥(奇經八脈) 곳곳에 별다른 이상이 없음을 확인한 석장천이 그제야 그의 명문혈에서 손을 뗐다.

"후우!"

황석인의 입에서 가벼운 한숨이 흘러나왔다. 그는 석장천의 내력을 잔뜩 받아 꽤나 많은 무공의 진전을 이룰 수 있었다. 전화위복이 된 셈이었다.

석장천이 그 모습을 살피고 추소산에게 눈살을 찌푸리며 말했다.

"추 소협에게 내 한마디 물을 것이 있는데, 괜찮겠는가?"

"말씀하십시오."

"자네에게 무공을 사사한 사람이 유 관주뿐은 아닌 것 같군 그래?"

"바로 보셨습니다."

"역시 그렇군. 따로 존사를 모시지도 않고서 그만한 무학의 이치를 깨달을 순 없는 일이니."

'사실 혼자 익힌 거지만.'

"그래서 말인데, 존사를 한번 뵐 수 있겠는가? 의황 근처에 그와 같은 무학의 명가가 있음을 알았으니 이 석 모가 한번 인사를 가보는 게 예의겠지."

강호에서 인사를 간다는 건 종종 도전의 의미가 있었다. 이번 역시 다르지 않았다. 연달아 자신의 대제자인 황석인이 추소산에게 처참하게 깨지자 석장천은 호승심이 끓어올랐다.

이미 추소산을 제자로 삼으려던 마음은 구만 리 밖으로 날아간 지 오래였다. 그에게 따로 무공을 전수한 사부가 있음을 안 이상 제자로 거둬들인다는 건 힘들다는 판단이었다.

추소산이 얼른 미소하며 말했다.

"제 사부님께서는 고고한 학과 같이 세사에 관심을 갖지 않으시는 분입니다. 석 방주님의 말씀은 제가 마음으로만 받을 수밖에 없겠습니다."

석장천의 검미가 슬쩍 치켜 올라갔다.

"존사께 내 청을 전할 수 없다는 뜻인가?"

"그렇습니다."

"그건 곤란하군. 이 석 모가 의황에서 누리는 위치가 있는데……."

석장천은 말이 끝나기도 전에 손을 썼다. 일단 추소산을 제압한 후에 천천히 사부가 있는 곳을 물을 생각이었다.

유성룡은 석장천의 성격을 잘 알고 있었다. 추소산이 거절의 뜻을 분명히 밝힐 때부터 주의하고 있던 중 석장천이 손을 쓰자 얼른 검초를 뿌려 막아섰다.

파팟!

번뜩이는 검광.

그것이 유성룡의 유룡검법 중 절초인 용쟁와호(龍爭臥虎)임을 안 석장천이 추소산을 덮쳐 가던 기세 그대로 검신을 때렸다, 철장공이 운기된 장심으로.

따당!

유성룡의 검신이 일시 크게 휘청거렸다. 철장공의 위력이었다.

석장천이 일시 치밀어 오르는 가쁜 숨을 참고 뒤로 물러섰다. 그의 검이 크게 떨리고 있었다.

석장천이 무심히 말했다.

"방금 전 나는 오성 공력을 사용했을 뿐이다."

"어쩐지 별 볼일 없더라니⋯⋯."

"그런 말은 육성 이상을 받아낸 후 하는 게 좋다!"

석장천의 쌍수가 일시 검은색으로 물들었다. 그가 철장공 공력을 본격적으로 끌어올리기 시작했음을 보여주는 변화였다.

'이놈, 진심이구나!'

유성룡은 내심 헛바람을 들이켰다. 진심으로 싸운다면 무공이 떨어지는 그로선 결코 석장천의 철장공을 막아낼 수 있을 리 없지 않겠는가.

그때 갑자기 삭막하게 변한 분위기에 울먹이고 있던 유가영의 눈에 이채가 떠올랐다. 그녀가 세상에서 가장 좋아하는 사람을 발견했기 때문이다.

"엄마!"

유가영의 말이 떨어진 순간 막 유성룡을 짓쳐 가려던 석장천이 쌍수
에 담긴 공력을 풀어버렸다.

유성룡 또한 마찬가지였다. 그는 언제 석장천과 목숨을 걸고 싸우려
했냐는 듯 얼른 검을 검갑 안으로 거둬들였다.

그때 백룡무관의 안주인인 연호경이 안채에서 모습을 드러냈다. 그
녀는 눈앞에 펼쳐진 난장판을 살피고 나직이 혀를 찼다.

"두 사람, 또 싸우려 했군요?"

석장천과 유성룡이 거의 동시에 소리쳤다.

"싸우지 않았다!"

"싸우지 않았소!"

연호경의 입가에 살풋 미소가 떠올랐다.

"후후, 언제나 싸우고선 똑같은 말을 하시곤 했지요. 어머, 소산이
왔군요? 벌써 정오가 지났는데 점심은 챙겨 먹었는지 모르겠네?"

추소산이 연호경에게 담담히 웃어 보였다.

"아직 식전입니다."

"어쩌다가?"

추소산이 유덕조를 힐끔 바라보곤 대답했다.

"덕조와 운보에게 깜빡 속은 탓이지요."

"덕조!"

연호경이 자신의 장남을 꾸짖듯 불렀다. 그러자 유덕조가 얼른 얼굴
에 억울한 표정을 담았다.

"어머님, 제 잘못이 아닙니다!"

"사내대장부가 변명을 하다니!"

"그게 아니라……."

유덕조가 말끝을 흐리자 다시 남편 유성룡과 석장천의 안색을 살피고 대충 돌아가는 상황을 짐작한 연호경이 가볍게 한숨지었다.

"두 장부가 부끄럽구나, 부끄러워!"

유성룡과 석장천은 모두 얼굴을 붉히곤 헛기침을 하기에 바빴다. 두 사람과 연호경은 어려서부터 함께 자란 청매죽마로 사이가 매우 좋았다.

자연스레 연호경은 오랫동안 두 사람에겐 마음속 연인이었다.

지금 그녀는 유성룡의 아내가 되었지만 석장천에게도 여전히 큰 영향을 끼치는 사람이었다. 그녀 앞에서 계속 유성룡이나 추소산에게 싸움을 걸기는 곤란했다.

"모두 철장방으로 돌아간다!"

석장천의 일갈에 철장십수를 비롯한 철장방도 모두가 일제히 대답하곤 백룡무관을 빠져나갔다. 방도들을 먼저 내보내고 마지막으로 신형을 돌려세우는 석장천을 향해 연호경이 부드럽게 권했다.

"장천 대가, 식사라도 하고 가세요?"

"경 매의 뜻은 고맙지만 오늘은 이만 물러가는 게 낫겠다."

다소 딱딱하게 말을 받은 석장천이 추소산에게 한차례 차가운 눈빛을 던지곤 백룡무관을 빠져나갔다. 여전히 유성룡에겐 일언반구의 말도 없이.

"여전히 삐치기도 잘해요!"

나직이 혀를 차며 고개를 가로저은 연호경이 어느새 신형을 일으켜 세운 백룡무관의 제자들을 향해 생긋 웃어 보였다.

"모두 사부의 황당한 명령에 따르느라 고생했다. 일단 밥이나 먹도록 하자꾸나."

“우와!”

유덕조를 제외한 백룡무관의 사형제들이 일제히 환성을 터뜨렸다. 거기엔 어느새 슬그머니 기어들어 온 홍운보도 포함되어 있었다.

아수라장을 겪은 것과 달리 백룡무관의 점심 식사는 부드러운 분위기로 끝났다. 평소 악다구니를 쓰며 반찬 쟁탈전을 벌이곤 하던 나이 어린 제자들이 고개를 폭 숙인 채 밥 먹는 데만 집중했고, 큰 제자들은 불안한 표정으로 사부, 사모의 눈치를 힐끔거리기는 했지만 말이다.

식사가 끝나자 일반 제자들은 알아서 연무장으로 달려나갔다. 이제부터 시작될 싸움에 끼어들고플 리 없다. 그러나 애석하게도 어린 사제들의 뒤를 쫓으려던 유덕조와 추소산은 연호경의 부름에 밖으로 탈출하는 걸 포기해야만 했다.

“소산과 덕조는 좀 남도록 해!”

“예.”

바로 대답한 추소산과 달리 유덕조는 얼굴을 크게 일그러뜨렸다. 모친이 어째서 자신과 추소산을 남게 했는지 짐작 가는 바가 있었기 때문이다.

추소산과 유덕조가 도로 자리에 앉자 연호경의 시선이 아직 밥을 절반 넘게 남기고 있는 유성룡을 향했다.

“이젠 슬슬 식사를 끝낼 시간이 된 것 같은데요?”

“아직 밥이 많이 남았소만…….”

“언제부터 그리 밥을 늦게 드시게 되셨죠?”

“밥을 늦게 먹는 것이 건강에 좋다고 하더군. 그래서…….”

탁!

연호경의 탁자를 손으로 강하게 내려치자 유성룡이 얼른 들고 있던 젓가락을 내려놨다.

평소 나긋나긋하기가 봄바람과 다름없는 연호경이 이렇게 나왔을 경우 어떤 변명이나 예외도 용납되지 않는다는 걸 그는 잘 알고 있었다, 오랜 경험을 통해서.

"잘못했소!"

바로 용서를 구하는 유성룡의 모습에 씁쓸한 미소를 띤 연호경이 다소 누그러진 표정으로 말했다.

"어찌 된 일인지 말해주세요."

"그게……."

유성룡이 추소산의 얼굴을 힐끔거렸다. 그가 있는 곳에서 한바탕 난리를 일으킨 사건의 진상을 밝히기가 부끄러웠기 때문이다.

탁!

연호경이 다시 탁자를 손으로 내려쳤다. 이렇게 되면 있는 그대로 이실직고하는 수밖에 없다.

유성룡이 더듬거리며 입을 열었다.

"사실은 전날 장천과 술을 한잔 마시다가 녀석이 하도 제자 자랑을 하는 통에 열이 뻗쳐서 한 가지 내기를 하게 됐소. 그런데 거기에 너무 열중하다 보니 오늘 좋지 않은 모습을 경 매에게 보이게 된 것 같구려."

"어떤 내기죠?"

"그게, 그러니까……."

"어서 말하세요!"

"내기의 내용은 우리 백룡무관에 장천의 문하를 이길 수 있는 제자가 있다는 것이었소. 그랬더니 장천 녀석이 허풍 떨지 말라며 웃는 게 아니겠소. 그야말로 제 잘난 맛에 사는 녀석이지."

"그래서 소산을 내세우기로 한 건가요? 여태까지 결코 제자가 될 필요 없다고 하셔놓고요?"

"……."

땀을 뻘뻘 흘리기 시작한 유성룡의 얼굴을 지그시 노려본 연호경이 유덕조에게 시선을 던졌다.

"덕조, 나머지는 네가 대신 말하거라!"

"예?"

"부친께서 곤란해하고 있지 않느냐! 자식이 부친을 대신하는 건 그리 욕될 일이 아니니라."

유덕조가 유성룡을 바라봤다. 그의 의견을 묻고 허락을 구하기 위함이었다.

연호경이 눈을 부릅떴다.

"어딜 사내대장부가 쥐처럼 눈을 굴리는 것이냐! 이 어미가 널 그리 가르쳤더냐!"

"…아닙니다."

힘없이 대답한 유덕조가 유성룡의 애절한 표정을 외면한 채 이실직고하기 시작했다. 어떻게 유성룡이 옥화산에서 내려오는 추소산을 기다렸고, 제자들에게 연무 대신 한 편의 연극을 연습시켰는지에 대해 자세하게 늘어놓은 것이다.

그 치밀하고 세세한 계획에 추소산이 입을 벌렸다. 여태까지 유성룡이 밤늦게까지 제자들의 연무를 독려하느라 바쁜 줄 알았던 연호경은 몇 번이나 한숨을 토해냈다.

　결국 유덕조의 말이 끝날 무렵 유성룡의 얼굴은 흙색으로 변했고, 연호경은 머리가 아파 이마에 손을 대야만 했다.

"그것으로 끝이더냐?"

　연호경의 물음에 유덕조가 얼른 고개를 끄덕여 보였다. 속에 담고 있던 말을 모조리 털어놓은 그의 얼굴은 왠지 세속을 벗어난 듯 초탈해 보였다.

　'아비의 등에 칼을 꽂고 제 혼자만 편해서 좋겠구나!'

　유성룡은 유덕조를 감정을 실어 쏘아봤다. 부자지간에 감정의 골이 깊어지는 순간이었다.

　그때 유성룡에게 처연한 눈빛을 던진 연호경이 추소산에게 정중히 허리를 숙여 보였다.

"소산, 아니, 추 소협, 지아비의 부덕한 소치를 용서해 주세요."

"연 부인, 어찌 그런 말씀을."

　추소산이 얼른 일어서서 마주 허리를 숙여 보이자 연호경이 그제야 자세를 바로 했다. 그러나 그녀의 얼굴엔 여전히 수심이 깃들어 있었다.

"그래서 말인데, 추 소협은 지금 당장 이곳 의황을 떠나는 것이 좋을 것 같아요."

"그 말씀은?"

"나와 칠칠치 못한 부군, 철장방주 장천 대가는 같은 동네에서 태어나 어려서부터 친하게 지낸 사이예요. 그래서 내가 장천 대가의 성격을 좀 아는데, 그분은 자존심이 세고 한번 마음에 든 건 끝까지 포기하지 않는 성미예요."

"철장방에서 절 노릴 거란 말씀이십니까?"

"장천 대가는 추 소협을 반드시 제자로 받아들이려 할 거예요."

"그렇군요."

추소산이 천천히 고개를 끄덕여 보였다. 그 역시 백룡무관을 떠나기 전 자신을 바라보던 석장천의 시선이 줄곧 마음에 걸리는 바였다.

그때 안색이 흙빛이 되어 있던 유성룡이 장담하듯 말했다.

"추 소협은 그 점에 대해서 걱정할 필요가 없다네! 장천 녀석은 내가 어찌 막아볼 터이니!"

"당신은 장천 대가를 막을 수 없어요! 한 번도 그분을 이겨본 일이 없잖아요!"

"그, 그건 그렇지만……."

"게다가 이번에 장천 대가는 굉장히 화가 났어요. 그냥 대충 넘어갈 문제가 아니에요."

연호경의 핀잔에 유성룡은 다시 침울한 표정이 되었다. 연호경이 이렇게 직설적으로 말하니 반박할 엄두가 나지 않는 것이다.

추소산이 담담히 웃으며 말했다.

"어차피 저는 오늘 두 분께 인사만 드리고 의황을 떠날 생각이었습니다. 두 분은 걱정하실 필요가 없습니다."

"저, 정말 의황을 떠날 셈인가?"

"사부님께서 세상에 나가 견문을 넓히라는 명을 내리셨습니다. 제자 된 도리로 따르지 않을 수 없지요."

추소산이 간소하게 꾸린 봇짐을 두들겨 보이자 유성룡과 연호경이 한탄과 안도의 기색을 번갈아 드러냈다. 그들에게 추소산이란 존재는 이미 계륵(鷄肋)이 됐음이 분명했다.

제3장

아득한 만리(萬里)에 구름 가득하고

　　유성룡, 연호경 부부에게 작별을 고하고 연무장으로
나선 추소산은 유덕조에게 웃음 띤 얼굴로 말했다.

　　"덕조 너도 고생이 많구나."

　　"뭘, 소산 너한테 미안할 뿐이지. 이번에는 정말 너한테 심한 짓을
한 것 같다."

　　"알긴 아는군."

　　"뭐?"

　　추소산의 발이 유덕조의 엉덩이를 강하게 걷어찼다, 전혀 사정을 봐
주지 않고서.

　　퍽!

　　유덕조는 거의 안면으로 지면에 착지할 뻔했다. 부지불식간에 천근
추(千斤錘)를 발휘해 하체를 안정시키지 않았다면 반드시 그리 됐을 것

이다.

"타! 탁탁!

발끝에 힘을 주고 몇 차례 뛰다가 간신히 자세를 안정시킨 유덕조의 앞에 추소산이 툭 하고 떨어져 내렸다. 그를 발로 찬 후 바로 신형을 날렸음이 분명했다.

퍽!

이번에는 유덕조의 가슴으로 발이 날아들었다. 간신히 신형을 안정시킨 이후라 막을 도리가 없다.

결국 유덕조는 대 자로 바닥에 누웠다. 상대가 추소산인 이상 그 편이 낫다는 판단이었다.

유덕조의 판단은 옳았다.

추소산은 대 자로 뻗은 유덕조를 더 이상 상대하지 않았다. 대신 밥을 먹고 연무장 이곳저곳에 옹기종기 모여 있던 백룡무관의 적전제자들에게 달려들었다. 하나하나 손봐주기 위해서.

퍼퍽! 퍽퍽퍽!

추소산의 연이은 발길질에 유덕조 이하 백룡무관의 적전제자들 전부가 바닥에 나뒹굴었다.

추소산은 평소 귀여워하던 막내 홍운보에 이르기까지 단 한 명도 용서하지 않았다. 자신을 속여 먹은 값은 반드시 치러야 한다는 걸 보여 준 것이다.

"어엉! 엉엉!"

바닥에 주저앉자 울부짖는 홍운보를 추소산이 무서운 얼굴로 을러 댔다.

"또 우는 거냐?"

“끄윽, 끅……!”

“그래도!”

홍운보가 얼른 울음을 멈췄다. 그가 세상에서 가장 무서워하는 사람
은 사부 유성룡이나 사모 연호경이 아니라 추소산이었다.

추소산이 그 모습을 보고 씩 웃어 보였다.

“녀석, 눈물도 헤프다. 본래 이별 선물로 너희들한테 한턱 거하게 내
고 가려고 했다만 날 속여 넘겨 고생하게 만들었으니 그냥 가련다.”

홍운보가 눈가를 소매로 쓱쓱 훔치고 말했다.

“소산 형님, 어딜 가십니까?”

“간다.”

“어딜?”

“천하를 둘러보러 간다.”

그 말을 끝으로 추소산은 미련없이 발길을 돌렸다.

그때 주저앉은 자리에서 벌떡 일어선 홍운보가 느닷없이 추소산에
게 달려들었다.

철퍼덕!

추소산이 살짝 옆으로 물러서자 홍운보가 그대로 바닥에 온몸을 박
았다. 그야말로 온몸을 던져 추소산에게 달려들었음이다.

추소산이 발끝으로 홍운보의 어깨를 툭툭 건드렸다.

“살아 있냐?”

홍운보가 ‘우욱, 우욱’ 소리를 내더니 벌떡 자리에서 일어섰다. 그
는 놀랍게도 울고 있지 않았을뿐더러 양 주먹을 꼭 쥐고 있었다.

싸움이라도 걸 기세.

추소산이 고개를 한차례 옆으로 까닥여 보이곤 말했다.

"운보, 주먹을 쥐었으면 달려들 것이지 뭘 기다리고 있는 거냐?"

홍운보가 입을 한차례 비죽이곤 소리쳤다.

"소산 형님, 가영이를 버리지 말아주십시오!"

"가영이를… 버려……?"

"예, 가영이는… 가영이는…….."

홍운보가 결국 말을 끝맺지 못하고 울먹거리기 시작했다. 평소 걸핏하면 울기부터 하던 모습과는 자못 다른 울분이 담긴 눈물이었다.

대충 홍운보의 마음을 짐작한 추소산이 터져 나오려는 웃음을 간신히 참으며 물었다.

"가영이, 좋아하냐?"

"……."

홍운보가 움찔 어깨를 떨었다.

그걸 긍정의 대답으로 간주한 추소산이 홍운보의 머리를 한차례 툭툭 때려주곤 말했다.

"사내는 자기가 좋아하는 여자를 스스로 지킬 줄 알아야 하는 거다. 남한테 맡기는 게 아니고."

"그건……."

"굳이 대답할 필요는 없다. 사실 대답해도 곤란해. 나도 아직은 잘 모르는 일이니까."

추소산이 다시 신형을 돌려세웠다. 그는 나름의 방식으로 옥화산에서 지낸 오 년간 친형제처럼 정이 든 백룡무관의 제자들과의 이별을 받아들인 것이다.

추소산은 곧바로 의황을 떠나지 못했다.

백룡무관을 나서자마자 근처에 은신해 있던 철장십수 중 세 명이 길을 막고 시비를 걸어왔기 때문이다.

필시 대사형인 황석인의 일을 분하게 여겼음이다.

'이런 식으로 나오는 건가?'

추소산은 이런 상황에서 말이 별로 소용없음을 잘 알고 있었다. 강호 밑바닥을 뒹구는 동안 이러한 상황을 너무나 많이 경험해 봤기 때문이다.

퍼퍽!

추소산은 한마디 말도 없이 목검을 휘둘러 가장 앞에 서 있는 철장십수의 둘째 유연주를 바닥에 쓰러뜨렸다. 기습이었다. 그러자 다섯째인 연목진이 발끈해 달려들었고, 막내 구운진 역시 그 뒤를 따랐다.

묵빛의 종횡.

도합 네 개의 검은색 수장이 파고든 순간 추소산이 검을 크게 원을 그리듯 돌렸다.

폐음소음.

음유하나 굳건한 검식의 흐름에 걸린 연목진과 구운진이 동시에 바닥에 나뒹굴었다. 그들의 양 팔목은 이미 퉁퉁 부어오르고 있었다. 한 사람당 다섯 차례 이상 동일한 부위를 두들겨 맞았으니 당연한 일이었다.

"크으!"

"큭!"

한순간에 제압한 세 명의 철장십수를 바라보며 추소산이 나직이 한숨을 쉬었다.

"어찌 존사의 명도 없이 이런 일을 벌인단 말이오!"

깨진 머리를 부여잡고 끙끙거리던 유연주가 놀란 표정을 추소산에게 던졌다.

"그, 그걸 어떻게……."

"석 방주님 정도 되는 고수가 자기 제자들의 무공 수준을 모를 리가 있겠소이까?"

"……."

유연주가 입을 다물고 얼굴에 부끄러운 기색을 떠올렸다. 사부 석장천에 대해 외인인 추소산보다 몰랐다는 것이 그에겐 꽤나 큰 충격이었다.

그때 추소산이 나이 어림을 참작해 가장 가볍게 손을 쓴 구운진이 비틀거리며 일어섰다. 석장천이 내린 명령을 수행해야 했기 때문이다.

"여기 사부님의 친서가 있습니다!"

"친서……?"

추소산이 석장천의 친서를 받아 바로 펼쳐 보았다.

십리정(十里亭)에서 못다한 얘기를 나누세나!

짧고 간명한 내용이었다.

추소산은 연호경으로부터 전해 들은 석장천의 성격을 생각하며 눈살을 가볍게 찌푸렸다.

'옹고집에 집요한 구석이 있다고 했던가?

조용히 석장천의 친서를 접어 품에 넣은 추소산이 구운진에게 말했다.

"앞장서 주시오."

"예."

이미 추소산의 무공이 자신과 천양지차란 것을 몸으로 경험한 터라 구운진의 태도는 꽤나 공손했다. 마치 추소산을 무림 명문 정파의 제자나 명문 세가의 공자 다루듯 했다.

부상이 심한 편인 사형들에게 몇 마디 위로의 말을 건넨 구운진이 앞장서자 추소산이 그 뒤를 따랐다. 어차피 철장방의 이목을 속이고 의황을 떠나기란 불가능한 일이니 일단 부딪치고 보자는 생각이었다.

'십리정'은 의황 시내에서 조금 벗어난 곳에 위치한 작은 저수지 앞의 정자 이름이다.

과거엔 근처 서원(書院)의 서생들이 종종 와서 시사가무를 즐기던 곳이나 근래 들어 철장방의 소유가 되었다. 석장천이 이곳을 어려서부터 꽤나 좋아했기에 벌어진 일이었다.

問人間 情是何物 直教生死相許

天南地北雙飛客 老翅幾回寒暑

歡樂趣 離別苦 是中更有癡兒女

君應有語 渺萬里層雲 千山暮景 隻影爲誰去

橫汾路 寂寞當年蕭鼓 荒煙依舊平楚

招魂楚些何嗟及 山鬼自啼風雨

天也妬 未信與 鶯兒燕子俱黃土

千秋萬古 爲留待騷人 狂歌痛飲 來訪雁丘處

세상 사람에게 묻노니, 정이란 무엇이기에 생사를 가늠하는가.

하늘과 땅을 가로지르는 새야, 지친 날개 위로 겨울과 여름을 몇 번이나 겪었던고.

만남의 기쁨과 이별의 고통 속에 헤매는 어리석은 여인이 있었네.

님께서 말이나 하련만 아득한 만 리에 구름 가득하고, 온 산에 눈 내릴 때 외로운 그림자 누굴 찾아 날아갈는지를.

분수(汾水)의 물가를 가로 날아도 그때 피리와 북소리 적막하고 초나라엔 거친 연기 의구하네.

초혼가를 불러도 탄식을 금하지 못하겠고, 산귀신도 비바람 속에 몰래 흐느끼는구나.

하늘도 질투하는지 더불어 믿지 못할 것을.

꾀꼬리와 제비도 황토에 묻혔네.

천추만고에 어느 시인을 기다려 머물렀다가 취하도록 술 마시고 미친 노래 부르며 기러기 무덤이나 찾아올 것을.

멀리서 들려오는 노랫소리에 추소산은 잠시 발길을 멈춰 서서 귀를 기울였다. 오래된 시사(詩詞)에 대해선 아는 바가 적으나 지금 십리정에서 들려오는 노래는 사부가 가끔 들려주던 이야기 속에서 들어본 적이 있는 것 같았다.

"이 노래는… 안구사(雁丘詞)로구나!"

추소산이 중얼거리자 노래가 들려오는 소리에 걸음을 멈추고 저수지 주변을 서성거리던 구운진이 얼른 아는 체를 했다.

"저 노래는 사부님께서 가장 좋아하시는 것이죠. 종종 십리정에 홀로 계실 적에 저 노래를 부르곤 하신답니다. 정말 문무를 겸비했다는 건 우리 사부님 같은 분을 두고 하는 말이 아니겠습니까?"

"그렇군요."

추소산은 고개를 끄덕이면서도 내심 석장천같이 거목 같은 사내가 사랑의 쓸쓸함과 애잔함을 담은 안구사 같은 시가를 읊는 건 어울리지 않는다고 생각했다. 그러는 사이 노래가 끝났다. 십리정을 홀로 차지하고 있던 석장천이 부근에 도착한 추소산을 발견했음이다.

"간단한 다과를 준비했으니 추 소협은 사양치 말고 오시게."

적지 않게 떨어진 곳임에도 석장천의 청하는 목소리가 추소산의 귓전을 강하게 울렸다. 그의 내공이 자못 심후함을 말해주는 모습이다.

추소산이 사양치 않고 십리정으로 향했다.

작은 소반 위에 몇 가지 소채와 과일, 차 등을 마련한 채 석장천은 십리정에 앉아 있었다. 백룡무관에서 봤을 때와는 달리 간소한 평상복 차림이었다.

"석 방주님!"

추소산이 십리정에 오르며 소리치자 석장천이 위엄 넘치는 표정을 한 채 맞았다.

"생각보다 빨리 왔구먼."

"오늘은 인사만 드리고 떠날 생각이었으니까요."

"인사만 드린다?"

석장천이 자신의 앞에 단정히 앉은 추소산의 등에 매달린 봇짐을 눈으로 살피고 미미하게 고개를 끄덕였다.

"본래 여행을 떠나기로 한 모양이었군."

"호남성(湖南省)에 볼일이 있습니다."

“호남? 그렇군.”

석장천이 다시 고개를 끄덕이자 추소산은 내심 눈살을 찌푸렸다. 그가 도대체 자신에 대해 뭘 안다고 이렇게 아는 체를 하는지 궁금했기 때문이다.

‘석 방주는 옹고집에 집요한 구석이 있을뿐더러 괜스레 무게를 잡는 버릇도 있는가?’

내심 중얼거린 추소산이 할 말도 없고 해서 방금 전 석장천이 읊었던 안구사를 끄집어냈다.

“석 방주님께서 노래하신 것이 금나라의 문인(文人) 원호문(元好問)이 지은 안구사가 아닙니까?”

“추 소협이 시사를 아는가?”

“많이는 알지 못하지만 사부님께서 종종 전대의 무림 고수들의 일화에 대해 얘기해 주셔서 조금 알고 있습니다. 송나라 말기에 새를 데리고 다니는 유명한 협객이 있었는데 그는 젊은 시절 아내와 헤어진 탓에 사람들 앞에서 종종 안구사를 부르곤 했다고 하더군요.”

“돌을 던져 몽고 황제를 죽인 신조 대협(神鳥大俠)에 대한 얘기로군. 나 역시 매우 좋아하는 얘기라네. 하지만 안구사에는 다른 이야기가 또 있다네. 혹시 존사께서 그것도 알려주셨는가?”

“제가 아는 건 여기까지입니다.”

“그렇군.”

석장천이 입가에 가벼운 한숨을 매달고 자신이 아는 얘기를 늘어놓기 시작했다.

“금나라 황제 장종(章宗) 태화(泰和) 오 년의 일일세. 당시 원호문은 병주(幷州)로 과거를 보러 가는 중이었는데, 길에서 우연히 기러기를 잡는 사람을 만나게 되었다네. 그 사람이 말하길, '내가 기러기 한 쌍을 잡았는데 한 마리는 죽었고, 한 마리는 그물을 피해 요행히 도망을 쳐 살았다. 그런데 살아남은 기러기는 도무지 멀리 도망가지 않고 배회하며 슬피 울다가 땅에 머리를 찧고 자살해 버렸다' 고 했네. 이 이야기를 들은 원호문은 크게 감동하여 죽은 한 쌍의 기러기를 사서 분수 물가에 묻어주곤 그곳을 기러기의 무덤이란 뜻으로 '안구(雁丘)' 라 칭하였다네."

"하나의 시사에 그와 같은 사연이 있었군요."

"그런 것이지."

석장천은 추소산의 말에 대답하며 다시 한숨을 내쉬었다. 무언가 크게 마음이 상한 모습이었다.

마음이 움직이는 걸 느낀 추소산이 말했다.

"석 방주님께서 안구사를 좋아하는 데는 까닭이 있는 것 같군요? 혹시 당년의 신조 대협처럼……."

"수삼 년 전에 아내와 사별하게 됐다네."

"아!"

추소산은 자신의 예상이 맞았음을 확인하곤 내심 자책했다. 그는 오늘 연호경을 보고 크게 경동하던 석장천의 모습을 떠올리곤 잠시 오해하고 있었다. 유성룡과 연호경, 석장천 간에 소위 말하는 삼각관계의 애정사가 여태까지 이어졌으리란 생각을 한 것이다.

그때 눈가에 촉촉한 물기마저 매단 채 석장천이 말했다.

"당년에 나는 사랑하던 사람을 믿었던 친구에게 빼앗긴 후 몇 년간 시름에 젖어 천하를 방황했다네. 그때 만나게 된 게 안사람이었지. 우리 두 사람은 강호의 큰 고난을 몇 번이나 이겨내고 부부가 되었는데,

무심한 하늘의 뜻으로 사별을 하게 되니 마음속의 적적함이란 게 이루 말할 수 없네그려."

"……."

"이런, 추 소협 앞에서 내가 이런 넋두리나 늘어놓다니……."

얼른 고개를 옆으로 돌려 소매로 눈가를 훔친 석장천이 곧 웃는 낯을 한 채 말했다.

"그런 까닭으로 나는 앞으로 남은 여생을 안사람과 함께 일군 철장방과 연공에 바치기로 결정했네. 그 외엔 그 사람이 내게 해준 크나큰 은정을 갚을 길이 없기 때문일세."

"……."

"그래서 말인데, 추 소협은 다시 한 번 생각해 주지 않겠는가?"

"석 방주님의 뜻은?"

"내 제자가 되어주게나! 이렇게 다시 염치 불구하고 추 소협에게 부탁하겠네!"

추소산은 내심 탄식했다. 석장천이 자신을 십리정으로 불러낸 후 안구사를 부르고, 죽은 아내에 대한 얘기를 끄집어낸 까닭을 눈치챘기 때문이다. 그가 십리정에서 벌인 일은 오늘 유성룡이 한 짓과 별반 다르지 않았다.

'그렇다고 일방지주(一幇之主)씩이나 되는 사람이 일부러 눈물까지 보이다니! 석 방주는 옹고집에 집요한 구석이 있을뿐더러 괜스레 무게를 잡는 데다 음흉하기까지 하단 말인가!'

세 번째로 석장천에 대한 평가를 달리한 추소산이 말했다.

"석 방주님의 뜻은 잘 알겠습니다. 그러나 그 뜻은 그저 마음속에만 담도록 하겠습니다."

"역시 안 되겠는가?"

"사부님을 배신할 순 없습니다."

"강호에 여러 명의 사부를 두는 전례가 없는 게 아니네. 어찌 자네 같은 기재를 둔 고인께서 그런 허례를 따지겠는가?"

"물론 사부님께서는 허례를 좋아하시는 분은 아닙니다. 하지만 제가 그분 외의 사부님을 두고 싶지 않을 따름입니다."

"그런가……."

"예."

추소산의 말이 떨어진 순간, 언제 눈물을 흘리고 웃는 낯을 보였냐는 듯 안색을 굳힌 석장천이 벌떡 자리에서 일어섰다.

"그럼 추 소협도 호남으로 떠나려면 시간이 없을 듯하니 빨리 일을 끝내도록 하세."

"일이라니? 무슨?"

"존사께 날 인도해 달라는 걸세. 설마 내가 시간이 남아돌아 오늘 추 소협을 십리정으로 불러들였다고 생각한 건 아닐 테지?"

찬바람마저 도는 표정이고, 위압적인 목소리였다. 심약한 자라면 지금 석장천이 뿜어내는 기세에 놀라 엉덩방아라도 찧었으리라.

물론 추소산은 심약함과는 거리가 먼 사람이었다.

이미 이곳에 오기 전 마음먹은 바도 있었다.

슥!

조용히 자리에서 일어선 추소산이 석장천에게 슬쩍 허리를 숙여 보였다.

"앞서 밝혔다시피 사부님께서는 외인을 만나지 않은 지 오래되셨습니다. 석 방주님께 실례를 범했다면 제가 대신 사죄를 올리겠습니다."

"존사 대신 사죄를 올리겠다? 그게 무얼 의미하는지 모르고 하는 소리는 아닐 터인즉?"

"사부님께 강호의 예의 정도는 배운 바 있습니다."

"허허허!"

석장천이 갑자기 파안대소를 터뜨리곤 십리정 밖으로 신형을 날렸다, 마치 붕새라도 된 것처럼.

"한동안 십리정 주변에는 아무도 오지 않을 걸세. 추 소협은 얼른 와서 사문의 공부를 내게 보여주도록 하게나."

"명을 받들겠습니다."

정중한 대답과 함께 등에 짊어지고 있던 봇짐을 십리정에 내려놓은 추소산이 석장천 앞으로 슬쩍 뛰어내렸다.

슥!

추소산의 안정된 신법을 눈으로 살핀 석장천의 얼굴에 안 좋은 기색이 스쳐 지나갔다.

보면 볼수록 탐난다고 했던가!

석장천은 수전노(守錢奴)가 보산(寶山)을 만난 것처럼 추소산에 대한 탐심을 주체할 수 없었다. 지금 기분 같아서는 자신이 가진 무엇이건 내주고서라도 추소산을 얻고 싶었다.

'본시 뛰어난 인재란 오만한 만큼 거둘 가치가 있다고 했다! 오늘 내가 저 시건방진 녀석의 콧대를 꺾고 그 마음을 훔치리라!'

내심 크게 소리친 석장천이 아무렇게나 목검을 들고 서 있는 추소산을 향해 말했다.

"내가 삼 초를 양보하겠네! 추 소협은 사양치 말고 먼저 공격하게나!"

"삼 초 동안 방어만 하시겠다는 겁니까?"

"그렇네."

추소산은 사양하지 않았다. 어차피 석장천 정도의 고수를 상대로 싸우는 건 이번이 처음이다. 전력을 다해도 이길 수 있을지 없을지 모르는데, 주어진 기회를 살리지 않는 건 바보나 할 짓이었다.

'먼저 제자들과의 차이를 살핀다!'

추소산의 목검이 똑바로 석장천의 안면을 노리며 파고들었다. 종상벽하였다.

스스스!

순식간에 변화한 세 개의 검영(劍影).

익히 종상벽하의 변화를 알고 있는 석장천은 단지 반 보 옆으로 움직이는 것만으로 검초를 피해냈다.

"일 초!"

석장천의 목소리는 무겁고 진중했다.

'안정된 보법!'

추소산의 목검이 바로 오룡희주를 펼쳤다.

이번 역시 익히 석장천이 알고 있는 그대로의 변화로 그는 두 걸음을 뒤로 물러서는 것으로 검초를 무력화시켰다. 전혀 어려움이 보이지 않는 모습이었다.

"이 초!"

좀 전과 다름없는 목소리. 그의 얼굴에 희미한 실망의 기색이 떠올라 있었다. 예상보다 추소산의 검초가 단순하고 위력이 없다는 생각이 들었기 때문이다.

'방어 중에도 반격을 염두해 둔 움직임!'

추소산은 석장천이 진짜 노련한 고수임을 확인하고 비로소 새로운 초식을 펼칠 마음이 들었다. 그에게 이미 눈에 익은 초식을 사용하는 건 무용한 짓임을 눈치챈 것이다.

폐음소음.

가는 떨림을 보인 추소산의 목검이 석장천의 얼굴과 하체를 동시에 쓸어갔다.

종상벽하만큼 빠르진 않으나 조금 더 기교가 들어간 초식.

'그래 봤자 내 손을 쓰게 만들 정도는 아니다!'

석장천은 얼굴 쪽으로 파고든 검영을 소매를 휘둘러 막고선 살짝 위로 뛰어올랐다. 하체를 노리며 파고든 검영을 신법을 펼쳐 무력화시키기 위함이었다.

"삼 초! 이것으로 끝났……."

석장천은 일 장이나 뛰어올라 신형을 뒤집으며 득의롭게 소리치다 순간 안색이 대변했다.

그가 공중으로 뛰어오른 뒤의 움직임을 예상이라도 한 듯 추소산의 목검이 빠르게 찔러 들어왔다.

'봉황전… 시?'

마치 봉황의 날갯짓처럼 양손을 들어올린 추소산이 목검과 일체가 되어 시위를 떠난 살처럼 석장천을 노리며 파고들었다.

앞서의 삼 초완 딴판의 기세!

공중에서 일시 진기를 끌어올리는 데 실패한 석장천이 왼발을 오른발로 밟아 신형을 옆으로 뒤틀었다. 그가 생명이 걸린 실전에서도 한 번도 사용해 보지 않은 임기응변이었다.

그러나 추소산이 펼친 봉황전시는 석장천이 알고 있는 평범한 봉황전시가 아니었다. 추소산이 수없이 연습한 가운데 자신이 만든 지존검법에 맞춰서 변형시킨 검초였다.

스으!

석장천을 노리며 곧게 찔러가던 추소산의 목검이 갑자기 사선을 그리며 밑으로 떨어져 내렸다. 석장천의 심장을 노리며 파고든 것이다.

'허어!'

석장천은 다급한 중에도 한차례 호흡을 들이마셔 체내의 철장공을 유동시켰다.

푹!

추소산의 목검이 석장천의 옆구리 사이로 파고들었다. 본래는 심장을 노렸으나 석장천이 일시 일으킨 철장공으로 인해 매끄러워진 근육에 밀려 목표를 잃어버렸다.

갑작스레 검을 잃게 된 상황!

석장천의 옆구리에 단단히 끼어버린 목검을 한차례 흔들어본 추소산이 갑자기 뒤로 한 걸음 물러섰다, 목검을 놓고서.

'비무 중에 검객이 검을 포기하다니!'

석장천이 눈살을 찌푸렸다. 추소산이 비록 뛰어난 인재이긴 하나 너무 쉽사리 포기하는 게 마음에 들지 않았다. 그래서 막 추소산을 꾸짖으려 할 때였다.

뒤로 물러서서 비무를 포기한 줄 알았던 추소산이 갑자기 풀쩍 위로 뛰어올렸다. 정확히 말해 그는 자신이 포기한 목검 위로 뛰어오른 것이다.

토옥!

추소산은 목검의 검파에 해당하는 부위를 발끝으로 살짝 차며 다시 뛰어올랐다. 이중으로 뛰어올라 석장천의 판단력을 흐린 것이다.

그리고 이어진 현란한 여섯 번의 발놀림.

추소산이 펼친 건 무림인이라면 거의 대부분 알고 있는 원앙연환퇴였다. 삼류의 무인이라면 한 번에 세 번에서 여섯 번 찰 수 있고, 일류 이상이라면 열여덟 번도 가능한 평범한 각법이었다.

다만 추소산의 원앙연환퇴는 상하가 반전되어 있었고, 속도와 변화 역시 달랐다. 그는 이중으로 뛰어오른 여세를 몰아 머리를 땅으로 향한 채 공중에서 여섯 번의 변화를 보였다.

평생 본 일이 없는 공세.

순간적이나마 석장천의 판단력이 흔들렸다.

그는 평생 연마해 온 철장공을 일으켜 머리를 노리는 여섯 개의 각영을 휩쓸고 다리를 내밀어 추소산의 머리를 걷어찼다. 공수를 겸비한 멋진 초식.

그러나 덕분에 그의 옆구리에 끼워져 있던 목검에 대한 방비가 느슨해졌다. 석장천이 무당파(武當派)의 유명한 양의심공(兩儀心功)을 연마하지 않은 이상 자연스런 현상이었다.

시잇!

공중에서 순간적으로 각영을 거둬들인 추소산이 자신의 목검을 되찾는데 성공했다. 그는 전광석화와 같이 목검을 든 채 뒤로 물러섰다. 마치 방금 전의 공격 따윈 자신과는 전혀 관계없는 일이라는 듯이.

'이, 이런!'

추소산에게 목검을 빼앗긴 석장천이 낭패한 얼굴이 되었다. 그는 추소산이 연속적으로 평범하면서도 까다로운 초식을 연계시키는 것을 보기는 했으나 어떻게 자신에게서 목검을 되찾아갔는지 알 수 없었다.

마치 뭔가에 홀린 기분이었다.

토톡!

목검으로 바닥을 한차례 두들긴 추소산이 말했다.

"석 방주님, 이미 방주님과 저는 불승불패(不勝不敗)했습니다. 다시 겨룰 필요가 있겠습니까?"

"불승불패라……."

"사실 제가 취한 방법은 그저 임기응변에 불과합니다. 실제론 이번 비무의 패자는 저라고 할 수 있습니다. 그러니 석 방주님께서 다시 겨루기를 원하신다면……."

"됐네."

석장천이 나직이 탄식하며 손을 들어 보였다. 추소산이 목검을 취한 초식이 어떤 것인지조차 분별하지 못하는 터에 재대결을 벌여봤자 승산이 없다는 판단을 내린 것이다.

'철우경지를 써먹을 만한 상대였는데…….'

다시 석장천이 재대결을 요구할 경우 지존검법의 초식 중 가장 강력한 철우경지를 펼칠 준비를 하고 있던 추소산이 목검을 슬며시 지면에서 떼어냈다. 마음 한 켠에 아쉬움이 없지 않았으나 석장천을 반드시 이긴다는 보장도 없고 보면 오히려 잘됐다는 생각도 들었다.

석장천이 말했다.

"첫 삼 초식은 일부러 평범한 변화를 던지고 그 뒤에 승부를 건 것일 테지?"

"석 방주님이 워낙 대단한 고수이신지라 얕은 수를 쓸 수밖에 없었습니다."

"얕은 수에 비해선 초식 하나하나에 깃든 힘이 보통이 아니더군. 존사께서 어떻게 가르치셨는지는 몰라도 단순히 기재이기 때문에 쌓인 실력은 아닐 것이야."

"석 방주님께서 신공절학을 익히기보다는 만 번 단련함이 옳다고 하셨습니다. 저는 하나하나의 초식을 단련함에 있어 십만 번의 공을 들였을 뿐입니다."

"십만 번?"

"예."

추소산의 천연덕스런 대답에 석장천은 자신도 모르게 장탄성을 터뜨렸다. 그가 비록 사위이자 수제자인 황석인에게 만 번 단련하라 말하긴 했으나 그건 어디까지나 기초의 중요함을 강조한 것에 불과했다.

추소산 같은 기재가 초식의 화려함에 치우치지 않고 평범한 초식을 십만 번씩이나 거듭 단련했다는 말을 듣자 가슴속에 가책이 느껴졌다. 일방지주이자 수많은 방도와 제자를 거느린 석장천 자신조차 평소 그와 같이 스스로를 단련치 못했다는 생각이 들었기 때문이다.

'석장천아, 석장천아! 그야말로 땅 밑의 두꺼비가 천상의 거위를 탐한 꼴이로구나! 어찌 저와 같은 기재를 감히 탐냈더란 말인가!'

내심 고개를 가로저은 석장천이 항시 품에 지니고 다니는 양피지 조각을 끄집어내 추소산에게 내밀었다.

"추 소협, 이 우매한 사람에게 준 깨우침에 대한 선물이라 알고 받아주게나."

"석 방주님, 이건?"

추소산이 양피지를 받지 않고 묻자 석장천이 겸연쩍은 표정을 한 채 말했다.

"내가 이십여 년 전에 강호를 주유하다 우연찮게 발견한 철장수상표(鐵掌水上票) 구천인 대협의 보신경(步身輕)이 적힌 비급이라네. 당년에 구천인 대협의 철장방은 무림제일방(武林第一幇)이라 불리는 개방(丐幇)과 더불어 자웅을 겨룰 정도로 대단한 위세를 떨쳤었다고 하더군."

"……"

"본래 양피지는 두 장으로 하나는 구천인 대협의 철장공이 적혀 있어 내가 연마했는데, 보신경은 인연이 닿지 않아 당년 철장수상표의 위용을 재현할 수 없었다네."

"그건……"

추소산은 그 연유에 대해 물으려다 얼른 입을 다물었다. 당당한 상체와 몸집에 비해 하체가 상당히 짧아 보이는 석장천의 신체적 결함에 시선이 갔기 때문이다.

추소산이 얼른 말을 바꿨다.

"…이런 귀한 걸 어찌 제가 받을 수 있겠습니까? 석 방주님께서는 절 난처하게 하지 말아주십시오."

"안 받겠다는 건가?"

"그러니까 이건……"

"나는 내 단순한 성의조차 추 소협이 거절하겠다는 거냐고 묻고 있네, 지금."

"……"

추소산은 석장천의 심사를 눈치채고 잠시 염두를 굴렸다. 그에게 양피지를 받는다는 건 제자가 되는 대신이었다. 석장천은 지금 추소산에게 유성룡과 같은 정도의 은혜를 입혀놓으려 함이 분명했다.

'다 큰 어른들이 하는 행동 하고는!'

내심 한숨을 내쉰 추소산이 울며 겨자 먹듯이 양피지를 받았다. 석장천을 만족시키지 않고선 의황을 벗어나기가 쉽지 않을 것임을 그는 알고 있었다.

"그럼 감사히 받겠습니다."

"크하하하!"

결국 양피지를 받아 든 추소산을 향해 크게 파안대소한 석장천이 환한 표정으로 말했다.

"어차피 내게는 신외지물(身外之物)에 불과한 물건이었다네. 추 소협이 연마해 후일 당년의 구천인 대협의 풍모를 재현할 수 있다면 이 또한 무림의 복이 아니겠는가?"

"혹여 구천인 대협과 석 방주님의 위명에 오점을 남기지 않을까 걱정될 뿐입니다."

"어찌 그럴 수 있단 말인가!"

석장천은 다시 한차례 웃고는 언제 추소산과 살벌한 싸움을 벌였냐는 듯 다가와 어깨를 두들겨 줬다. 마치 무척 오래전부터 함께한 지인을 만난 듯한 모습이었다.

"그런데 정말 내 딸 다혜는 미인이라네. 의황을 떠나기 전에 철장방에 들러 얼굴이라도 한번 보고 가지 않으려는가?"

"방주님!"

추소산이 눈살을 찌푸린 채 목소리를 높이자 석장천이 아쉽다는 듯 입맛을 다셨다. 제자나 방도들이 없는 자리에서 자신의 진실된 내심을 내보였음이다.

그때 인적 하나 보이지 않던 십리정 쪽으로 한 명의 철장방도가 헐레벌떡 달려왔다.

"방주님! 방주님!"

숨이 끊어질 듯한 방도의 부름에 석장천이 추소산에게서 떨어지며 눈살을 가볍게 찌푸려 보였다.

"무슨 일이기에 이리 호들갑이더냐! 분명히 내가 십리정 쪽에 한동안 아무도 들이지 말라 했거늘!"

철장방도가 석장천 앞에 도착하자마자 얼른 허리를 숙여 보이곤 고했다.

"화 부인께서 방주님을 어서 모셔오라고 하셨습니다!"

"안사람이?"

'안사람?'

석장천이 안구사를 부르며 눈물마저 글썽이던 모습을 기억하는 추소산이 어이없다는 표정이 되었다. 전대의 유명한 애정사를 남긴 이야기 속의 주인공과 같이 굴었던 그에게 또 다른 아내가 있다는 사실이 언뜻 납득이 가지 않았다.

"석 방주님께는 다른 부인이 있으시군요?"

추소산의 다소 비꼬는 듯한 물음에 석장천이 변명하듯 대답했다.

"본래 장부는 삼처사첩을 두는 게 당연하지 않은가. 사랑하는 사람을 잃은 적적함을 달래기 위해 나도 몇 명의 아내를 두었다네."

'몇 명씩이나… 두었군.'

"물론 마음속의 허전함이야 달랠 길이 없지만 말일세."

"…예."

추소산은 짧게 대답하며 석장천의 시선을 슬그머니 외면했다. 이젠 그가 어떤 말을 하든 믿을 수 없을 것 같았다.

그때 방도를 보낸 것으로도 모자랐는지 십리정으로 화 부인을 태운

가마가 모습을 드러냈다.

탁!

석장천의 모습이 보이는 곳에 도착한 가마가 멈춰 섰다. 가마를 든 철장방도들이 석장천의 노기 어린 표정을 보고 크게 놀랐기 때문이다.

가마 속에서 교염한 목소리가 흘러나왔다.

"도착한 건가요?"

가마를 멘 철장방도 중 한 명이 얼른 대답했다.

"화 부인, 그렇습니다."

"가마를 내리세요."

"예."

가마가 바닥에 내려졌다. 그리고 발이 들어올려지자 가마 안에 타고 있던 사십 세가량의 중년미부가 모습을 드러냈다. 현재 철장방주 석장천의 제일부인인 화미교였다.

사락!

옷자락을 끌며 가마에서 내린 화미교가 석장천에게 아미를 살짝 찡그려 보였다.

"대가는 어째서 소첩을 부축해 주지 않는 건가요?"

석장천이 힐끔 추소산을 바라보곤 화미교 쪽으로 한걸음에 다가가 그녀의 손을 잡아주었다.

"부인, 어찌 이런 곳까지 나온 것이오?"

"대가께서 석인이에게 말도 안 되는 명을 내렸다기에 놀라 달려온 겁니다."

화미교의 얼굴에 꾸짖는 표정이 역력했다. 하긴 자신의 하나밖에 없는 딸 석다혜와 부군인 황석인을 석장천이 강제로 이혼시키려 했으니 화가 나는 것도 당연했다. 석다혜와 황석인의 금슬이 꽤나 좋은 편임을 그녀가 아는 까닭이었다.

석장천이 굳건한 안색을 가볍게 붉혔다.

"거기엔 사정이 있으니 나중에 부인께 말해 드리리다."

"소첩이 사정을 전혀 모르고 이곳에 왔다고 생각하시는 건가요?"

재빨리 주변의 철장방도들에게 호랑이 같은 시선을 던진 석장천이 얼른 얼굴에 미소를 담았다. 화미교가 연약한 꽃과 같이 부드러운 외모와 달리 까다롭고 강인한 성격을 지니고 있기 때문이다.

"부인, 그러니까 이따 철장방으로 돌아간 연후에……."

"소첩이 대가께서 새 사윗감으로 점찍은 사람을 봐야겠습니다. 그러기 위해 이곳에 온 거예요!"

단호하게 석장천의 말을 끊은 화미교가 멀뚱하게 서 있는 추소산에게 시선을 던졌다. 마치 한 마리의 고양이가 생선을 살피는 듯한 시선이었다.

"추 소협이라고 했던가요?"

"예."

"잠시 이리로 와보세요!"

'갈수록 점입가경(漸入佳境)이로구나!'

추소산은 화미교에게 다가가고 싶지 않았다. 그녀의 표정이 심상치 않았기 때문이다.

그러나 석장천의 난처한 기색을 보자 거절의 말을 하기가 쉽지 않았다. 그에게 날름 보신경 비급을 받은 게 후회되는 순간이었다.

추소산이 다가와 슬쩍 고개를 숙여 보이자 화미교가 눈을 몇 차례 깜빡이곤 입가에 부드러운 미소를 담았다.

"과연 훤칠하게 잘생긴 게 석 대가가 좋아할 만하군요. 우리 혜아가 아직 미혼이라면 나 역시 탐을 냈을 거예요. 하지만 아쉽게도 혜아에 겐 이미 훌륭한 부군이 있군요. 추 소협은 이 점을 이해해 줘야만 해 요."

"물론입니다."

"어머, 말을 잘 알아듣는군요."

추소산이 슬쩍 웃어 보였다.

"사실 저는 오늘 의황을 떠날 참이었습니다. 부인께서는 괜한 걱정 을 하실 필요가 없습니다."

"오늘 의황을 떠난다고요?"

"예, 한동안 이곳으로 돌아오지 않을 겁니다. 그렇지 않습니까, 석 방주님?"

추소산의 갑작스런 물음에 석장천이 얼른 고개를 끄덕여 보였다. 심 중에 애석함을 가까스로 숨기고서.

"그렇네! 암, 그렇고말구!"

'됐다!'

내심 중얼거린 추소산이 다시 화미교에게 정중하게 고개를 숙이곤 석장천에게 포권했다.

"그래서 말인데, 저는 더 시간이 늦기 전에 길을 떠날까 합니다."

"가려는가……?"

"예."

대답과 더불어 추소산이 다시 미소를 짓고는 십리정을 떠나갔다. 그 의 앞을 가로막는 철장방도는 아무도 없었다.

표홀히 떠나가는 추소산의 뒷모습을 바라보며 석장천이 거듭 한숨을 내쉬었다.

"아깝구나! 진실로 아까워!"

화미교가 석장천에게 다가가 살며시 어깨를 기대며 다정하게 위로의 말을 건넸다.

"대가, 다시 돌아오지 않는다고 하진 않았어요. 우리는 그때를 기다릴 수 있을 거예요."

"우리?"

석장천이 놀라 바라보자 화미교가 화사하게 웃어 보였다.

"석인과 추 소협을 비교하는 건 진실로 봉황과 까마귀를 견주는 것과 같은 일이지 않겠어요?"

"과연 부인밖에 없소!"

"아이……."

"크하하하!"

석장천이 얼른 화미교의 동그란 어깨를 끌어안았다. 그러자 방주 부부의 주변에 모여 있던 철장방도들은 내심 황석인의 암울한 미래를 생각하며 한숨을 푹푹 내쉬었다, 부부 일심동체란 말을 떠올리면서.

제4장
오악검파(五岳劍派)의 기재들

의황을 떠나 호남성으로 향하는 한 달 동안 추소산은 석장천에게 얻은 철장수상표 구천인의 보신경 요결을 홀로 연마했다, 여태까지와 마찬가지로.

수류보(水流步)와 철마류(鐵馬流).

기본적으로 근래 무림 유수의 명문 정파에서 보법, 신법, 경공을 나누어서 가르치는 것에 비해 구천인이 남긴 보신경에는 하나의 보법과 하나의 경신법이 전부였다.

수류보의 경우 추소산이 익히 알고 있는 투보(偸步)나 삼재보(三才步)에서 그다지 큰 변화가 없었고, 근원거리 모두에 사용할 수 있는 철마류 역시 그다지 괜찮은 경신법 같진 않았다. 구천인이 활동하던 시절과 현 무림의 무공 수준이 꽤나 많이 차이가 났음이다.

그러나 본래 '권법은 우선 보법에서' 라는 말이 있고, '일안이족 삼

단사력(一眼二足三胆四力)'이라 했다. 상승의 무공을 연마하기 위한 보신경의 중요성은 아무리 강조해도 모자람이 없었다.

가령 강력한 찌르기나 차기를 상대의 몸에 보내는 데 있어서나, 혹은 상대의 공격을 막기 위해서든 어느 쪽도 경쾌하고 안정된 보신경이 없어선 안 된다.

특히 방어의 경우 평상시 몸을 움직이지 않고 손만으로 상대의 공격을 막는 습관이 들면 자기보다 크고 힘이 센 상대의 공격을 막아낼 수 없거나 혹시 무기를 가진 상대와 대전할 경우에는 대단히 위험하다.

또 경쾌한 보신경이라 하더라도 앞으로 나가거나 뒤로 물러나는 것뿐만 아니라 좌우에서 비스듬히 자유자재로 또한 무리가 없는 이동이 이뤄지지 않으면 안 된다. 보신경의 원칙은 '움직임은 경쾌하면서도 중심이 떠오르지 않을 것', '중심이 안전하면서도 동작이 무겁지 않을 것' 등이기 때문이다.

자기로부터 상대가 가깝고, 상대는 자기에게 멀게 한다.

여태까지 알고는 있었으나 정확히 어떤 것인지 잘 모르고 있던 보신경의 대원칙을 속으로 외우며 추소산은 수류보와 철마류를 동시에 연마했다.

어차피 강서성에서 호남성으로 향하는 길은 수로를 이용하지 않는 이상 멀고 험난했기에 자연스레 새로운 보신경에 몸을 적응시킬 수 있었다. 여행 자체가 수련이 되는 셈이었다.

그렇게 추소산의 발걸음이 호남성의 명산이자 중원오악 중 남악(南岳)인 형산(衡山) 부근에 도착했을 때였다.

새벽부터 시작한 보신경 수련을 멈추지 않고서 길을 재촉하고 있던 추소산이 인적 하나 보이지 않는 관도 중간에 멈춰 섰다. 얼마 전부터 그의 뒤를 따라붙기 시작한 기괴한 모습을 한 늙은 거지가 신경을 거슬리는 짓을 하고 있었기 때문이다.

"후우!"

가벼운 한숨과 함께 늙은 거지에게 고개를 돌린 추소산이 조금 화난 목소리로 소리쳤다.

"노화자(老化子)께선 어디까지 쫓아오실 작정이지요?"

추소산이 수련을 멈추기 전까지 계속 그의 보법을 따라하고 있던 늙은 거지가 움찔 동작을 멈췄다. 막 뒷발을 앞발과 교차시키듯이 하여 앞쪽으로 내디디려던 동작을 멈춰 버린 것이다. 자연히 몸의 중심이 흐트러질 수밖에 없다.

기우뚱!

늙은 거지의 신형이 옆으로 크게 기울어졌다. 그의 늙은 몸이 당장 바닥에 쓰러질 것 같다.

추소산은 달려가 늙은 거지를 부축해 주지 않았다. 그가 결코 땅에 쓰러지지 않을 것임을 알고 있었기 때문이다.

그의 예상대로였다.

늙은 거지는 용케도 바닥에 거의 절반쯤이나 쓰러졌던 신형을 바로 세웠다. 어찌 보면 곡예라도 부리는 듯한 모습.

"에휴휴, 늙은 몸에 뼈다귀마저 부러질 뻔했구나! 위험했어! 위험했어!"

늙은 거지가 땀도 나지 않는 이마를 더러운 소매로 연신 문질러 대곤 추소산에게 왈칵 소리를 질렀다.

"어째서 그리 갑자기 소리를 지르는 것이냐! 이 늙은 거지, 놀라서 애 떨어질 뻔했다!"

“임신하셨습니까?”

“말이 그렇다는 게 아니냐, 말이!”

늙은 거지는 다시 크게 소리 지르고는 땅바닥에 그냥 철퍼덕 주저앉더니 추소산에게 말했다.

“그건 그렇고, 새벽부터 자네를 따라다니느라 동냥도 하지 못했네. 혹시 식은 밥덩이나 육포라도 있으면 하나 나눠주게나.”

‘동냥에 들어가자마자 자신을 낮추다니, 진정한 거지로구나!’

뼛속 깊은 곳까지 거지가 아니라면 보일 수 없는 늙은 거지의 모습에 나직이 혀를 찬 추소산이 품에서 육포 한 덩이를 꺼내 던져 줬다.

“이거 드시고 더 이상 절 따라오지 마십시오. 제 보법을 흉내 내지도 마시고요.”

“응, 육포씩이나 던져 주는 건가!”

늙은 거지가 반색을 하고 육포를 받아 들고는 개걸스럽게 씹어먹기 시작했다. 적어도 사흘은 족히 굶은 듯한 모습이었다.

그 모습을 지켜보던 추소산이 신형을 돌렸다. 자신의 수류보를 거의 완벽에 가깝게 따라하던 늙은 거지의 정체가 궁금하긴 했지만 특별히 그와 얽히고 싶은 생각은 없었다.

‘그냥 가는 건가?’

늙은 거지가 절반쯤 먹은 육포에서 얼굴을 떼고 추소산의 뒷모습을 눈곱 낀 눈으로 바라봤다. 이미 배고픔에 절은 거지의 얼굴 대신 호기심 넘치는 표정만이 가득했다.

벌떡!

늙은 거지는 얼른 엉덩이를 털고 자리에서 일어섰다. 추소산을 쫓아가기 위함이었다.

그러자 추소산이 슬쩍 발끝에 힘을 집중했다. 여태까지 펼치던 수류보 대신 철마류를 전개해 늙은 거지를 떼어놓기로 마음먹은 것이다.

파곽!

추소산의 발끝이 지축을 찍는 순간, 그의 신형이 앞으로 쏜살같이 치달려가기 시작했다.

"어!"

늙은 거지의 입에서 육포 조각이 튀어나왔다. 추소산이 이렇게 갑작스레 경공을 펼쳐 도망치리라곤 생각지 못했기 때문이다.

번뜩!

늙은 거지의 눈에 기광이 떠올랐다.

'크흘흘, 이번 오악지회(五岳之會)에 오악검파의 날고 기는 기재들이 다 모인다고 하더니 꽤나 재밌는 녀석이 끼어들었구나! 감히 노부 풍개(風丐) 지화자에게 동냥을 주고, 부탁 하나 하지 않고 달아나 버리다니!'

풍개 지화자.

당대 정파무림을 이끄는 여러 명문 대파 중 하나이며 정통의 구파일방(九派一幇) 중 천하제일방이라 불리는 개방의 한 명밖에 없는 구결장로(九結長老)가 바로 그였다. 방주인 협개(俠丐) 나원경의 매듭이 팔결에 불과하니 그의 개방에서의 위상을 알고도 남음이 있었다.

그런 그가 갑자기 호남성에 모습을 드러냈으니 특별한 까닭이 없을 리 없다.

그는 최근 백 년 내 갑자기 구파 중 하나인 화산파를 중심으로 욱일승천 세력을 키우기 시작한 오악검파의 오악지맹을 구경하기 위해 호남성에 왔다. 올해 오악지맹의 개최지가 형산파(衡山派)였기 때문이다.

오악지맹은 오악검파에 속한 다섯 문파의 제자들이 매 십 년마다 모여 검재(劍才)를 겨루는 일종의 비무대회였다.

지난 아홉 번의 대회에선 모두 오악검파 중 유일하게 구파에 속한 화산파가 압승을 했으나 매해 나머지 사 파의 수준이 높아져 가고 있었다. 오악검파 모두가 계속 검학을 교류하여 절차탁마한 까닭이다.

결국 여태까지 전통적으로 정파무림을 이끌어왔던 구파일방에서 우려의 시선을 던지지 않을 수 없었다. 당대제일의 문파인 화산파가 중심이 된 오악검파에 구파일방이 여태까지 누리고 있던 기득권을 빼앗길 것을 걱정하게 된 것이다.

하지만 강호제일의 정보력을 지닌 개방의 대장로인 지화자는 오악검파 사이에 보이지 않는 암투가 존재함을 알고 있었다. 당대제일의 문파인 화산파에는 어쩔 수 없지만 오악검파의 차석을 차지하기 위한 경쟁은 매우 치열했다.

후일 구파일방을 오악검파가 대신하게 될 때에 대비한 포석이라고 해야 할까?

그래서 지화자는 개인적인 관심과 다른 여타 정파무림의 근심을 불식시키려 이번 오악지맹을 관찰하러 왔는데 그의 눈에 들어온 게 바로 추소산이었다.

평범하면서도 뭔가 현기가 느껴지는 보법!

수류보를 연마하며 형산 쪽으로 향하는 추소산을 지화자는 대뜸 오악검파의 제자라고 생각했다. 그의 본신 무공을 보지는 못했지만 뛰어난 무골에 지극히 탄탄한 기본을 지녔음을 알 수 있었기 때문이다. 지금 형산 부근에 그와 같은 후기지수가 있다면 어찌 오악검파의 제자가 아니라 생각할 수 있겠는가.

한차례 고개를 갸웃거린 후 추소산이 철마류를 펼치기 전에 디딘 곳으로 달려가 바닥을 살핀 지화자의 눈이 껌벅여졌다.

"독특한 경공이로다! 어찌 용천혈로 기력을 발출하지 않고 그같이 빨리 뛰어갈 수 있더란 말인가?"

지화자는 보신경의 고수로 개방 비전의 취팔선보(醉八仙步)를 대성한 사람이었다. 무공 시전자의 발자국만으로도 그 보신경의 연원을 추측해 낼 수 있었는데 추소산의 철마류만큼은 도무지 가늠키 어려웠다. 구천인의 보신경 자체가 남송(南宋) 이후 절전되었기에 가능한 일이었다.

'역시 오악검파란 건가?'

더욱 추소산에 대한 관심이 끓어오름을 느낀 지화자가 한줄기 바람처럼 신형을 뽑아 올렸다. 그의 정확한 무공 연원과 정체를 파악하기 전에는 결코 떨어지지 않을 셈이었다.

철마류를 펼쳐 단숨에 지화자를 떨어뜨린 추소산은 한참을 달려 형산 자락에서 삼십 리가량 떨어진 형동(衡東) 부근에 이르렀다.

형동은 제법 큰 시진으로 그곳으로 향하는 관도 부근에 몇 개나 되는 객점과 반점이 보였다. 거의 오전 내내 지화자를 제외하곤 사람 한 명 보지 못한 추소산으로선 꽤나 반가운 광경이었다.

'대충 이만 하면 사람들의 이목을 집중시키기엔 충분하겠군.'

추소산이 어깨를 한차례 흔들어 보였다. 그가 변검을 공연하기 전의 준비 동작이었다.

그리고 앞으로 내디뎌진 일 보.

스슥!

추소산의 얼굴이 새하얀 피부의 아낙처럼 변했다가 순식간에 놀기 좋아하는 소동으로 탈바꿈했다. 변검이 경지에 오른 사람만이 펼칠 수 있다는 일보다변의 묘기를 부리기 시작한 것이다.

"어어, 저거……."

"헤에!"

이리저리 어깨춤을 추며 걸어 들어오는 추소산의 현란한 변검에 사람들의 탄성이 절로 일었다.

형동이 그다지 작지 않은 시진이라곤 하나 제대로 된 변검 공연 같은 건 쉽사리 볼 수 없었다.

적어도 호남성에선 악양(岳陽)이나 성도(城都)인 장사(長沙) 정도는 가야 지금 추소산이 펼치는 수준의 변검을 볼 수 있었다.

사람들이 몰려드는 건 순식간이었다.

관도를 오가던 사람들이 모여들자 근처의 객잔과 반점 등에서도 뭔 일인가 싶어 달려나왔다. 구경꾼이 열 명에서 이십 명, 삼십 명… 백여 명으로 늘어났다.

그때 능숙하게 스물다섯 번의 각기 다른 사람의 얼굴을 연기해 낸 추소산이 크게 목소리를 높였다.

"호남의 어르신네들, 부인님네들, 꽃과 같이 어여쁜 소저님네들, 헌앙하고 기개 넘치는 청년님네들, 보십시오! 여기 이 사람은 일찍이 하늘을 아버지로 삼고 땅을 어머니로 삼아 천하 이곳저곳을 떠돌아다니며 기예를 팔게 되었습니다! 어찌 천하에 명산이라 불리는 형산에 이르러 그냥 발길을 돌릴 수 있겠습니까?"

"옳다!"

"거 말 한번 잘한다!"

능숙하고 구수한 추소산의 언변에 구경꾼들이 신이 나 소리를 질러 댔다. 소리 지르는 데 돈 드는 거 아니니 시원하고 즐거운 목소리들이었다.

추소산이 다시 변검을 펼치는 와중에도 꾸벅하고 소리 질러준 사람들한테 인사를 올렸다. 이런 사람들이 구경꾼 중에 있을 땐 장사가 꽤나 수월함을 알고 있었기 때문이다.

추소산이 다시 목소리를 높였다.

"하여 멀리 보이는 형산의 커다랗고 장엄한 그림자를 쫓아 발길을 옮기다 보니 이렇게 이곳까지 오게 되었습니다! 그리고 신명이 동해 이처럼 한차례 기예를 선보이게 됐으니 이 또한 인연이라 하지 않을 수 있겠습니까?"

"인연이다, 인연이야!"

"더 보여줄 것이 있는 것 같구나!"

"더 보여줄 것이 있으면 빨리 보여줘라! 밥 시켜놓고 달려나왔으니까!"

추소산은 승부처에 도달했음을 직감했다. 사부 단양을 쫓아다니며 배운 이야기의 원칙 중 가장 중요한 것이 얼마나 자연스럽게 돈을 요구하느냐였다.

"물론 제 기예는 이것으로 끝이 아닙니다! 아주 괜찮은 것이 남아 있습니다!"

"그럼 빨리 보여봐라!"

"하지만 기예를 펼치는 저 같은 사람한테도 자존심이란 게 있지 않겠습니까? 여러분의 뜨거운 박수가 없다면 어찌 속에 품고 있는 밑천을 한꺼번에 드러낼 수 있겠습니까?"

"와아아!"

박수가 터져 나왔다. 우레와 같았다.

그래도 추소산은 금세 보여주려 하지 않았다. 마치 지금 받은 박수로는 부족한 것처럼 고개까지 절레절레 흔들어 보였다. 밥의 뜸을 들이는 것과 다름없었다.

그러자 눈치 빠른 사람 중 몇몇이 구리 동전을 꺼내 집어 던지기 시작했다. 한 명이 던지자 두 명이 따라 던졌고, 곧 십수 명이 그 뒤를 따랐다.

바로 그때였다.

번뜩!

추소산이 변검을 펼치는 것과 동시에 신형을 공중으로 띄워 올렸다.

단순한 공중제비?

사람들은 일순 재미없다는 표정을 지어 보이다 곧 입을 제각기 있는 대로 벌려 보이기 시작했다.

처음 시작은 한 번이었던 공중제비가 두 번이 되더니 다시 세 번이 되고 네 번, 다섯 번으로 늘어났다. 추소산은 변검을 펼치며 계속 공중제비의 숫자를 늘려가고 있었다, 점차 빠르게 얼굴의 가면을 바꿔가면서.

결국 공중제비의 숫자가 여덟 번에 이르렀을 때였다. 사람들은 더 이상 참지 못하고 엄청난 함성과 박수 갈채, 수없이 많은 동전 세례를 추소산에게 던져 주었다. 공연은 전례가 없을 정도의 대성공을 거둔 셈이다.

"대단하군. 공중에서 열 번 넘게 공중제비를 돌 수 있다니!"

탄성을 터뜨린 사람은 추소산의 변검 공연으로부터 십여 장 정도 떨어진 소나무 주변에 서 있는 세 명의 청년 중 한 명이었다. 그는 백의 무복을 맵시있게 걸치고 소매에는 세 송이의 매화가 수놓아져 있었다. 당금 무림에서 화산파의 진산제자만이 이런 복장을 하고 다닌다.

청년의 오른쪽에 선, 남의 무복에 홍안의 얼굴에는 어울리지 않는 험상궂은 인상을 쓰고 있는 청년이 투덜거렸다.

"화 사형, 기껏해야 길거리에서 어설프게 익힌 무공 나부랭이로 기예나 파는 자에게 어찌 관심을 가지시는 겁니까?"

화 사형이라 불린 청년이 홍안의 청년에게 담담히 웃어 보였다.

"윤 사제, 태산파(泰山派)에는 화류비풍영(花流飛風影)이란 보신경이 있다고 들었네. 사제의 성취는 어느 정도나 되는가?"

"아직 육성을 넘기지 못했습니다만."

"육성?"

크게 놀란 목소리를 낸 사람은 청의 무복에 독특한 백색 장검을 찬 날카로워 보이는 인상의 청년이었다. 그의 얼굴에 놀라는 듯한 표정이 떠오르자 윤 사제라 불린 청년이 두 볼을 가볍게 부풀려 올렸다.

"사 사형, 그 얼굴 표정은 뭡니까! 본 파의 화류비풍영은 익히기 무척 힘들단 말입니다!"

"누가 뭐라던가."

"그런 사 사형은 숭산파(嵩山派)의 보신경 중 완성한 게 있으신 겁니까?"

"나는 본 파의 추풍환영비(追風幻影飛)를 팔성 이상 익혔다. 뭐, 태산파의 화류비풍영보다 익히기 어렵지 않은 보신경이긴 하지만 말야.”

“큭!”

사 사형이라 불린 청년이 얼른 시선을 돌리자 윤 사제라 불린 홍안 청년이 어깨를 부들거리며 떨었다. 분해서 견디지 못하겠다는 표정이다.

표풍검(飄風劍) 화무겸.

홍운검(紅雲劍) 윤지경.

옥호검(玉虎劍) 사소정.

이들 세 명의 청년은 오악검파 중 화산, 태산, 숭산에 속한 제자들로 이번에 형산에서 열리는 오악지회에 참가하기 위해 온 기재들이었다.

평소 교류가 잦은 편이라 얼마 전 우연찮게 만나 동행하게 되었는데, 사소정과 윤지경은 사흘 동안 세 차례나 말다툼을 할 정도로 사이가 좋지 않았다. 물과 기름처럼 어울리지 못하는 것이다.

다시 사소정에게 윤지경이 울컥해서 덤벼들려 하자 자연스레 두 사람 사이로 화무겸이 끼어들었다.

“어째 두 사람은 눈만 뜨면 서로를 못 잡아먹어 안달하는 건가?”

윤지경이 화난 어조로 소리쳤다.

“화 사형도 듣지 않았습니까! 사 사형이 제 화를 돋우는 것을요!”

사소정이 여전히 미소 띤 얼굴로 피식거렸다.

“윤 사제야말로 자격지심에 그러는 게 아닌가?”

“자격지심이라니?”

다시 사소정에게 달려들려는 윤지경을 화무겸이 가로막았다. 단지 반 걸음의 움직임만으로.

‘역시 화산의 화무겸! 이번 오악지회에서 내 적이 될 자는 너뿐이로

구나!'

사소정은 화무겸에게 서늘한 눈빛을 던졌다. 화무겸의 시선이 윤지경을 향한 잠깐 새 벌어진 일이다.

화무겸이 윤지경에게 말했다.

"윤 사제는 내가 어째서 방금 전 그런 질문을 던졌는지 궁금하지 않는가?"

"방금 전의 질문이라면……."

화무겸의 시선이 여전히 공중제비를 돌며 사람들에게 박수 갈채를 받고 있는 추소산 쪽을 향했다. 그러자 그를 따라 시선을 던진 윤지경이 얼른 고개를 끄덕였다.

"아, 그 질문!"

"그래, 그 질문 말이야. 윤 사제는 공중제비를 한 번에 몇 번이나 돌 수 있지?"

"그야 일곱 번쯤은……."

윤지경이 바로 대답하려다 얼른 말끝을 흐렸다. 얼마 전 화무겸이 감탄했던 것에 딴지를 건 일이 떠올랐기 때문이다.

그때 사소경이 추소산에게 시선을 던지며 무심히 말했다.

"나도 한 번에 공중제비는 열 번에서 열두 번 정도가 한계야. 그러고 보면 저 기예꾼의 경공 실력은 우리보다 낮다고 할 수 있겠군."

'쳇, 결국 나보다 경공이 낫다는 걸 말하고 싶었던 거로군!'

사소경을 못마땅한 듯 바라본 윤지경이 화무겸에게 질문하듯 말했다.

"화 사형, 그렇다면 저 사람은 기예가 아니라 무공을 익혔다는 건가요?"

"내식을 다스리지 못하는, 일개 기예를 익힌 자가 공중제비를 저리 많이 할 순 없는 일이지."

"다른 일까지 해가면서 말야."

사소정이 얼굴을 손으로 슥슥 해 보이는 시늉을 했다. 추소산의 변검을 흉내 낸 것이다.

그 모습이 또한 마음에 들지 않은 윤지경이 갑자기 구경꾼들을 향해 달려갔다, 뭔가 단단히 결심을 한 표정을 하고서.

"아차!"

화무겸이 혀를 차자 사소정이 팔짱을 끼면서 중얼거렸다.

"윤 사제에게 선수를 빼앗겨서 섭섭하겠군."

"그런 자네는 그다지 관심이 없는가 보군?"

"내 관심은 오악지회가 끝나기 전까진 무겸 자네한테만 국한됐을 뿐이야."

"그런가?"

화무겸이 나직이 웃어 보였다.

추소산은 수많은 박수 갈채 끝에 공연을 끝마쳤다. 대충 관중들의 환호성이 극에 이르자 공중제비 돌기와 변검을 끝내고 정중하게 인사를 올렸다. 어디까지나 기예를 파는 예인의 모습이었다.

'오늘은 운이 좋군. 이렇게 많은 사람들의 호응을 얻었으니.'

추소산은 웃음 띤 얼굴로 바닥에 떨어진 동전을 능숙하게 주워 들었다. 한 번의 공연으로 족히 열흘치 숙식비를 벌어들인 것 같았다.

한데, 동전을 향해 손을 뻗던 추소산이 어깨를 한차례 움찔거렸다. 그가 동전을 주우려는 순간 하나의 발이 앞서 그 앞을 차지했기 때문이다.

탁!

추소산은 살짝 뒤로 물러서며 재빨리 발의 주인을 살폈다. 평소 사람이 많은 시진에서 공연을 펼칠 때면 으레 나타나곤 하는 흑도(黑道)의 왈패들인가 싶어서였다.

만약 그렇다면 추소산에게도 상대할 방도가 여럿 있었다. 가장 좋기로는 공연에서 벌어들인 수익 중 일부를 나눠주고 친구가 되는 것이고, 차선으로는 뒷골목으로 끌고 가 죽도록 밟아주면 되었다. 그다지 어려운 일은 아니었다.

'뒷골목 주먹패는 아니다!'

추소산은 자신보다 한두 살가량 어려 보이는 윤지경을 보고 잠정적인 결론을 내렸다. 험상궂은 얼굴로 절반은 먹고 들어가는 게 뒷골목 왈패들인데 윤지경같이 얌전하게 생긴 홍안의 청년이 어울릴 리 없다.

게다가 그의 허리에 매달려 있는 푸른색 검갑 속의 장검.

그건 한눈에도 범상치 않았다.

적어도 행사깨나 하는 무림 문파의 제자들이나 차고 다닐 법한 장검인 것이다.

"소협, 발 좀 치워주시겠소이까?"

추소산의 정중한 요구에 윤지경이 잠시 머뭇거리다가 크게 소리쳤다.

"싫다!"

"소협이 꽤나 빈궁하신 모양이구려. 길거리에서 기예를 팔고 사는 예인의 동전을 탐하는 걸 보니."

추소산은 한마디를 툭 던지고 슬그머니 신형을 돌렸다. 미련없이 동전을 포기한 것이다.

"저런 불한당 같은 놈을 봤나!"

"정말 치졸한 녀석이로군!"

아직 추소산 근처에서 떠나지 않고 있던 구경꾼 중 몇 명이 윤지경을 바라보며 손가락질했다. 그를 완전히 불한당과 동일시하는 분위기였다.

"이익!"

윤지경은 얼굴을 붉히곤 사람들을 노려봤다. 그제야 그의 옆구리에 매달린 장검을 본 사람들이 움찔한 표정으로 흩어져 갔다. 이번에 형산에서 오악지회가 열리는 걸 아는 자들이 동료나 친분있는 사람들에게 주의를 줬기 때문이다.

윤지경의 화가 거기서 풀릴 리 없었다.

'그냥 보낼까 보냐!'

추소산의 뒷모습을 매섭게 노려본 윤지경이 발끝을 살짝 들어 밟고 있던 동전을 툭하고 찼다, 추소산을 노리고.

피잉!

윤지경의 발끝에 담긴 경력과 함께 동전은 기쾌하게 추소산의 뒤통수를 노렸다.

암기나 다름없는 위력.

막 동전이 머리에 구멍을 뚫어놓으려는 찰나 추소산의 고개가 살짝 옆으로 이동했다. 그리고 들어올려진 두 개의 손가락.

티팅!

추소산이 손가락을 퉁긴 순간 동전에 담겨 있던 날카로운 경력이 크게 위축되었다. 방향이 바뀌었기 때문이다.

탁!

추소산은 그 짧은 순간을 놓치지 않고 동전을 낚아챘다, 아무렇지도 않은 표정을 하고서.

"고맙소!"

"뭣?"

"동전 돌려준 거 말이오."

비웃장을 건드리는 추소산의 한마디에 윤지경의 얼굴이 붉으락푸르락해졌다. 화가 나서 견딜 수 없긴 한데 어찌 화를 내야 할지 모르게 된 까닭이다.

'애송이로군.'

윤지경을 일견하고 피식 웃은 추소산이 눈앞에 보이는 객잔을 향해 걸어가려다 신형을 멈춰 세웠다. 그의 앞을 가로막아 선 자를 발견했기 때문이다.

"내게 볼일이 있는 겁니까?"

추소산의 질문에 화무겸이 흐릿한 미소로 답했다.

"화산파의 화무겸이라 하오. 형장의 비범한 절기를 보고 탄복했기에 친해지고 싶어 왔소이다."

'화산파…….'

추소산은 새삼스레 화무겸을 살폈다.

윤지경이 발로 찬 동전을 회수할 때도 겉으로 보인 모습과는 달리 쉽진 않았다. 한데, 눈앞의 화무겸은 한층 더 대단한 고수 같아 보였다. 일단 겉으로 풍기는 기운만 해도 철장방 방주인 석장천보다 못해 보이지 않았다. 과연 현 정파제일의 문파란 명성에 걸맞는 모습이란 생각이 들었다.

"본인은 강서성에서 온 추소산이라 하오. 친해지고 싶다는 게 설마 비무를 빙자해 죽기 살기로 싸워보자는 뜻은 아니겠지요?"

"하하, 그건……."

화무겸이 어색하게 미소 지었다. 그에겐 확실히 그런 뜻이 있었기 때문이다. 그때 어느새 달려온 윤지경이 성난 표정으로 소리쳤다.

"이 녀석! 어찌 화 사형이 너 같은 무명소졸하고 검을 맞댈 수 있단 말이냐!"

"그 무명 소졸한테 시비를 건 사람이 있었던 것 같은데?"

"크아!"

윤지경이 슬그머니 끼어든 사소정의 비꼬는 말에 분노의 시선을 던졌다. 추소산에게 연달아 당해 쌓인 울화가 사소정의 한마디에 폭발 일보 직전에 이르렀다.

'재밌군.'

세 기재를 눈으로 살핀 추소산이 화무겸에게 말했다.

"화 소협, 본인은 방금 전의 공연으로 꽤나 배가 고픈 상태요. 일단 요기라도 하면서 서로 친해지는 게 어떻겠소?"

"그러고 보니 나 역시 배가 고팠는데 잘됐소이다. 근처 객잔에 방을 하나 잡아놨는데 음식 맛이 제법 괜찮았소이다."

"그거 잘됐군요."

추소산이 씩 웃어 보이자 화무겸이 서로를 노려보느라 여념이 없는 사소정과 윤지경에게 말했다.

"두 사람은 배가 고프지 않은 건가? 점심을 먹고 바로 형산으로 향 해야 할 터인데."

"고픕니다!"

"굶을 생각은 없네."

윤지경과 사소정이 연이어 대답했다. 일단 배부터 채우자는 것에 모두 동의하게 된 셈이었다.

'푸헹, 과연 오악검파 녀석이었구나. 화산파의 삼검재(三劍才) 중 한 명인 표풍검 화무겸과 함께 한 걸 보면.'

화무겸 일행과 함께 객잔으로 향하는 추소산의 모습을 멀리서 지켜본 풍개 지화자의 눈이 번뜩였다. 그는 다른 오악검파에 대해선 잘 모르지만 같은 구파일방에 속한 화산파의 내부 사정은 제법 아는 바가 많았다.

특히 화산파의 후기지수 중 선두를 달린다는 삼검재는 몇 번인가 만나본 일이 있었다. 현 화산파의 장문인이자 정파제일고수라 불리는 검신존 강구량과 서로 막말을 거리낌없이 하고 지낼 정도로 막역한 사이였기 때문이다.

잠시 추소산과 화무겸 일행이 들어간 객잔을 살핀 지화자의 입가에 음흉한 웃음이 번져 나왔다. 염두를 굴리던 중 갑자기 좋은 생각이 떠올랐다, 오악지회에 은근슬쩍 끼어들 수 있는.

추소산은 화무겸을 따라 객잔에 들어선 순간 눈에 이채를 띠었다. 막 점심시간이 지나 다소 한가해진 객잔 안에는 화무겸 등과 비슷한 복장을 한 이남삼녀가 세 개나 되는 탁자를 차지한 채 앉아 있었다.

'일부러 일행이 있는 장소로 데려온 것인가?'

추소산이 의문 섞인 시선을 던지자 화무겸이 변명하듯 말했다.

"이번에 형산파에서 오악검파에 속한 다섯 문파가 모여 회맹을 갖게 되었소이다."

"오악검파에서 십 년마다 개최하는 오악지회를 말하는 겁니까?"

"아, 추 소협도 알고 있었소이까?"

"형산에서 백 리나 떨어진 곳에서도 그 일로 사람들이 크게 떠들어 대고 있더군요."

"그렇구려."

한차례 고개를 끄덕여 보인 화무겸이 말했다.

"그래서 형산 근처에 이르러 자연적으로 친분있던 사람들을 만나 함께하게 되었을 뿐이오."

"……."

화무겸이 말을 끝마쳤을 때 뒤따라 객잔에 들어선 윤지경이 이남삼녀가 앉아 있는 탁자 쪽으로 후닥닥 달려갔다.

"대사형! 대사형!"

윤지경에게 대사형이라 불린 인물은 이십대 중반의 노숙해 보이는 인상을 지닌 청년이었다. 윤지경과 비슷한 무복을 걸친 것으로 보아 같은 태산파임이 분명한데 눈에 담긴 기운이 꽤나 무거워 보였다.

"지경, 어찌 이리 호들갑을 떠는 것이냐? 태산을 내려오기 전 사부님과 사존님들께 들었던 훈계를 벌써 잊어버린 건 아닐 테지?"

생긴 모습대로 묵직한 한마디에 윤지경이 얼른 움찔한 표정이 되었다. 눈앞의 사람은 태산파 후기지수 중 으뜸이라 불리는 태산일수(泰山一秀) 경대승으로 윤지경이 가장 어려워하는 사람 중 한 명이었다.

"저, 저는 잊지 않았습니다."

"잊지 않았다면 됐다."

경대승은 한마디로 윤지경을 침묵케 하고 번뜩이는 눈빛을 화무겸과 사소정에게 던졌다. 그들이 데려온 추소산의 기태가 범상찮아 보였기 때문이다.

그때 화무겸이 윤지경의 뒤를 쫓아 걸어와 경대승을 비롯한 이남삼녀에게 추소산을 소개했다.

"여러 사형, 사매들, 이분은 강서성에서 온 추소산 소협이라 합니다. 우연찮게 밖으로 나갔다가 저와 인연이 닿았기에 식사나 하자고 청했소이다."

'화무겸이 청한 자라…….'

경대승을 비롯한 이남삼녀의 시선이 일제히 추소산을 향했다. 오악검파의 일행 중 화무겸이 가장 연배가 높은 건 아니나 아무도 그보다 무공이 낫다는 생각을 하진 않았다. 무학을 닦은 자로 분하긴 하나 인정하지 않을 수 없는 대목이었다.

사실 당금의 어떤 후기지수가 함부로 화산파의 삼검재에 비해 뛰어나다고 자처할 수 있겠는가!

한데 화무겸의 말속에 추소산에 대한 존중이 깃들어 있으니 궁금증이 이는 것도 무리는 아니다. 특히 세 명의 여인은 추소산의 얼굴을 뚫어버리기라도 하려는 듯 지극한 관심을 표명했다.

그러자 화무겸이 곧 추소산에게 경대승을 비롯한 일행들을 소개하기 시작했다.

"추 소협, 여기 지경의 앞에 있는 분은 태산파의 경대승 사형으로 무림에서는 태산일수라 불리고 있소이다. 그리고 옆에 앉은 사람은 소정의 사제인 한풍검(寒風劍) 범불요라 하오. 우리 다섯 사람은 오악검파 내에서도 제법 안면이 있는 사이지요."

"……."

추소산은 화무겸의 설명을 들으며 일일이 눈인사를 했다. 소개자가 화무겸인 만큼 서로에 대한 신경전은 그다지 없었다. 문제가 발생한 것은 세 여인에 대한 소개가 시작되고부터였다.

"범 사제의 맞은편에 앉은 사람은 항산파(恒山派)의 고제자인 청향검(清香劍) 소여진 여협이고, 그 옆은 사매인 청류검(清流劍) 홍요경 여협으로 항산파의 청향, 청류 쌍검의 명성은 꽤나 높은 편이오. 그리고 마지막으로……."

탁!

탁자를 손으로 내려쳐 화무겸의 말을 끊은 사람은 각기 독특한 매력을 자아내는 세 여인 중 눈이 크고 살결이 백옥같이 흰 백의의 소녀였다. 화무겸과 동일한 복장인데 소매에 수놓인 매화의 개수만 하나 적으니 화산파의 제자가 분명하다.

"연 사매……."

화무겸의 부름에 연 사매라 불린 백의소녀가 다소 차갑게 대답했다.

"어찌 이 사매가 화 사형에게 소개를 부탁할 수 있겠어요? 제 소개는 스스로 할 터이니 사형은 상관하지 마세요."

"…알았다."

화무겸이 쓴웃음과 함께 대답하자 백의소녀가 추소산에게 말했다.

"나는 화산파의 강성연이라 해요. 강호에서는 옥검(玉劍)이라 부르기도 하지만 삼검재의 위명 앞에선 보름달 앞의 반딧불에 불과하죠."

"그렇군요. 하지만 사람들 중엔 보름달보다 반딧불을 더 좋아하는 사람도 있소이다."

“예?”

“보름달보다 반딧불이 못하단 생각은 하실 필요가 없다는 뜻입니다.”

“……..”

강성연이 빤히 추소산을 바라봤다. 그녀가 화무겸을 보름달이라 하고 자신을 반딧불로 평한 건 어디까지나 소개를 늦게 한 것에 대한 비아냥이었다. 조금만 눈치가 있는 자라면 충분히 짐작할 수 있을 만한 일이었다.

한데 생뚱맞게 스스로를 비하할 필요가 없다 말하니 강성연으로선 황당하지 않을 수 없었다. 일시 그녀는 추소산이 어째서 자신에게 이런 말장난을 한 것인지 그 속뜻을 알아보기 위해 침묵했다.

화산파의 뭇 제자들 중에서도 특수한 위치에 있는 그녀에게 이처럼 스스럼없이 말하는 사내란 극히 드물었다. 화산파의 미래라 불리는 삼검재조차 그녀에겐 한 수 양보하는 처지이니 당연한 일이다.

그러나 추소산은 더 이상 할 말이 없는 듯 다른 사람들과 마찬가지로 강성연에게 눈인사를 하고 빈자리에 앉았다. 우연찮게도 세 여인과 마주 보는 자리였다.

'보면 볼수록 독특한 사내가 아닌가!'

강성연의 평소 성정을 잘 알고 있는 화무겸이 추소산을 빤히 바라봤다. 추소산과 사귀고 싶은 마음과 더불어 한가닥 숨길 수 없는 호승심이 끓어오르는 걸 그는 느꼈다. 예의 바른 명문 정파의 제자란 얼굴 뒤에 숨겨진 무림인의 본능이 호적수의 냄새를 맡았음이다.

이후, 점심 식사는 별다른 일 없이 지나갔다.

추소산은 식사에 여념이 없었고, 화무겸을 비롯한 오악검파의 기재들은 서로 몇 마디 담소를 나눌 뿐이었다.

본래 식사가 끝나자마자 그들은 형산으로 향하기로 되어 있었다. 오악지회에 대한 관심이 없을 수 없으나 외인인 추소산 때문에 꺼리는 마음이 그들을 침묵시켰다.

'내가 있어선 안 될 자리에 낀 것 같군.'

추소산은 주변의 따가운 눈총을 느끼며 음식 하나하나를 꼭꼭 씹어 먹었다. 오랜만에 먹어보는 제대로 된 음식이니 놓칠 수 없는 게 당연하다.

그 천연덕스런 모습에 강성연이 호기심 어린 눈빛을 던졌다. 옆에 앉은 소여진과 홍요경이 여인들로만 구성된 항산파의 제자답게 추소산과 시선조차 마주치길 꺼리는 데 반해 그녀는 대놓고 바라봤다. 형산까지의 여행 동안 사형인 화무겸을 끝없이 괴롭혀 왔던 것과는 다른 종류의 관심 표명이었다.

'쯔쯧, 옥검의 관심을 화 사형한테서 빼앗다니! 어떤 내력을 지닌 자인지는 모르겠지만 곧 크게 당하겠군.'

'화 사형, 축하드리오! 한동안 옥검의 괴롭힘에서 벗어나게 됐으니!'

화무겸과 강성연의 관계를 알고 있는 사내들의 얼굴에 흥미진진한 표정이 떠올랐다. 슬슬 강성연이 추소산에게 시비를 걸 때가 됐다는 판단이었다. 그리고 그들의 예상은 옳았다.

아무리 시선을 던져도 추소산이 관심을 보이지 않자 강성연이 큰 눈을 살짝 찌푸리곤 화무겸에게 말했다.

"화 사형, 소매가 한 가지 궁금한 게 있어서 그러는데 대답 좀 해주시겠어요?"

“음······.”

‘왔다!’

사내들의 시선이 일제히 강성연 쪽을 향했다. 그들은 일시 음식을 먹는 손마저 멈추고 귀를 쫑긋 세웠다.

“제가 잘 몰라서 그러는데, 강서성에 큰 문파나 무림에 이름을 날리는 명가가 있었던가요?”

“그건······.”

화무겸이 눈살을 찌푸리자 강성연이 슬쩍 추소산의 안색을 살피곤 목소리를 높였다.

“화 사형같이 눈이 높은 분이 데려온 소협이니 필시 무학 명가의 고제이거나 무림에 명성이 높은 후기지수일 게 분명한데 설명을 안 해주시니 궁금하잖아요. 설마 사형도 잘 모르는 무명지배는 아닐 테지요?”

“사매, 그런 말은 추 소협에 대한 실례다!”

“하지만 우리는 이번에 형산의 오악지회에 참석하러 온 거예요. 어떤 내력을 지녔는지도 모르는 사람과 자리를 함께해서야 곤란하지 않겠어요?”

“단지 식사를 함께할 뿐이다.”

“강남에는 패천도문(覇天刀門)이라 불리는 사이한 문파가 있다고 들었어요. 그들은 청해(青海)의 마교와 더불어 천하에 크게 해악을 끼치는 무리라 사부님께서는 조심, 또 조심하라고 이르셨지 않나요. 설마 화 사형은 사부님의 당부를 잊은 건 아닐 테지요?”

강남의 패천도문은 패도존 여신유가 이끄는 정사 중간의 대문파로 굳이 말하자면 사도(邪道) 쪽에 가까웠다. 강남 흑도의 서른여덟 개 파벌이 정기적으로 상납을 할뿐더러 관부에서 금지하고 있는 소금 밀매

에까지 손을 대고 있었다.

해서 구파일방이나 오악검파가 속한 정파무림에서는 패천도문을 마교와 거의 동일시할 정도로 혐오했으니 강성연의 마지막 말은 꽤나 높은 호응을 이끌어냈다. 평소 억지스런 주장이나 떼를 잘 쓰긴 하나 이번만은 사리에 맞는 말을 했다고 기재들은 생각했다.

'호호, 이제 슬슬 화를 낼 때가 된 것 같은데…….'

강성연은 곤란한 표정을 한 화무겸의 얼굴을 살피고 슬쩍 추소산 쪽을 바라봤다. 이 정도까지 몰아붙였으니 그가 어떤 반응을 보일지 자못 기대가 컸다. 그러나 그녀는 곧 크게 실망해야만 했다.

"우물우물!"

마치 귀를 닫아버린 듯 추소산은 자신 몫의 음식을 끝까지 싹싹 긁어 먹었다. 꼭꼭 씹어 삼키는 모습은 신중함을 넘어 경건해 보이기까지 했다. 그리고 내려진 젓가락.

탁!

혀끝으로 입가에 묻은 찌꺼기를 빨아먹은 추소산이 아무런 미련도 보이지 않고 자리에서 일어섰다.

"식사 잘했소이다."

"뭐……."

강성연이 뭐라고 제지하기도 전에 화무겸을 비롯한 기재들에게 슬쩍 눈인사를 한 추소산이 신형을 돌렸다. 전혀 거리낌이 없는 모습이다.

'뭐, 저런 자식이 다 있어!'

자신이 무시당했다는 생각이 든 강성연이 분노로 몸을 가늘게 떨었다. 이대로 추소산을 보낼 수 없다는 생각이 들었으나 일시 어찌해야 할지 모르게 된 것이다.

'하하, 천방지축인 사매가 크게 한 방 맞았구나!'

화무겸은 입가를 비집고 튀어나오려는 웃음을 간신히 억제했다. 그역시 이대로 추소산을 보낼 마음은 없었으나 일단 표정 관리부터 하고봐야만 했다.

그런데 그때 막 자신 몫의 계산을 하고 객잔을 벗어나려던 추소산이걸음을 멈췄다. 후닥닥 소리와 함께 느닷없이 객잔 안으로 뛰어들어온 풍개 지화자가 그에게 반색을 하고 달려들었기 때문이다.

"크헐헐! 이거이거, 우연이구먼, 우연이야!"

"우연……?"

추소산이 나직이 한숨을 내쉬었다. 세상에 이렇게 공교로운 일이 있을 리 없음을 그는 알고 있었다. 특히 그것이 지화자처럼 대단히 높은무공을 소유한 무림인과의 재회라면 더욱 그러했다.

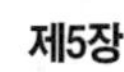

제5장

비검교우(比劍交友), 삼년지약(三年之約)

'저분은……'

　화무겸은 지화자를 한 번 보면 절대 잊을 수 없는 특징적인 외모를 보고 눈에 이채를 띠었다. 그가 어째서 추소산에게 지분대는지 그 까닭이 궁금했기 때문이다.

　그때 추소산이 앞을 가로막은 지화자를 피해 옆으로 슬쩍 이동했다. 평범해 보이나 지난 한 달간 한시도 쉬지 않고 연마해 온 수류보의 동작.

　스으!

　순간적으로 추소산의 신형이 지화자의 옆을 스쳐 갔다. 안법(眼法)을 연마하지 않은 일반인으로선 눈으로 쫓기도 힘든 빠르기였다.

　그러나 지화자가 이를 용납할 리 없었다.

　막 객잔의 문을 빠져나가려는 추소산의 앞을 지화자가 다시 가로막아 섰다. 취팔선보를 극성까지 연마한 절정고수답게 귀신조차 혀를 내둘 정도의 움직임이었다.

'역시 보통 거지는 아니란 거겠지?'

추소산은 얼른 뒤로 물러섰다. 처음 수류보를 펼쳤을 때와 동일한 위치로 돌아간 것이다.

그러자 지화자가 역시 추소산을 쫓아 처음 있던 자리로 돌아왔다. 추소산의 수류보도 대단하지만 그의 앞을 계속 가로막아 선 지화자의 움직임은 귀신같다 함이 옳았다.

지화자가 다시 헤벌쭉 웃어 보였다.

"허헐, 또 만났구먼. 하루에 세 번이나 만나게 되다니, 그야말로 이런 우연은 드물다 할 것일세."

"우연이 너무 자주 겹치는 게 아닙니까?"

"그러게 말일세. 그리고 보면 자네와 이 늙은 거지 사이에 꽤나 큰 인연이 있는 게 아닐까 싶기도 하네그려."

"아마 그렇진 않을 겁니다."

추소산의 단호한 부인에 지화자가 펄쩍 뛰었다.

"어찌 자네는 그리 단정하는 것인가! 자고로 불가에선 옷깃만 스쳐도 삼생의 인연이라 하지 않았던가?"

"……."

"이렇게 하루 사이에 우리 두 사람이 세 번이나 마주쳤다면 그건 필시 적지 않은 인연이 있다고 볼 수 있네. 으음, 그리고 보니 새벽부터 별달리 먹은 게 없어서 그런지 현기증이 이는 것 같구먼."

지화자가 갑자기 아랫배를 부여잡고서 바닥에 주저앉았다. 거지 특유의 본성을 드러낸 것이다. 그 모습을 묵묵히 지켜본 추소산이 한마디 했다.

“방금 전까진 황소라도 잡을 듯 펄펄 뛰시더니 갑자기 연약한 척을 하십니다?”

“연약한 척?”

추소산이 하는 말이 뭔지 모르겠다는 듯 지화자가 소지로 콧구멍을 쑤시며 주변을 둘러봤다. 자신이 아니라 다른 사람에게 한 소리인가 둘러보는 모습이다.

추소산이 다시 말했다.

“본래 일하지 않은 사람은 먹지도 말라고 했고, 정 급해서 구걸을 해야 한다면 거지의 정도를 지켜야 한다고 했습니다.”

“거지의 정도? 그런 것도 있는가?”

“세상에 모든 것에 정도가 있는데 어찌 거지라고 없겠습니까? 거지의 정도란 결코 사람들을 핍박해 구걸을 강제하거나 남의 영업소에 들어가 영업 방해를 해서는 안 된다는 것입니다.”

“허헐, 그거 정말 그럴듯하구먼. 이 노개가 구걸을 하며 살아온 지 어언 한 갑자가 넘어가는데 이러한 이치는 처음 들어보네그려.”

지화자가 얼른 엉덩이를 털고 자리에서 일어섰다. 추소산의 준엄한 일갈에 얼굴의 두터움이 태산만하다는 그이나 일말의 부끄러움을 느꼈음이다.

그때 화무겸보다 조금 늦기는 했으나 지화자의 정체를 눈치챈 강성연의 눈꼬리가 살짝 치켜 올라갔다. 평소 자신을 귀여워했던 지화자에게 버릇없이 구는 추소산의 행동이 마음에 들지 않았기 때문이다.

‘못된 놈! 제놈이 도대체 뭐라고 나한테 모욕을 준 것도 모자라 개방의 대장로인 노개 할아버지한테 저런 막말을 한단 말인가!’

강성연은 사태의 추이를 지켜보는 쪽을 택한 화무겸과 달리 치밀어

오른 울화를 더 이상 참지 않기로 했다.

태어나 한 번도 남에게 싫은 소리를 들어보지 못한 그녀에 대한 추소산의 무시는 더할 나위 없는 모욕 그 자체였다. 지화자를 끌어들인 건 그저 화를 폭발시키기 위한 구실에 불과했다.

채앵!

자리를 박차고 일어선 것과 동시에 뽑혀 나온 강성연의 검이 빠르게 추소산의 명문(命門)을 노렸다. 찔리기만 하면 죽고야 마는 사혈이나 그녀는 전혀 개의치 않았다. 이미 추소산이 펼친 신법을 봤기 때문이다.

지잉!

검봉이 도착하기도 전에 가벼운 울음을 토해냈다. 강성연의 검경(劍境)이 검명(劍鳴)을 토해내는 경지에 이르렀음을 의미하는 모습.

"사매!"

화무겸이 대경하여 소리쳤다. 다분히 추소산에게 기습을 알려주려는 의도가 담긴 일갈이었다.

그러나 그때 이미 추소산은 지화자의 눈동자에 비친 그림자로 강성연의 기습을 눈치챈 상태였다. 그대로 양손을 들고 그녀의 기습을 받아들일 까닭이 없다.

스으!

수류보의 변화를 밟으며 대번에 신형을 옆으로 세 걸음 이동한 추소산의 목검이 강하게 앞으로 내쳐졌다.

종상벽하.

기습이 실패하자 바로 손목을 뒤틀어 검파를 회전시키던 강성연의 얼굴에 놀란 기색이 떠올랐다. 그녀가 가장 자신하는 희이검(希夷劍)의 초식을 바꾸는 틈 새로 추소산의 목검이 파고들어 왔기 때문이다.

티팅!

강성연의 얼굴이 일그러졌다.

추소산의 목검이 노린 곳은 그녀의 검신 중 검파 쪽으로 가장 강한 진동을 주는 장소였다. 초식의 정교함, 그것도 손목의 움직임이 가장 중요한 희이검을 펼치던 중에 받은 충격이 적을 리 없다.

대뜸 강성연의 호구에서 피가 튀었다.

검을 놓쳐야 정상임에도 검을 지키려 했기에 벌어진 현상.

강성연이 뒤로 주춤거리며 물러섰다. 굴욕감이 그녀의 하얀 얼굴을 붉게 물들이고 있었다.

그러자 그 모습을 본 소여진과 홍요경이 동시에 발검한 채 추소산에게 달려들었다. 친자매처럼 친숙한 강성연을 위기에서 구하기 위한 위위 구조의 수법.

쉐쉐쉐!

특별한 합격술을 연마한 것이 아님에도 청향, 청류 쌍검은 현란한 변화를 보이며 추소산을 찔러 들어왔다.

눈앞이 어릿어릿할 정도의 변화.

안법을 제대로 연마하지 않은 사람이라면 당장 현기증을 느끼고 자리에 주저앉았으리라.

그러나 추소산은 스스로 독창한 지존검법을 끊임없이 연마하던 중 자연스럽게 안법을 대성한 상태였다. 쌍검의 변화가 비록 화려하다곤 하나 살기가 담겨 있진 않다는 걸 그는 금세 눈치챘다.

'항산파가 화산파보다는 더욱 정파답다는 건가?'

추소산은 수류보를 펼쳐 쌍검의 검격에서 간단히 벗어났다. 상대가 살기를 지니지 않았으니 특별히 맞서 싸울 필요성을 느끼지 못했다.

그런데 그때 갑자기 강성연이 다시 검을 치켜들고 뒤로 물러선 추소산에게 달려들었다.

이번에는 희이검이 아니었다. 화산파의 검법 중에서도 위력이 강하다고 알려진 낙영검법(落英劍法) 중 신검투월(神劍投月)이란 살기 짙은 초식이었다.

파팟!

가벼운 마음으로 쌍검의 검격권에서 벗어나던 추소산의 검미가 치켜 올라갔다. 순간적으로 강성연의 신검투월에 가슴을 꿰뚫릴 뻔했기 때문이다.

"독한 년!"

"년?"

평생 처음 들어본 막말에 강성연의 안색이 다시 붉게 달아올랐다. 그녀가 엉거주춤 뒤로 물러선 소여진과 홍요경에게 소리쳤다.

"두 분 언니는 절 옆에서 호위해 주세요!"

"강 사매……."

"그, 그건 도리가……."

주저하는 두 여인에게 강성연이 더욱 크게 소리쳤다.

"어서요!"

강성연의 재촉에 소여진과 홍요경이 다시 쌍검을 추소산에게 앞세웠다. 강성연이 워낙 크게 화를 내는지라 등 떠밀리듯 합공에 나서게 된 것이다.

'하!'

추소산의 눈이 냉정하게 가라앉았다. 그는 여인과 꼬맹이, 노인에게는 화를 내지 않는다는 평소의 신념을 살짝 접어두기로 결정했다.

슛!

추소산의 목검이 강성연을 향해 쭉 뻗어갔다.

봉황전시.

그가 노린 건 여태까지와 달리 검이 아니었다. 이 초를 펼칠 기회를 주지 않기 위함이었다.

"악!"

강성연의 입에서 뾰족한 비명이 터져 나왔다. 그리고 공중으로 떠오른 검.

그녀는 더 이상 자신의 검을 지킬 수 없었다. 추소산의 목검에 어깻죽지를 강하게 격타당한 끝에 반신이 마비되어 버렸기 때문이다.

그와 동시였다.

수류보의 반전유수(反轉流水)를 펼치며 세 바퀴를 돈 추소산의 목검이 소여진과 홍요경의 쌍검을 강하게 때렸다.

"으음……!"

"음……!"

소여진과 홍요경이 동시에 뒤로 물러섰다. 그러면서도 그녀들은 강성연을 보호하기 위해 연달아 검광을 흩뿌렸다.

종횡하는 검광!

그 사이로 추소산이 파고들었다.

따당! 땅!

추소산의 목검이 오룡희주를 펼치자 소여진과 홍요경이 다시 뒤로 물러섰다. 이미 그녀들의 손에는 검이 들려 있지 않았다. 각기 곡지(曲池)와 협백(俠白)을 얻어맞고 검을 놓쳐 버린 것이다.

'저런…….'

지화자는 눈 깜빡할 새 벌어진 검투를 보고 나직이 혀를 내둘렀다. 추소산에게 달려든 세 여인이 사용한 검법은 하나같이 오악검파 중 화산파와 항산파의 비전 검법이었다.

비록 시전자가 나이가 어리고 완력이 약한 여인이란 점이 한계가 되어 큰 진경을 보지는 못했지만 추소산이 펼친 평범한 초식으로 파훼한다는 건 쉽지 않은 일이었다. 적어도 상대보다 무공이 두세 배쯤 높아야만 가능한 일일 터다.

당연히 여태까지 추소산을 오악검파의 제자로 생각해 왔던 지화자로선 의혹이 생길 수밖에 없다.

그는 당최 어째서 강성연이나 항산파의 여제자들이 추소산에게 길길이 날뛰며 덤벼드는지 궁금했다. 대부분의 개방 제자들이 그렇듯 평생 여인이란 존재들과 인연이 없었던 그로선 여심난측이란 말조차 알지 못했다.

그때 단숨에 세 여인을 제압한 추소산에게 찻물이 든 다구가 날아들었다.

쉐엑!

익히 경험한 바 있는 윤지경의 암전에 담긴 내경과 종류가 같으나 더욱 웅후한 기운이 깃들어 있다랄까?

'태산파의 경대승?

추소산은 뒤도 돌아보지 않고 목검을 뒤로 뻗었다. 그는 철판교처럼 몸을 뒤로 젖히고서 종상벽하를 펼친 것이다.

떠엉!

다구를 정확히 가격한 목검이 가는 떨림을 보였다. 놀랍게도 목검이 힘에서 밀렸다.

휘청!

추소산은 호구에서 저릿한 느낌이 인 순간 그 반동을 이용해 신형을 바로 세웠다. 놀라운 임기응변.

바로 그때 호시탐탐 기회만을 노리고 있던 강성연이 추소산의 품으로 파고들었다, 아직 성한 한쪽 손에 매서운 암경을 일으키고서.

파곽!

추소산은 살기를 느낀 순간 자신도 모르게 목검에 강한 힘을 실었다. 사실 그는 자신을 암습한 상대가 누군지도 알지 못했다. 그야말로 반사적으로 반격했을 뿐이다.

따닥!

강성연은 추소산의 가슴을 짓뭉개기 바로 직전에 바닥에 주저앉았다. 경력을 품고 있던 왼쪽 어깨가 탈골되어 버렸기 때문이다.

"사매!"

여태까지 여유를 잃지 않고 있던 화무겸이 놀라 신형을 날려왔다. 어느새 그의 손에는 검이 들려져 있었고, 한광과 같은 검광이 추소산의 눈을 어지럽혔다.

스으!

추소산은 뒤로 물러서며 가슴에 저릿한 통증을 느꼈다. 어느새 그의 가슴패기가 잘려 바람에 나풀거리고 있었다.

'강하다!'

추소산은 선뜻한 기분과 함께 크게 집중력이 향상되는 걸 느꼈다. 화무겸이야말로 그가 여태까지 만나본 사람 중 가장 강한 고수였다.

그때였다. 가슴에 일 검을 당한 채 뒤로 물러선 추소산의 뒤를 방금 전 다구를 던졌던 경대승과 윤지경, 태산파 사형제가 막아섰다. 퇴로를 봉쇄한 것이다.

그뿐 아니다. 크게 다친 강성연을 치료하느라 바쁜 화무겸을 대신하기로 작정한 듯 숭산파의 사소정, 범불요 사형제 역시 나섰다.

사면초가(四面楚歌)!

추소산은 이번 오악지회에 참여한 오악검파의 후기지수 중 가장 강하다고 정평이 난 자들이 포함된 네 명에게 에워싸였다. 빠져나가거나 도망칠 구석이 아예 보이지 않는 상황.

추소산은 아직도 화끈거리는 자신의 호구와 가슴의 상처를 떠올리곤 눈살을 살짝 찌푸려 보였다. 분명 절체절명의 상황인데 두렵기보다는 화가 치밀어 올랐다.

'진짜 해보자는 건가?'

추소산의 시선이 강성연 쪽으로 살금살금 다가가고 있는 지화자를 향했다.

"노화자 어르신, 제게 빚이 있지 않습니까?"

"엥? 비, 빚이라니……?"

"육포 한 덩이!"

"서, 설마 지금 그거 먹은 값을 하라는 것이냐?"

"세상에 공짜가 어딨습니까?"

지화자의 노안이 크게 울상이 되었다. 필시 추소산이 육포 한 덩이에 대한 값으로 이 자리를 모면케 해달라거나 앞으로 생길 오악검파와의 은원을 중재해 달라는 부탁을 할 것이라 생각했기 때문이다.

'그건 곤란해! 곤란하다구! 하필 다친 계집애가 그 지랄맞은 검신존 영감탱이의 하나밖에 없는 손녀인걸.'

그렇다. 강성연은 현 화산파의 장문인인 검신존 강구량의 손녀로 그

위치가 범상한 화산 제자들과 달랐다. 사실 정파제일인의 손녀라는 건 황실의 천금이나 권문 세족의 아가씨와도 다름없는 신분이라 할 수 있었다.

해서 그녀에게 중상을 입힌 추소산을 지화자로선 변호하기가 무척 껄끄러웠다. 그의 무림에서의 명성과 배분으로 어찌 이번 자리는 모면케 해줄 수 있다 해도 후환이 무궁무진할 게 뻔했다. 어쩌면 개방과 화산파 간에 두고두고 불편한 관계가 될지도 몰랐다.

지화자는 평소처럼 몇 마디 헛소리를 한 후 자리를 피하려 했다. 그게 현재 그가 취할 수 있는 가장 현명한 일이라고 생각했다.

한데 추소산이 갑자기 생뚱맞게 소리쳤다.

"내공 좀 빌려주십시오!"

"엥?"

"그냥 제게 개방에서 자랑하는 강룡십팔장(降龍十八掌) 같은 권장을 한차례 쏘아보내 주십시오. 그러면 그것으로 노화자 어르신께선 빚을 갚으신 셈이 됩니다."

"……."

추소산은 지화자의 대답을 기다리지 않고 바로 수류보를 밟으며 그에게 다가들었다. 그를 막기 위해 윤지경이 바로 검을 빼 찔러왔으나 그림자조차 베지 못했다. 짧은 순간 그가 전신의 내력을 몽땅 수류보에 집중했기 때문이다.

"어서!"

단숨에 지화자 앞에 이른 추소산이 크게 소리쳤다. 항거할 수 없는 위엄마저 느껴지는 일갈.

지화자는 자신도 모르게 추소산에게 일장을 쏟아냈다.

강룡십팔장 중 첫 번째인 항룡유회(亢龍有悔)!

퍼엉!

혹시 몰라 삼성가량만 내력을 일으킨 지화자의 노안이 갑자기 화들짝 놀란 표정이 되었다. 그의 항룡유회를 받은 추소산의 수장에서 기이하기 이를 데 없는 흡력이 느껴졌기 때문이다.

'차력타력(借力打力) 정도를 생각했더니 설마 하니 진짜 내 내력을 빌리려 했단 말인가!'

지화자는 자신의 예상이 맞는지 궁금했다. 더불어 당최 무슨 생각을 하는지 알 수 없는 추소산에게 강한 흥미를 느꼈다. 그를 좀 더 지켜보고 싶어진 것이다.

우웅!

그는 단숨에 삼성이었던 공력을 팔성까지 상승시켰다. 추소산이 강호의 금기인 이종(異種)의 진기(眞氣)를 받아 얼마만큼 사용하나 보자는 의도였다.

'내력이 끓어 넘… 친다!'

추소산은 평생 경험한 바 없는 충족감을 느꼈다.

그의 안색은 불그스름하게 홍조를 띠었고, 눈에는 안광이 번뜩이기 시작했다. 모두 지나칠 정도로 기본에 충실한 탓에 어떤 종류의 내공이든 쉽사리 받아들일 수 있는 귀원연기공의 숨겨진 공효였다.

그때 순간적으로 추소산을 놓친 것을 수치로 여긴 것인가.

윤지경이 입을 악다문 채 살기 어린 검초를 쏟아냈다, 추소산의 갑작스런 변화나 생사 따윈 전혀 개의치 않겠다는 의도.

'약해!'

추소산의 목검이 번뜩였다. 그러자 윤지경이 달려들었던 것에 버금갈 정도의 빠르기로 바닥에 나뒹굴었다. 끝내 검을 놓치진 않았으나 그는 자신이 어떤 초식에 당했는지도 몰랐다.

스으!

추소산은 그와 함께 목검을 세웠다. 그의 목표는 얼굴에 놀란 빛이 완연한 경대승이었다.

흰색 선의 일격!

여태까지 내력의 열세 때문에 사량발천근을 이용한 받아치기만을 노렸던 추소산이 처음으로 선공에 나섰다. 내력이 충만한 상태이기에 가능한 일이었다.

그러나 경대승은 기본적으로 여태까지 추소산이 상대했던 사람들과는 차원이 다른 고수였다.

태산파의 후대를 맡기로 이미 예정되어 있을뿐더러, 화산파의 삼검재와 더불어 오악검파를 대표하는 후기지수다. 쉽사리 당하고만 있을 리 만무하다.

파파팟!

어깨를 한차례 움츠리는 것만으로 추소산의 종상벽하를 피해낸 경대승의 검이 세 개의 검광을 만들어냈다. 모두 추소산의 양 어깨를 노린 검격.

추소산은 다시 종상벽하를 펼치며 신형을 좌우로 가볍게 뒤틀었다. 그리고 연이어 튀어나온 오룡희주와 황룡포섬.

추소산은 처음으로 검식을 연달아 펼쳐 냈다. 그만큼 경대승이 펼친 검광이 위협적이었기 때문이다.

파팍!

짧은 타격음과 함께 경대승이 뒤로 밀려났다. 이미 그의 손목 부위는 크게 부어오르고 있었다. 황룡포섬의 최후 변화를 피해내는 데 실패했음이다.

그럼에도 경대승은 뒤로 물러서지 않았다.

그는 오히려 추소산과의 간격을 좁히며 검을 강하게 내쳤다. 내력을 모아 일시 혈도를 봉쇄하고 마지막 기력을 쥐어짜 낸 것이다.

지이이!

검봉에서 흡사 벌 떼가 우는 듯한 소리가 일었다. 그만큼 강한 검경이 담겼다는 뜻.

추소산은 뒤로 물러서는 대신 앞으로 나섰다.

그러자 목검이 종상벽하와 황룡포섬의 변화를 연달아 일으키며 무찔러 오는 검신을 따라 흘렀다.

그리고 또다시 손목을 격타.

"큭!"

경대승이 결국 검을 놓친 채 뒤로 물러섰다.

골절.

손목이 부러졌음이다.

"경대승!"

사소정이 놀라 뛰어들었다. 그의 손에는 이미 검이 뽑혀 있었고, 안색은 침중하게 굳어져 있었다. 호적수라 생각하고 있던 경대승이 삼 초도 막지 못하고 추소산에게 패했으니 당연한 일이다.

파파팟!

숭산파가 자랑하는 번천양의검법(翻天兩儀劍法)의 삼절초가 연달아 추소산을 직격했다. 이미 사소정은 추소산의 실력을 최소한 자신과 대등하거나 높다고 판단했음에 분명했다.

그 순간 추소산의 신형이 다섯 개의 분영을 만들어냈다. 그동안 내력이 부족해 전력을 다할 수 없었던 수류보의 진면목이었다.

"이, 이런……."

자신의 삼절초가 헛되이 허공만을 가로지르자 사소정의 안색이 딱딱하게 굳었다. 마치 허깨비를 본 듯한 얼굴이다.

그러자 사소정을 뒤에서 지켜보고 있던 사제 범불요가 합공하듯 뛰어들었다. 여태까지는 정파라는 입장 때문에 추소산을 에워싸기만 했을 뿐 합공에 나서진 않았는데 일이 다급하게 돌아가자 그 마지막 체면마저 집어던졌다.

파파파!

추소산은 사소정을 향해 종상벽하를 펼치곤 곧바로 봉황전시를 펼쳐 범불요를 직격했다. 일시 목검과 일체가 된 모습이 마치 신검합일(身劍合一)을 방불케 한다.

우직!

범불요의 어깨뼈가 바로 탈구되었다. 손 한번 써보지 못하고 당해 버린 것이다.

"이 녀석!"

사소정이 그답지 않게 안색을 붉히며 추소산에게 파고들었다. 어떻게든 추소산을 막고자 함이었다.

그러나 지화자의 내공을 빌린 추소산의 수류보는 이미 극성에 오른 것이나 다름없었다.

스스스!

사소정의 눈앞에서 추소산이 신형을 돌렸다. 연달아 다른 동작을 취한 분영이 눈앞을 어지럽혔다.

그와 함께 내쳐진 일격!

얼떨결에 검을 들어올려 방어를 취한 사소정의 얼굴에 격통의 기색이 스쳐 갔다. 상반신 전체를 노리는 듯하던 추소산의 목검이 어느새 무릎을 치고 지나갔기 때문이다.

'괴, 괴물……'

사소정의 신형이 바닥으로 무너져 내렸다. 무릎이 박살났으니 당연한 일이다.

'끝났다……'

추소산은 사소정을 끝으로 자신을 에워쌌던 오악검파의 제자 모두가 쓰러지자 내심 한숨을 내쉬었다. 슬슬 지화자에게 빌렸던 내공이 흔적도 없이 사라져 가고 있었다. 마침 딱 맞게 귀원연기공의 공효가 끝난 것이다.

그러나 추소산은 완전히 긴장을 늦추진 않았다. 최초 자신에게 일검을 날리고, 강성연의 상세를 살피고 있던 화무겸이 기다리고 있다는 걸 알고 있기 때문이다.

'화무겸!'

추소산의 시선이 화무겸을 찾았다. 그러자 어느새 지화자에게 사매 강성연을 맡긴 화무겸이 미소 띤 얼굴로 고개를 끄덕여 보였다.

"역시 세상에는 고수가 끝없이 많고 인재 역시 계속 나온다던 사부님의 말씀이 옳구나!"

"그냥 보내줄 순 없소이까?"

"추 소협도 그냥 가고 싶진 않을 것 같소만?"

"……"

대답이 없는 추소산의 모습에 화무겸이 다시 입가에 미소를 띠었다. 이미 그의 내심을 짐작하고 있는 것처럼.

한데, 그때 객잔 밖이 시끌시끌하더니 중년의 녹포무인이 모습을 드러냈다.

머리를 단정하게 모은 녹포 영웅건,

날카로운 눈매,

전신에서 당당하게 뿜어져 나오는 한 가닥의 검기.

중년무인은 일평생 검을 닦아온 검자(劍者)다운 분위기와 풍모를 여실히 드러내고 있었다. 설상 그의 허리춤에 녹색 고검이 매달려 있지 않다손 치더라도 누구나 검객이란 생각을 할 정도였다.

"누가 형산 아래에서 소란을 피우는 것이냐!"

나직이 꾸짖는 목소리에 담긴 내력에 객잔 내부 전체가 가벼운 진동을 일으켰다. 탁자가 떨리고 그 뒤에 올려진 찻주전자며 다구, 젓가락통들이 지진이라도 맞은 듯 흔들렸다.

그야말로 대단한 내력!

지화자가 익히 아는 얼굴이 나타나자 반가운 표정으로 소리쳤다.

"초가 어린애야! 네가 이렇게 늙었더냐?"

중년의 나이에 어울리지 않게 어린애 소릴 들은 중년무인이 지화자를 보고 눈살을 가볍게 찌푸렸다. 그 역시 지화자의 얼굴을 한눈에 알아본 것이다.

"개방의 풍개 노선배님이 아니십니까? 어찌 형산까지 오셨는지요?"

중년무인이 얼른 포권해 보이자 지화자가 새침한 표정을 지어 보였다.

"왜? 이 늙은 거지는 형산 근처에 와선 안 된다는 법이라도 있더냐? 네가 비록 형산 오검자(五劍者) 중 한 명이라곤 하나 이 늙은 거지의 행사에 딴지를 걸 만하진 않을 것이다."

"어찌 이 후배가 감히……."

형산파의 중견 고수 중 가장 강하다고 알려진 오검자 중 셋째인 환검운현(幻劍雲賢) 초덕행은 말끝을 흐리면서도 눈에 담긴 힘을 거두지 않았다. 지화자에게 선배 대접을 하는 건 하는 것이고, 객잔에서 벌어진 난장판에 대해 따질 건 따지겠다는 의도가 엿보이는 모습이었다.

그는 본래 삼 개월 전 형산을 떠나 천하를 주유하며 검학을 수행하던 중 오악지회에 참관하기 위해 돌아온 터였다. 형동 근방에 이르러 소란이 인 걸 알고 달려왔는데 지화자와 범상치 않아 보이는 젊은 기재들의 모습을 보자니 더럭 의심이 일었다. 기존의 구파일방에서 오악검파의 오악지회에 대해 못마땅한 시선을 던지고 있는 걸 잘 알기 때문이다.

눈치 빠르기로 소문난 지화자가 초덕행의 이런 심중을 눈치 못 챌 리 없었다.

'푸헹, 이런 우라질 일이 있나! 저 초가 애송이 녀석이 이 노개가 젖도 안 뗀 어린 것들과 드잡이질을 벌였다는 의심을 하다니!'

지화자가 전후 사정을 말하고 초덕행에게 화를 내려는 순간 화무겸이 선수를 쳤다.

그는 초덕행이 형산파의 선배 고수임을 알아보고 얼른 포권을 해 보였다.

"저는 화산파의 화무겸이라 합니다. 혹시 형산파의 환검운현 초덕행, 초 사숙님이 아니십니까?"

"화무겸? 자네가 화산파의 삼검재 중 한 명인 화 사질이란 말인가?"

"그렇습니다."

화무겸은 자신의 예상이 맞음을 알고 얼른 허리를 숙여 보였다. 초덕행의 배분이 사부와 동배임을 알고 있었기 때문이다.

초덕행의 눈 깊은 곳에서 안광이 번뜩였다.

'화산파의 삼검재가 후일 정파무림을 이끌 동량이라더니 과연 명불허전(名不虛傳)이구나! 어찌 약관 정도밖에 안 된 나이에 벌써 검기를 갈무리할 정도에 이르렀단 말인가!'

빠르게 화무겸의 전신을 살핀 초덕행이 질문했다.

"그럼 여기 모인 다른 아이들은……."

"오악검파의 제자들이 맞습니다."

"모두?"

초덕행은 목검을 가만히 늘어뜨리고 있는 추소산을 바라봤다. 그의 초라한 행색이 다른 오악검파의 기재들과는 사뭇 달랐기 때문이다.

"그는……."

화무겸이 말끝을 잠시 흐린 순간 초덕행이 느닷없이 추소산에게 달려들었다. 안법을 수행한 눈으로도 쫓기 힘든 빠르기였다.

파팍!

초덕행이 펼친 건 형산파 금나수법 중 하나인 노해창룡수(怒海蒼龍手)였다. 당연히 그 위력이 범상할 리 없다.

쉐쉐쉑!

추소산은 비단 폭을 찢는 듯한 환청을 듣고 신형을 좌우로 뒤틀었다. 초덕행의 노해창룡수를 피하기 위함이었다.

그러자 완맥을 노리던 손 그림자가 상반신 전체로 확산되었다. 더 이상 추소산이 반항할 수 없게끔 만들려는 의도.

'피할 수 없다!'

추소산의 목검이 똑바로 초덕행의 손 그림자를 노렸다.

동귀어진(同歸於盡)을 각오한 일격?

그렇진 않았다.

초덕행의 공격적이던 손 그림자가 주던 압력이 조금 약해졌다. 목검에 대한 방어 때문이었다. 그러자 그러기만을 기다렸다는 듯 추소산이 더욱 강하게 공격하는 대신 민활한 보법을 밟으며 뒤로 물러섰다.

슥!

'허!'

초덕행은 결국 자신의 노해창룡수에서 빠져나가는 데 성공한 추소산을 보고 내심 탄성을 터뜨렸다. 하나하나의 초식만 보면 평범한데 거미줄처럼 연계된 움직임을 보자니 감탄이 절로 나왔다.

그때 화무겸이 바람같이 움직여 초덕행의 앞을 가로막고 섰다.

"혹여 화 사질의 친우가 되는가?"

초덕행이 묻자 화무겸이 미미하게 고개를 끄덕이며 대답했다.

"검으로써 친구를 사귄다고 했습니다. 오늘 저는 추 소협과 비검하여 서로의 무위를 견주려 했으니 어찌 친우가 아니라 하겠습니까?"

"검으로써 친구를 사귄다……."

초덕행의 시선이 비참한 패배자의 얼굴을 하고 있는 나머지 오악검파의 기재들을 살폈다. 어느 모로 보든 비검교우한 모습으론 보기 어려웠다.

'하지만 화산파의 삼검재 중 한 명인 화 사질이 이리 두둔을 하니 더 이상 손을 쓰긴 어렵구나!'

내심 마음을 결정한 초덕행이 지그시 화무겸에게 안광을 집중했다.

"화 사질이 그렇게까지 말하니 오늘 이곳에서 있었던 일은 내 그냥 묻어두도록 하겠네."

"감사합니다."

화무겸이 정중히 허리를 숙여 보이자 초덕행이 추소산에게 힐끔 시선을 던졌다.

"소형제의 자질이 비범하구나! 어느 파, 어느 고인의 문하인지 물어도 되겠는가?"

"존사께서는 산천을 벗 삼아 세상을 등진 분이시니 존함을 말한다 한들 선배님께선 알지 못하실 겁니다."

"산천을 벗 삼아 세상을 등졌다?"

"예, 제 사부님은 기인이사(奇人異士) 중 한 분이십니다."

"허어, 기인이사라!"

나직이 탄성을 터뜨린 초덕행이 더 이상 묻지 않았다. 대신 그는 주변에서 알짱거리던 지화자에게 다가가 말했다.

"풍개 선배님, 이곳까지 오셨으니 본 파에 한번 들르셔야 하지 않겠습니까?"

"형산파에 들르라고?"

"그렇습니다. 이번에 본 파에서 오악지회가 열리니 후학들의 재주 겨룸의 증인이 되어주시는 것도 강호에 큰 덕을 쌓는 일이라고 생각합니다."

"흐흠, 강호에 큰 덕을 쌓는 일이라구?"

지화자의 얼굴에 혹한 기색이 떠올랐다. 본래 그가 추소산에게 관심을 가졌던 것 중 일부는 자연스레 오악지회에 참석하기 위함이었다. 한데 지금 초덕행이 되려 부탁을 해오니 불감청이언정 고소원이란 바로 이런 경우라 할 것이다.

그러나 지화자는 잠시 눈을 가늘게 뜨더니 고개를 잘래잘래 흔들어 보였다.

"일없네!"

“예?”

“형산파에 화산파가 자랑하는 삼십 년 넘은 매화주 같은 진귀한 술이라도 있다면 모를까 관심없다는 뜻일세.”

“술이라면 본 파에도 좀 있습니다.”

“화산파의 삼십 년 넘은 매화주 같은 게 있다는 건가?”

“그 정도의 술은 없습니다만…….”

“그러니 안 된다는 걸세. 이 늙은 거지가 좋은 술도 없는 곳에서 며칠이나 버틸 수 있겠는가? 그 얼라들이 날뛰는 오악지회란 게 하루이틀 새 끝나는 것도 아닐 테고 말이야.”

‘본 파가 술이나 마시는 주루인 줄 아는가!’

지화자의 생떼에 초덕행이 눈살을 가볍게 찌푸렸다.

“정 풍개 선배님께서 싫다면 더 권하진 않겠습니다. 저는 바쁜 일이 있어서 이만.”

“엥? 벌써 가려는가?”

“예.”

지화자에게 난 화를 속으로 삭이며 초덕행은 총총이 객잔 밖으로 향했다. 보기 드문 인재인 추소산이나 화무겸에 대한 관심보다는 지화자와 더 이상 말을 섞고 싶지 않다는 마음이 더 강했기 때문이다.

초덕행이 떠나자 지화자가 헤실헤실 웃으며 화무겸에게 다가가 말했다.

“헤헹, 방금 전까지 죽도록 싸우려 한 주제에 갑자기 비검교우니 따위의 낯간지런 소리를 하다니, 뭔 생각으로 그런 것이냐?”

지화자의 물음은 객잔 안의 기재들 모두가 공통적으로 가진 생각이었다. 그들은 얼추 부상에 대한 응급조치를 마치고 화무겸에게 시선을 집중시켰다. 그의 변명을 듣고 싶었기 때문이다.

화무겸이 어깨를 가볍게 으쓱해 보였다.

"초 사숙께 한 말은 결코 허언이 아닙니다. 저는 처음부터 추 소협과 검으로써 교제를 하려는 의도를 갖고 있었습니다. 갑작스레 강 사매와 추 소협 간에 시비가 붙어 일이 꼬이긴 했지만 말입니다."

"그래서? 저 화산파의 천금 소저가 정신을 차린 후 방금 전의 일을 알게 되면 당장 네 녀석을 잡아먹으려 들 텐데도 상관없겠느냐?"

지화자가 정신을 잃은 강성연 쪽을 힐끔 바라보자 화무겸이 입가에 쓴웃음을 담았다.

"강 사매의 성격은 저 역시 잘 알고 있습니다. 오악지회가 끝난 후 화산으로 돌아가면 중벌을 받게 되겠지요."

"그래도 괜찮다?"

"면벽 수련을 명 받는다면 이번 기회에 당년 독고구검(獨孤九劍)을 완성해 천하제일검에 오른 영호 선배의 뒤를 따를 좋은 기회가 되리라 봅니다."

"화산파에서 독고구검은 이미 실전됐다고 들었거늘."

"선배의 발자취를 따르는 것만으로도 후학에겐 큰 도움이 되리라 봅니다. 단지 저로선 추 소협과 검을 겨뤄보지 못한 게 분할 뿐입니다."

화무겸의 담담한 대답에 그를 이번 오악지회의 가장 강력한 경쟁자로 여기고 있던 경대승과 사소정 등이 낯을 가볍게 붉혔다. 마음속 깊숙한 곳에서 부끄러움과 함께 심한 수치심을 느꼈기 때문이다.

'저렇게 대담할 수 있다니!'

'역시 화산파의 삼검재란 말인가!'

그때 화무겸과 지화자 간의 대화를 묵묵히 듣고 있던 추소산이 갑자기 수중의 목검을 등 뒤로 돌렸다. 검이 강한 회전을 일으키며 바닥을 긁어 올렸다.

콰드드득!

소가 온몸의 근육을 불끈거리며 밭을 매는 듯한 형상.

목검에 의해 일어난 바닥의 균열이 단숨에 화무겸의 앞까지 도달했다.

지존검법 구 초식 중 가장 위력적인 철우경지.

추소산이 현재 가장 자신하는 초식을 보이자 화무겸의 눈 깊숙한 곳에서 한 가닥 섬광이 일었다.

"좋은 초식!"

화무겸이 역시 발검과 함께 추소산을 향해 검을 곧게 찔러 들어갔다.

촤르르르!

화산파가 자랑하는 매화검법(梅花劍法) 십사수(十四手) 중 최후 초식인 매화만개(梅花滿開)!

추소산은 평생 처음으로 검기(劍氣)를 봤고, 그로 인해 만들어진 검화(劍花)의 찬연한 아름다움을 맛봤다, 화무겸이 펼친 검의 행로 속에서.

'꽃송이가 나… 부긴다!'

순간 추소산의 바로 앞에서 화무겸의 검이 거짓말처럼 멈춰 섰다. 마치 방금 전에 보였던 신기가 환상이라도 된 것처럼.

"추 소협과의 승부, 삼 년 뒤로 미루겠소."

"삼 년 뒤……."

"그렇소. 삼 년 뒤."

강한 한마디와 함께 추소산에게 미소를 던진 화무겸이 천천히 신형을 돌려 세웠다, 전혀 미련이 남지 않은 얼굴을 하고서.

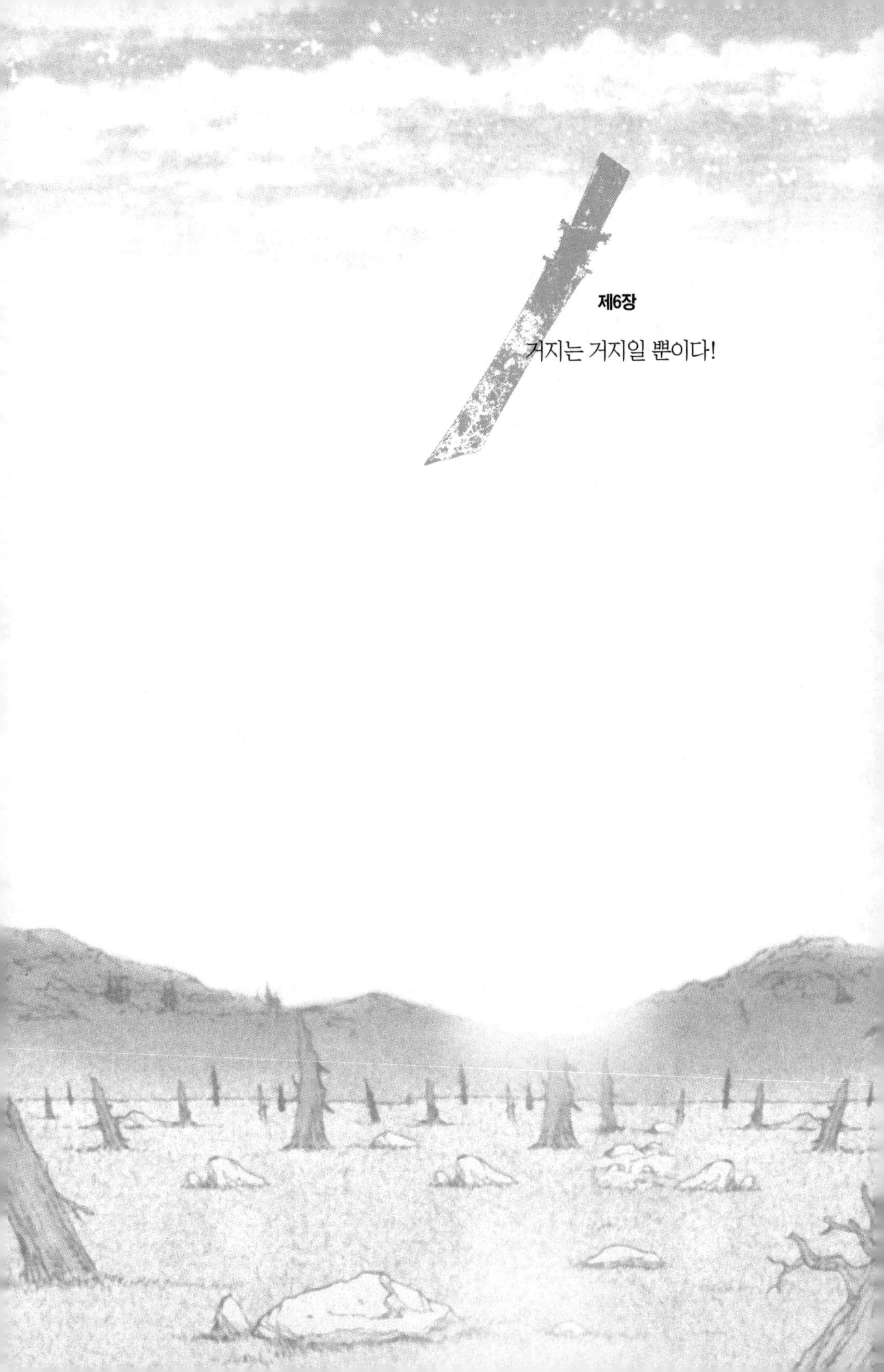
제6장
거지는 거지일 뿐이다!

객잔을 벗어난 추소산은 묵묵히 걸음을 옮기다 눈에 강한 기운을 담았다.

화무겸과의 삼년지약 때문이 아니었다. 지존검법을 독창하며 머리 속으로만 그려봤던 연환검식을 펼쳐 태산파의 경대승을 이긴 장면이 계속 눈앞을 어른거렸기 때문이다.

지존검 연환검식.

추소산은 사부 단양에게 배운 평범한 검초가 가진 한계를 극복하기 위해 새로운 무학의 길을 열었다.

총 구 초식의 지존검법. 그 한 동작 한 동작을 십만 번이 넘는 연습으로 완성한 후 개개의 검초를 연환시켜 몇 배의 위력을 얻는다.

그렇게만 하면 이론상이긴 하나 검초를 하나씩 더해 연환할 때마다 위력이 두 배로 늘어난다는 게 그가 최종적으로 내린 결론이었다.

두 배, 네 배, 여덟 배, 열여섯 배…….

연환의 숫자가 늘수록 검초의 위력은 기하급수적으로 증가하여 구검 연환에 이를 경우 무려 최초의 이백오십육 배에 이르게 된다. 가히 누구도 생각하지 못한 혁신적인 검법이라 할 수 있었다. 이론이 현실이 된다면 말이다.

그런데 오늘 우연찮게 강적인 경대승을 이검 연환으로 제압하게 되자 추소산은 정신이 번쩍 드는 느낌이었다. 꾸준히 연마하긴 했으나 마음 한 켠에 남아 있던 연환검식에 대한 두려움이 씻은 듯 사라졌기 때문이다.

'연환검식은 결코 실현 불가능한 것이 아니었다. 아직 내력을 빌린 상태에서도 이검 연환이 한계이긴 하지만 꾸준히 잠심 연무한다면…….'

상념이 깊어진 순간 추소산의 신형이 갑자기 크게 휘청거렸다.

속이 뒤틀리는 느낌.

"웩!"

덩어리진 검붉은 핏물이 기다렸다는 듯 쏟아져 나왔다. 마치 바닥에 한 송이 붉은 꽃잎이 떨어진 것 같다.

슥!

소매로 대충 입가를 훔치는 추소산의 귓전으로 나직이 혀를 차는 목소리가 들려왔다.

"크흘, 이종의 진기를 함부로 받아 사용하기에 무슨 대단한 마도의 괴공이학(怪功異學)을 연마한 줄 알았더니 그것도 아니었구먼 그래?"

추소산은 목소리의 주인이 누군지 알았다. 하루에 세 차례나 '우연히' 만난 사이니 모를 리 없다.

"제가 익힌 내공은 좀 구식이긴 하지만 내가정종의 수법입니다. 어찌 마도의 괴공이학과 같을 수 있겠습니까?"

추소산이 슬며시 신형을 돌리자 어느새 지척까지 다가선 지화자가 실눈을 뜨고 웃어 보였다.

"푸헬헬, 하긴 만약에 자네가 이 늙은 거지의 내공을 쏙 빨아갈 때 마공의 기운이 느껴졌다면 용서했을 리 없긴 하지. 자네 같은 빼어난 기재가 마도의 마공을 연마했다면 앞으로 무림에 큰 해악을 끼칠 게 분명하니까."

"……."

"그건 그렇고, 일단 이거나 받게나."

지화자가 미리 준비하고 있었던 듯 추소산에게 한 알의 검은 단환을 던져 줬다.

"이건?"

수중에 들어온 검은 단환을 본 추소산의 물음에 지화자가 어깨를 가볍게 으쓱해 보였다.

"개방의 천구환(千狗丸)이란 영약이지. 냄새는 좀 고약하지만 내상 치료에는 꽤나 좋은 효과가 있으니 냉큼 삼켜 버리라구."

'천 마리 개로 만든 약이란 뜻인가?'

약효에 대한 무한한 의구심이 생길 수밖에 없는 이름을 들은 추소산의 눈살이 가볍게 찌푸려졌다.

상거지인 지화자가 먼저 언급한 바와 같이 천구환에서는 심한 악취가 풍겨왔다. 자칫 점심때 먹은 음식물이 모조리 입 밖으로 튀어나올 지경이었다.

하지만 지화자가 가볍게 던져 준 천구환은 개방에서는 꽤나 중히 여겨지는 영약 중 하나였다. 소림사의 유명한 대환단과 비견된다고 알려진 만구환(萬狗丸)에는 못 미치나 웬만한 요상약과는 비교가 불가능한 영약이라 할 수 있었다. 코를 쥐어짜는 듯한 냄새만 참을 수 있다면 말이다.

"정말 내상이 치료되는 겁니까?"

추소산이 의심스런 표정을 짓자 지화자가 갑자기 쑥 손을 내밀었다.

"믿지 못하겠으면 내놔!"

"믿지 못하겠다는 게 아니라 너무 냄새가 지독해서……."

"본래 몸에 좋은 약은 입에 쓰다고 했네. 어찌 냄새 따위로 영약의 진가를 파악하려 한단 말인가?"

"……."

추소산은 과거 강호의 밑바닥을 떠돌며 거지 생활을 했을 때를 떠올리며 천구환을 꿀꺽 삼켰다. 개방쯤 되는 대방파의 주요 인사인 지화자가 준 약이니 한번 믿어보는 것도 나쁘지 않다는 판단이었다.

"꿀꺽!"

추소산이 천구환을 입 안에 털어 넣자 지화자의 입가에 빙글거리는 함박웃음이 떠올랐다.

'허, 고놈, 보면 볼수록 탐나는구먼. 어찌 저리 약 먹는 것도 귀여울까. 그야말로 개방에서 오래전에 실전된 타구봉법(打狗棒法)과 강룡십팔장을 다시 익힐 후개(後丐)가 되기에 한 점 부끄러움이 없도다.'

후개란 개방 방주의 후계자를 뜻한다. 그리고 현재 방주인 협개 나원경에겐 이미 후개가 될 장성한 제자가 셋이나 있었다. 모두 장래가 촉망받는 인재들이었다.

그러나 지화자는 추소산과 오악검파 기재들의 싸움을 보고 이미 마음을 단단히 먹은 상태였다. 추소산을 어떻게든 개방에 끌어들여 거지로 만들고, 나원경의 제자로 만들어서 후개로 키워내기로 말이다.

그는 이를 위해 최초 목적인 오악지회의 염탐을 포기하고 추소산의 뒤를 쫓아왔으니 나원경의 세 제자 따윈 이미 안중에도 없었다. 어차피 개방의 가장 큰 어른인 그가 장로회를 소집해 강하게 밀어붙이면 후개 따윈 얼마든지 임명할 수 있기 때문이다.

그런 지화자의 내심을 아는지 모르는지 천구환을 삼킨 추소산은 한동안 온몸을 부들부들 떨며 괴로워했다.

처음은 욱하고 치밀어 오른 구토를 참기 위해서였고, 나중은 하단전을 중심으로 불끈하고 치솟아 오른 화기를 억제하기 위해서였다.

'…무극(無極)은 태극(太極)을 생하고, 태극이 움직여 양(陽)을 생하고, 동(動)이 극(極)에 이르면 정(靜)하게 되고, 정은 음(陰)을 생한다. 정이 극에 이르면 다시 동이 되며, 한 번 동하고 한 번 정하니 서로 그 뿌리가 되고, 음과 양이 나누어지니 양의가 선다.'

추소산은 귀원연기공으로 치솟아 오른 화기를 다스리며 발로는 천천히 수류보의 변화를 밟아갔다. 수류보의 요결 중 하나인 양의행보(兩儀行步)로 넘치는 내가의 기운을 발산하려는 의도였다.

왼쪽 발을 내디디고 오른쪽 손을 앞으로 흔들면 양이 되고, 왼쪽 발이 떨어지면 오른쪽 팔을 거두어 음이 되게 한다. 또한 오른쪽 발을 일으켜 앞으로 나아가며 왼쪽 팔을 동시에 앞으로 흔들게 되어 양이 된다.

이와 같이 정(靜)인즉 지킴이 되고, 동(動)인즉 변하게 되니 그 변화가 무궁할뿐더러 보보를 움직임이 내공 운기를 하는 것과 전혀 다름이 없었다.

‘인체 내의 모든 장기와 수족, 경락을 음양과 팔극(八極)에 맞춰서 움직이고 있는 것인가?’

지화자는 절정고수이니 추소산의 양의행보가 뜻하는 바를 대번에 알아챘다.

감탄이 절로 나오지 않을 수 없었다. 말이 쉬워 팔극에 인체의 장기와 경락, 수족의 움직임 모두를 맞추는 것이지 그것은 지극히 힘든 일이었다.

굳이 말하자면 하나의 동작을 꾸준히 몇만 번 이상 연습해야만 가능한 일이랄까?

그걸 아무렇지도 않게 추소산은 해내고 있었다.

지화자는 수십 년간의 무공 수련에도 불구하고 추소산만큼 완벽하게 무공의 동작을 연습하지 못했음을 자인할 수밖에 없었다. 부끄러움으로 인해 그의 안색이 낮술도 마시지 않았는데 불그스름하게 달아올랐다.

그때 추소산이 양의행보를 끝마쳤다. 그리고 흘러나온 한차례의 한숨.

‘설마 아무런 도움도 받지 않고 천구환의 약력을 모조리 체내로 흡수했단 말인가?’

지화자는 불신 어린 표정으로 추소산을 바라봤다. 그러나 추소산은 그의 기대를 가볍게 뛰어넘었다.

“끄윽!”

추소산이 트림을 터뜨린 순간 한차례 고약한 냄새가 지화자의 코끝을 스쳤다. 평소 천구환이 풍기던 냄새가 백배쯤 농축되었다가 폭발한 듯 지독한 악취였다.

“윽!”

거지답지 않게 구역질과 함께 손으로 입을 가린 지화자가 신형을 가볍게 떨었다.

이와 같은 악취는 과거 개방 방주에 오르며 만구환을 복용했던 나원경에게서 한차례 맡아본 바 있었다. 낯선 추소산에게서 나원경의 내음을 맡게 된 것이다.

‘설마……’

지화자가 잽싸게 손을 뻗어 추소산의 완맥을 쥐어갔다. 개방의 비전 중 하나인 용음십이수(龍蔭十二手)였다.

그러나 대번에 여섯 개나 되는 용조(龍爪) 모양을 수놓은 지화자의 손은 헛되이 공중을 배회할 뿐이었다. 어느새 추소산은 수류보를 밟으며 뒤로 물러나 있었다.

“허헐! 정말이구나! 정말이야!”

지화자가 더 이상 손을 쓸 생각은 하지 않고 마구 손뼉을 치며 박장대소하자 추소산의 눈에 이채가 떠올랐다. 무의식 중에 펼친 수류보가 평소보다 훨씬 빨랐음을 그 역시 눈치챘기 때문이다.

“이건…….”

지화자가 얼른 웃음을 멈추고 말했다.

“이 늙은 거지가 천구환이 무척 좋은 영약이라고 하지 않았던가. 자네가 천구환의 약력을 받아들여 내공이 증가했을 뿐이니 크게 염려할 것 없다네.”

“그렇게 좋은 약을 주신 겁니까?”

“뭐, 천구환이 좋은 약이긴 하다만 이렇게 약력 전부를 단번에 흡수할 수 있는 괴물이 있으리라곤 전혀 생각지 못했는데…….”

지화자가 고개를 절레절레 흔들었다. 추소산이 단지 천구환만을 가지고 절정고수가 만구환을 복용했을 때와 동일한 효능을 이끌어낸 게 도무지 이해가 가지 않는다는 표정이다.

추소산이 얼른 지화자에게 포권했다.

"노화자 어르신 덕분에 내상을 고치고 내공의 증진마저 이뤘습니다. 진심으로 감사드립니다."

"진심으로 감사한다구?"

"예."

추소산의 대답을 들은 지화자의 얼굴에 흡족한 기색이 떠올랐다.

"그럼 가세나!"

"예?"

"개봉(開封)으로 가잔 말이야!"

지화자가 손까지 내밀며 재촉하자 추소산이 다시 뒤로 한 걸음 물러서 눈살을 찌푸렸다.

"개봉이라면 하남성(河南省)의 개봉을 말하시는 겁니까?"

"맞아. 개방의 총단이 있는 곳이지."

"어째서 제가 노화자 어르신을 따라 개봉에 가야 하는지 여쭤봐도 되겠습니까?"

"흠."

지화자가 추소산을 지그시 바라봤다. 마치 별 쓸데없는 질문을 다 한다는 표정이었다.

그래도 추소산은 자신의 질문을 철회하지 않았다. 오히려 팔짱까지 끼고서 버틸 태세를 갖췄다. 그가 가장 싫어하는 게 자신의 의사완 관계없는 일에 휩쓸리는 것이기 때문이다.

지화자가 결국 백발 성성한 머리를 손으로 긁적이곤 설명했다.

"이 늙은 거지는 자넬 작은 거지로 만들 생각이라네."

"절 개방에 들이시겠다는 겁니까?"

"그렇지. 그런 후 자네를 방주에게 소개해서 후개로 만들고, 개방의 절세 비전인 타구봉법과 강룡십팔장의 계승자가 되게 할 작정이야."

"그건… 무척 좋은 일이군요."

"아무렴!"

"그렇지만 저는 이미 한 분의 사부님을 둔 몸으로 호남성에 온 것은 한 가지 해야 할 일이 있어서입니다. 노화자 어르신의 말씀은 감사합니다만 그 명을 따르긴 어렵습니다."

"엥?"

지화자가 빤히 추소산을 바라봤다, 마치 자신이 뭔가 잘못 들은 것처럼.

그러나 추소산의 태도는 변함이 없었다.

"오늘 노화자 어르신께서 주신 도움은 후일 반드시 갚도록 하겠습니다. 그럼 이만."

추소산은 포권까지 해 보이고 신형을 돌렸다. 그러자 지화자가 그제야 얼굴에 다급한 표정을 드러냈다.

슥!

바로 추소산의 앞을 가로막아 선 지화자가 양팔을 활짝 펼치곤 소리쳤다.

"못 간다, 못 가!"

"노화자 어르신……."

"이 녀석, 어찌 개방의 후개 자리를 버리고 갈 수 있단 말이냐? 네가 정말 제정신이 아니로구나!"

"제겐 이미 사부님이 계시다 하지 않았습니까?"

"네 무공을 봤느니라! 너 같은 천하의 기재에게 그런 기본 무공밖엔 가르쳐 주지 못한 작자를 어찌 사부로 삼을 수 있단 말이냐?"

지화자의 이 한마디는 추소산의 역린(逆鱗)을 건드린 것이나 다름없었다. 여태까지 부드러운 기색을 얼굴에 담고 있던 추소산의 안색이 차갑게 굳었다.

"그리 말하신다면 거지는 거지일 뿐이지 않습니까?"

"머시라?"

"거지는 거지일 뿐이라고 했습니다. 개방이 비록 천하제일대방이라 불리고 천하의 절학이 있는 곳이라 할지라도 저는 결코 사부님을 배신하고 거지가 될 생각이 없습니다."

뿌득!

지화자의 어금니가 질끈 깨물렸다.

추소산의 한마디는 거지들, 특히 개방에 적을 둔 자들에게는 엄청난 모욕이었다. 지화자가 나이를 먹어 과거의 괄괄했던 성격이 많이 누그러들기는 했으나 참기가 극히 힘들었다.

'죽일 놈! 백 번 죽일 놈! 천 번 죽일 놈!'

지화자는 추소산을 바라보며 속으로 몇 번이나 욕설을 내뱉었다.

여태까지 쌓아왔던 명성과 개방의 엄격한 방규만 없다면 추소산의 멱살을 잡고 마구 뒤흔들고 싶었다. 그만큼 속에서 치민 노화가 대단했다.

"이놈, 네가 방금 사부를 배반할 수 없다고 했느냐?"

"그렇습니다."

"명문 정파인 개방에 속한 이 늙은 거지가 남의 제자를 억지로 빼앗아올 순 없는 일일 테지. 하지만 너는 어째서 화산파의 삼검재 중 한 명인 화무겸이 삼 년 후 재대결을 벌이자 했는지 아느냐?"

추소산이 고개를 가로저었다.

지화자가 말을 이었다.

"앞으로 삼 년 후 천하제일무술대회(天下第一武術大會)가 열린다. 매 십오 년마다 벌어지는 전무림인이 모두 모이는 일종의 축제지."

"그럼 화 소협은 거기에서 저와 재대결을 벌이자고 한 것입니까?"

"당연하지! 그 녀석 역시 천하제일을 다투는 기재니까 당연히 현재 천하제일인을 다투는 세 미친 늙은이에게 도전할 기회를 얻고 싶지 않겠느냐?"

'천하제일무술대회에서 우승하면 삼존에게 도전할 자격을 얻을 수 있구나!'

"그러니 너는 이대로 삼 년을 보낸 후 화산 삼검재 중 한 명인 화무 겸을 이길 수 있을 거라고 보느냐? 여태까지 네 녀석은 특유의 타고난 재질로 가히 놀라운 무공의 성취를 이뤘다. 그것만 해도 참 대단한 일로 무림사에 몇 없는 네 자질이 이룩한 기적이라고 할 수 있을 것이다. 하지만 이후로 네 무공 성취는 갈수록 퇴락할 뿐, 더 나아지진 못할 것이다. 화무겸 녀석을 뛰어넘지는 더 더욱 못할 것이고. 상승의 무공을 연마하지 못했기 때문이다. 그래도 너는 이 늙은 거지를 따르지 않으려느냐?"

지화자는 평생에 다시없을 모욕을 당하고도 억지를 부리거나 철장 방주 석장천이나 유성룡처럼 사람을 속이려 하지 않았다. 다만 절정고수로서 추소산에게 앞으로 벌어질 일에 대해 말해줬을 뿐이다.

그게 추소산의 마음을 움직였다.

그는 방금 전 화가 났던 마음을 가라앉힌 후 부드럽게 말했다.

"노화자 어르신, 어르신의 말씀은 잘 알아들었습니다."

"그래도 마음을 돌릴 순 없다는 거냐?"

"예."

"그건 어째서냐?"

"제가 현재의 사부님께 배사지례를 올렸기 때문입니다."

"허어!"

지화자는 나직한 탄성과 함께 고개를 절레절레 흔들어 보였다.

그 역시 정파의 대인물로서 배사지례의 엄중함을 잘 알고 있었다. 옳은 길을 걸어가겠다 말하는 추소산의 고집을 뭐라 할 순 없었다.

'정말 제기랄이다! 아쉬워 미칠 뿐이야! 어찌 이 늙은 거지는 뻔질나게 천하를 헤집고 다니고도 이와 같은 인재를 먼저 발견치 못했더란 말인가!'

지화자가 심중의 아쉬움을 그대로 얼굴에 나타낸 채 말했다.

"그럼 이 늙은 거지가 너무 아쉬워서 그러는데 자네의 사부 되는 사람을 소개해 주지 않겠는가?"

지화자의 말투가 흥분하기 전으로 바뀌자 추소산이 내심 빙긋 웃고 대답했다.

"객잔에서 이미 말한 바와 같이 제 사부님은 기인이사로 결코 세속에 자신을 드러내는 법이 없으십니다. 비록 노화자 어르신께서 개방의 수많은 이목을 동원하신다 해도 찾지 못하실 거라 생각됩니다."

"그래도 혹시 모르니까……."

"사부님은 스스로 만검조종에 검선지로(劍仙之路)를 걷는 자라 하셨습니다. 혹시 노화자 어르신께서는 들어본 일이 있으십니까?"

"마, 만검조종에 검선지로를 걷는다?"

"예."

지화자가 추소산을 한 번 쳐다보고 천천히 고개를 가로저어 보였다. 평생에 이처럼 허황되고 기고만장한 별호를 가진 자는 처음이었기 때문이다.

추소산이 그럴 줄 알았다는 듯 고개를 끄덕였다.

"노화자 어르신 역시 모르시는군요."

'우라질, 그런 말도 안 되는 별호를 가진 미친 인사가 어찌 대명천지에 존재한단 말이냐!'

"호남성에서의 일이 끝나면 후일 반드시 개봉의 개방 총단으로 노화자 어르신을 찾아뵙겠습니다."

"헹, 거지가 싫다면서 개봉에는 또 왜 온다누?"

"사부님께서 이르시길 사람이 빚진 것이 있으면 반드시 갚아야 한다고 하셨습니다."

정중하게 허리를 숙여 보인 추소산이 씩 웃어 보였다, 지화자의 복장을 있는 대로 터지게 만든 게 자신이 아니라는 듯.

보름 후.

지화자를 간신히 떼어놓은 추소산은 악록산(岳麓山)을 앞에 뒀다. 자고로 산세가 험하고 주변에 민가가 드물어 녹림의 산적들이 들끓는다고 알려진 곳이었다.

"…팔 년이 지나 비로소 다시 돌아왔다!"

악록산을 바라보는 추소산의 눈 깊숙한 곳에서 강한 기운이 흘러나왔다. 이곳이야말로 과거 그가 속해 있던 곡마단이 산적들에게 습격당한 장소였기 때문이다.

슥!

추소산은 등에 매달아놓은 목검을 빼 들어 허공에 몇 개의 검초를 뿌렸다. 천구환을 복용한 덕분에 검봉에 맺힌 기운이 예전보다 훨씬 힘찼다.

불끈.

목검을 든 손에 힘을 가한 채 추소산은 지존검법을 빠르게 펼쳐내기 시작했다. 악록산에 오르기 전에 미리 몸을 풀어두려 함이었다.

쉐쉐쉐쉐쉐!

단숨에 지존검법의 구 초식이 십여 차례 이상 펼쳐졌다. 각기 서로 다른 동작과 의미가 담긴 검초인데 추소산의 손에서 펼쳐지자 전혀 끊임이 보이지 않았다.

검법과의 동화.

추소산은 모든 검객들이 추구하는 경지를 온몸으로 내보이며 끊임없이 목검을 휘둘렀다. 어느 결엔가 악록산에 오르는 것이나 녹림 산적들에 대해 잊어버린 듯 무아지경에 빠진 모습.

또륵!

열기가 오르자 추소산의 이마를 타고 땀 한 방울이 바닥에 떨어졌다. 무아지경이 깨지는 순간이었다.

"또······!"

추소산은 하늘로 들어올렸던 목검에 깃든 힘을 흩어버리며 씩 웃었

다. 잠시 경직된 근육만 풀 생각이었는데 어느새 시간이 꽤 흘러간 것
이다.

따닥!

한차례 고개를 까닥거린 추소산은 바로 악록산 쪽으로 신형을 날렸
다. 팔 년을 기다린 일에 망설임이란 있을 수 없었다.

악록산 주변 삼십 리를 떠르르 울리는 귀왕채(鬼王寨)의 총 인원은
팔십 명이 조금 넘는다.

웬만한 무림 방파나 관부와 비교하면 크게 내세울 게 없는 규모이나
험난한 악록산의 산세와 몇 명의 고수의 존재로 당당한 하나의 산채를
이루고 있었다.

그 몇 명의 고수 중 한 명인 사음귀도(邪淫鬼刀) 염사충은 새벽에 있
는 주변 순찰까지 빼먹고 한창 주사위 놀음에 열중하고 있었다. 그의
주요 놀이 상대인 사씨 형제에게 어제 잃은 은자를 다시 돌려받아야
했기 때문이다.

절그럭절그럭! 탁!

공중에서 뱅글뱅글 세 차례나 회전을 일으킨 그릇이 바닥에 떨어진
순간 염사충의 눈이 크게 희번득거렸다.

당장에라도 눈이 튀어나올 것 같다.

어떻게든 그릇 속에 담긴 주사위의 움직임을 살피려 안력을 극도로
끌어올린 것에 대한 대가였다.

'끌끌, 주사위란 자고로 눈이 아니라 귀를 사용하는 것이거늘. 양고
가 걸려 기쁘긴 하다만 한심하기도 하구나.'

사씨 형제의 둘째인 사이류의 입가로 작은 웃음이 흘러나왔다. 그러

자 그의 옆에 앉아 주사위 통을 돌린 형 사일류가 눈을 살짝 부라렸다. 산통 깨지 말라는 의미였다.

지난 십수 일간 사씨 형제는 귀왕채 내에서 숨겨놓은 돈이 가장 많다고 알려진 염사충의 주머니를 털어먹기 위해 몇 가지 수작을 부렸다. 장난인 척 주사위 놀음을 시작해 처음 며칠간은 적당히 잃어주다가 조금씩 염사충의 돈을 긁어먹는 수법을 사용한 것이다.

이는 전문적인 도박꾼들이 양고라 불리는 초심자들의 돈을 울궈먹는 수법으로, 같은 산채에 속한 동료에게 사용하기엔 다소 악랄한 바가 있었다. 잘못하면 칼부림이 나도 크게 날 만한 일이란 뜻이다.

그러나 염사충은 한때 귀왕채의 채주 노릇을 한 일이 있을 정도로 무공이 강하긴 하나 성격이 개차반 그 자체였다. 동료들로부터 크게 신임을 받지 못하는 건 당연했다.

"큰 쪽, 작은 쪽?"

사일류가 주사위 통에서 손을 떼고 크게 소리쳤다.

결정을 재촉하는 눈빛.

염사충이 잠시 망설이다 자신 앞에 쌓여 있는 은자를 왕창 대(大)라 적힌 판대기 앞으로 밀어놨다. 눈이 빠지도록 안력을 높인 만큼 최후의 승부를 걸어왔음이다.

"이번은 내가 이겼다!"

사일류가 다짐을 받듯 확인했다.

"대 자가 확실합니까? 번복할 생각 없습니까?"

"…자, 잔소리 말고 까라!"

염사충의 말끝이 조금 떨렸다. 이번에 그가 밀어 넣은 은자의 액수가 여태까지 잃은 것의 배는 됐기 때문이다.

사이류가 히히덕거리며 말했다.

"대판이구나! 대판이야! 이긴 분은 저한테 구전 좀 떼어주십쇼!"

"시끄럽다!"

염사충이 사이류를 핏발 선 눈으로 쏘아봤다. 저번 판에 그를 쫓아 돈을 걸었다가 크게 잃은 일이 있으니 보는 시선이 고울 리 없다.

"예이, 예이……."

사이류가 얼른 옆으로 찌그러졌다, 형인 사일류에게 살짝 눈웃음을 지어 보이고.

사일류가 염사충에게 다시 확인의 눈빛을 던지고 주사위 통을 들어 올렸다.

"삼(三), 삼(三), 이(二)!"

"소(小)다!"

사이류가 방정맞게 소리친 순간 염사충의 안색이 와락 구겨졌다. 앞의 두 개까지는 숫자를 읽었는데 마지막 하나를 놓치고 만 것이다.

"이런 빌어먹을!"

염사충이 크게 소리 지르며 자신의 전낭을 손으로 더듬었다. 그러나 새벽부터 계속 돈을 잃었으니 남은 게 있을 리 만무하다.

쩔렁!

구리 돈 두 닢 짚이는 게 고작이었다.

염사충이 재빨리 은자를 쓸어 담고 있는 사일류에게 거친 목소리로 소리쳤다.

"아직 승부는 끝나지 않았다!"

"판돈이 남으신 겁니까?"

사일류의 시선이 염사충의 전낭을 힐끔거렸다. 이미 전낭에서 인 소리로 대충 사정을 짐작했음이다.

염사충이 벌떡 자리에서 일어섰다. 판돈을 마련해 봐야겠다는 생각이 든 것이다.

"조금만 기다려라. 금방 돌아올 테니."

사일류가 태연자약한 표정으로 대답했다.

"그리 오래는 기다리지 못할 것 같습니다. 채주님께서 곧 찾으실 테니까요."

"금방 돌아온다고 했잖느냐!"

"예, 그러지요."

사일류의 대답이 떨어진 순간 염사충이 쏜살같이 신형을 날렸다. 필시 인근의 마을이라도 털러 내려가는 게 분명했다.

"쯔쯧, 대낮부터 저러고 다니다 칼 맞지."

사이류가 나직이 혀를 차자 사일류가 그의 머리로 주먹을 날렸다.

퍽!

"어이쿠! 형님! 왜 사람 대갈통은 깨부시려 하시는 거요?"

"그리 입방정을 떨다간 채주님한테 죽도록 맞고 한 대 더 맞을 것이다!"

"이놈이야 채주님한테 완전 충성, 완전 사랑을 맹세한 몸인데 어찌……."

"죽어라!"

사일류가 다시 주먹을 날리자 사이류가 이번에는 냉큼 고개를 옆으로 돌려 피했다. 이번 사일류의 주먹에는 묘한 살기가 담겨져 있었기 때문이다.

"씨발, 이거 형제끼리 너무하는 거 아닙니까? 내력까지 담아 때리려

하다니!"

"네놈이 그런 입방정을 떨지 않았으면 되는 게 아니냐!"

"제길, 자기도 밤마다 채주님 이름을 부르며 끙끙거리는 주제에……."

"이놈이 그래도!"

사일류가 벌떡 자리에서 일어서자 사이류가 얼른 뒤로 몇 걸음 물러서더니 뒤도 돌아보지 않고 달아났다. 평소 무던한 성격인 사일류가 한번 화가 나면 죽도록 패고 한 대 더 때리는 위인임을 알고 있었기 때문이다.

한편, 씨근벌떡 귀왕채를 떠난 염사충은 자신의 애도인 귀아도(鬼牙刀)를 빼 들고 빠르게 산 아래로 향했다. 중천에 뜬 태양이 산 너머로 꼴딱 넘어가기 전에 한몫을 잡아오려면 지체할 시간이 없었다.

총순찰인 그가 뜨자 귀왕채로 이르는 소로에 설치된 경계 초소에 낮잠을 퍼질러 자고 있던 산적들이 재빨리 자세를 바로 했다. 군으로 치면 첨병(尖兵)이나, 경계병에 속하는 자신들의 근무 태만을 성격 더러운 염사충이 꼬투리 잡을까 두려웠기 때문이다.

퍽! 퍽!

염사충은 평소처럼 화를 낼 시간도 아까워 산적들을 아무렇게나 발로 걷어차 나뒹굴게 만들었다. 개중 꿋꿋하게 아픔을 참은 자들은 한 대 더 걷어차이는 횡액(橫厄)을 당해야만 했다. 건방지다는 게 그 이유였다.

그렇게 귀왕채로 이르는 몇 군데의 경계 초소를 작살내고 내려가던 염사충의 짙은 눈썹이 크게 꿈틀거렸다. 그의 귓전으로 반쯤 죽어가는 자들의 가냘픈 신음 소리가 파고들었다.

‘호오, 이것들이 보자 보자 하니까 상부에 보고도 하지 않고 영업을 하고 있었단 말인가!’

염사충의 움직임도 조금 더 빨라졌다.

먹이를 발견한 매와 같은 움직임.

건수가 생겼으니 이를 거둬들이지 못한다면 산적이라 할 수 없는 것이다.

그러나 빠르게 신형을 날려 경계 초소에 도착한 염사충의 안면이 크게 일그러졌다. 연신 죽는다고 울부짖고 있는 건 건수 잡힌 자들이 아니라 포악무도한 얼굴을 한 귀왕채 산적들이었기 때문이다.

“이게 도대체…….”

신음하듯 나직이 중얼거린 염사충의 귓전으로 가장 가까운 곳에 널브러져 있던 산적의 경호성이 파고들었다.

“채, 채주님, 조심하십쇼!”

“…….”

경호성을 터뜨린 자는 염사충이 귀왕채주를 하고 있던 당시 총애하던 옛 부하였다. 그의 얼굴을 한눈에 알아본 염사충의 손이 귀아도의 도파에 닿았다. 본능적으로 위기가 닥쳐 왔음을 직감한 것이다.

그때 바람을 가르는 소리와 함께 그에게 흐릿한 검영이 파고들어 왔다.

스으!

염사충은 어느새 코앞까지 이른 검영에 놀라 귀아도를 빠르게 발도했다. 이미 신법을 펼쳐 뒤로 물러서는 걸로는 힘들다는 판단이었다.

슈아악!

귀왕채의 몇 없는 고수답게 염사충의 귀아는 날카로운 소성을 울리며 대기를 갈랐다.

'파격음(破擊音)이 없다?'

염사충은 자신을 노리며 파고든 검영이 변화를 일으켰음을 느꼈다. 그렇지 않다면 어찌 귀아도와 맞부딪치지 않았겠는가.

귀왕팔방(鬼王八方)!

재빨리 여덟 차례나 귀아도를 움직여 전신을 방어한 염사충의 눈이 크게 번뜩였다. 방금 전 그의 귀아도가 스치고 지나간 자리에 긴 머리를 흩날리는 청년 하나가 목검을 든 채 모습을 드러냈기 때문이다.

'저놈은…….'

염사충은 눈살을 찌푸렸다. 그를 대경실색케 한 상대가 이제 스물도 안 되어 보이는 애송이일뿐더러 왠지 낯이 익은 기운을 뿌리고 있었다.

그도 그럴 것이, 지금 염사충의 앞에 모습을 드러낸 사람은 추소산으로 과거 그와는 큰 악연으로 맺어진 사이였다. 서로 상대방을 필사적으로 죽이려 했고, 그 결과 큰 상처를 남겼으니 낯이 익는 건 당연했다.

톡톡!

목검으로 바닥을 몇 차례 두들겨 보인 추소산이 염사충에게 차게 말했다.

"팔 년이 지났는데도 모습이 여전하시군요?"

"팔 년……?"

나직이 중얼거린 염사충은 문득 팔 년 전 입은 복부의 자상이 아파 오는 걸 느꼈다.

상처가 도진 것인가?

염사충이 내심 고개를 크게 가로저었다. 녹림에서는 역전의 용사 중 하나로 불리는 그가 몸에 입은 상처는 한두 개가 아니었다. 당시 입은 복부의 자상이 꽤나 심하긴 했지만 이미 모두 나아 여태껏 아파본 일이 없었다. 갑자기 아파온다는 건 이해하기 힘든 일이었다. 기껏해야 환지통에 불과할 게 뻔했다.

"너는……."

"팔 년 전 당신이 이끄는 산적 떼에게 습격받은 명천(明天) 곡마단의 단원 추소산이오!"

추소산은 그 말을 끝으로 지축을 살짝 발로 박찼다. 다시 수류보를 밟으며 염사충에게 달려든 것이다.

스으!

처음 펼쳤다가 거둬들인 종상벽하와 더불어 황룡포섬과 오룡희주를 추소산은 연이어 펼쳐 냈다. 비록 연환검식과 같은 위력은 낼 수 없지만 변화하는 검초의 빠르기란 힘을 위주로 하는 도법을 익힌 염사충을 대경실색케 하기에 충분했다.

"윽… 으윽……."

염사충은 검초가 번뜩일 때마다 뒤로 연신 물러서기에 바빴다. 도저히 빠르기로는 추소산의 지존검법에 대항할 길이 없었기 때문이다.

그렇게 전광석화처럼 펼쳐진 삼검에 밀려 십여 보 이상 뒤로 물러선 염사충이 어금니를 악물었다. 극히 평범해 보이는 검초에 이렇게까지 뒤로 밀리고 보니 오기가 끓어오르지 않을 수 없었다.

으득!

염사충이 발끝에 힘을 주고 번뜩이는 검영 속으로 파고들었다.

파팟!

두툼한 근육으로 둘러싸인 왼팔로 상반신을 가린 채 염사충은 귀아도를 곧게 추소산에게 무찔렀다. 왼팔을 희생하고서라도 추소산에게 일격을 먹일 작정을 한 것이다.

'살을 내주고 뼈를 취한다!'

그러나 염사충이 내뻗은 귀아도의 일격은 허무하게 허공을 갈랐을 뿐이다. 추소산의 수류보가 그의 일도보다 두 배는 더 빨랐기 때문이다.

우둑!

번뜩이는 검영이 스치고 지나간 순간 염사충의 왼 어깨가 축 늘어졌다. 살을 내주려 했으나 뼈를 잃었고, 뼈를 취하려 했으나 살조차 베지 못했음이다.

"크으!"

밀려드는 고통을 참으며 염사충이 다시 염왕팔방을 펼쳤다. 어떻게 해서든 추소산의 후속 공격을 막아야만 했다.

하지만 이미 염왕팔방이 자신의 지존검법에 속한 검초 중 하나인 팔방풍우에서 변화한 도초임을 눈치챈 추소산은 서슴없이 도파 속으로 뛰어들었다.

따닥!

추소산의 목검이 염사충의 왼쪽 무릎과 오른쪽 곡지혈을 동시에 때리고 지나갔다. 보통 사람 같으면 당장 쓰러져 죽는다고 울부짖을 정도로 고통스런 타격이었다.

염사충 또한 다르지 않아 연신 귀아도를 휘두르며 휘청거리는 그의 안색은 이미 검게 죽어 들어가고 있었다. 아직 쓰러지지 않은 것만도 장하다고 해야 할까?

번뜩이는 도광(刀光)!

그 속으로 추소산이 다시 파고들었다.

그는 눈앞으로 파고든 귀아도의 도첨(刀尖)을 옆으로 흘리며 목검을 곧게 찔러갔다.

봉황전시.

살짝 지축을 구른 발끝으로부터 시작된 탄력을 받은 추소산의 목검이 염사충의 어깨뼈를 노렸다.

팍!

염사충의 손을 떠난 귀아도가 공중에서 몇 바퀴의 회전을 일으키다 힘없이 바닥으로 떨어져 내렸다.

"어찌… 어찌……."

염사충은 간신히 탈구되는 것만 면한 자신의 오른손을 바라보며 넋을 잃은 표정이 됐다.

귀왕채 안에서만 안주했던 자신이 최근 몇 년간 오늘과 같은 대패를 당한 일이 있었던가. 도저히 눈앞의 현실을 인정할 수 없었다.

슥!

한 걸음 염사충에게 다가선 추소산이 말했다.

"소령과 대령, 수빈 소저에 대해 말하시오!"

"…뭐?"

"명천 곡마단을 습격했을 때 잡아간 내 누이들과 누님을 어찌했는지 묻고 있는 것이오!"

추소산은 크게 소리치며 목검을 염사충의 목젖에 겨눴다. 대답 여하에 따라 목숨까지 거둘 수 있다는 뜻이었다.

그러나 염사충은 한때 귀왕채의 채주까지 했던 인물이다. 수십 년간

칼밥을 먹고 살아온 그에게 추소산의 협박이 통할 리 만무했다.

픽!

특유의 살벌한 웃음을 입가에 담은 염사충이 말했다.

"크크큭, 내가 그런 협박에 넘어갈 정도로 만만하게 보였던가?"

"협박?"

"그래, 너 애송이 녀석은 차라리 날 이 자리에서 통쾌하게 죽이는 편이 시간을 절약하는 방법일 것이다."

"대답을 하지 않겠다는 뜻이군."

"아무렴."

염사충의 대답이 떨어진 것과 동시였다.

틱!

추소산의 목검이 염사충의 태양혈(太陽穴)을 살짝 건드리고 지나갔다.

"컥!"

염사충이 대가 세게 굴었던 것과는 다르게 외마디 가래 끓는 소리를 내며 바닥에 쓰러졌다. 완전히 무장 해제가 되어버린 것이다.

뚜둑!

목검을 등에 꽂은 추소산이 양손의 손마디를 가볍게 풀고는 염사충 위로 냉큼 올라탔다.

"사람의 몸에는 혈도가 삼백육십 개가 넘는다는데 나는 지금까지 확인해 본 적이 없습니다. 오늘 한번 확인해 볼 작정이니 당신은 나와 대화를 나눌 준비가 되면 말하시오."

"그……."

"나는 이미 팔 년을 기다렸으니 다시 몇 시진 정도 기다리는 건 아무

것도 아니오.”

　말을 마친 추소산이 염사충을 두들겨 패기 시작했다. 여태까지 실전에선 한 번도 사용해 보지 않은 건곤권으로 전신 혈도 중 맞으면 가장 아픈 곳에 대한 탐구에 들어간 것이다.

　“크아아아아!”

　염사충의 처절한 비명 속에 추소산의 지극히 담담한 목소리가 끼어들었다.

　“비명 따윈 전혀 도움이 되지 않습니다. 내가 듣고 싶은 건 누이들과 누님의 행방이니까.”

　“크악! 크아악!”

　여전히 그치지 않는 비명으로 알 수 있듯 추소산은 염사충에게 충고를 하는 중에도 전혀 손발을 늦추지 않았다. 그의 건곤권이 이미 진경에 이르렀다는 의미였다.

제7장

여자의 질투는 무죄?

귀왕채로 오르는 길에 설치된 경계 초소는 총 여덟 군데였고, 여기에 동원된 산채의 인원은 총 서른두 명이었다. 귀왕채 총 인원이 기껏해야 팔십여 명인 걸 감안하면 좀 지나친 감이 드는 경계 태세라 할 수 있었다.

추소산은 두 군데의 경계 초소를 박살 낸 후 조우한 염사충 덕분에 더 이상 손발이 고생할 필요가 없었다. 험상궂은 얼굴이나 한 산채의 채주라는 관록에 비해 염사충이 꽤나 빨리 항복했기 때문이다.

허리를 굽신거리며 경계 초소를 피할 수 있는 샛길을 안내하는 염사충을 눈으로 살피며 추소산은 눈살을 찌푸렸다. 과거의 기억과 눈앞의 염사충 간의 너무 큰 괴리가 느껴졌기 때문이다.

'비록 사혈 근방을 집중적으로 때리긴 했지만 이리 쉽사리 항복하다니…….'

추소산의 생각에 한 산채의 채주라면 무공이 고강한 건 둘째치고 근성이 있어야만 했다. 그렇지 않고선 산적질을 해먹으며 살아가는 거친 사내들을 통솔할 수 없는 게 당연하다. 남자들의 세계란 대충 그러했다.

한데 눈앞의 염사충에게선 그런 근성이 전혀 느껴지지 않았다. 다른 산적들에 비해 무공은 그리 약하지 않았지만 눈에 오기나 근성, 남을 압도하는 위세 같은 게 전혀 보이지 않았다. 아무리 근래 들어 채주 자리를 딴 자에게 빼앗겼다곤 하나 납득이 가지 않는 모습이었다.

"팔 년 전에는 그렇지 않은 것 같은데……."

추소산이 나직이 중얼거리자 앞서 걷던 염사충이 힐끔 그를 돌아봤다. 역시 죽어버린 눈이다.

"팔 년 전에는 안 그랬습죠."

"팔 년 동안 무슨 일이 벌어진 겁니까?"

"그건……."

쓸쓸하게 웃어 보인 염사충이 혼잣말을 하듯 중얼거렸다.

"귀왕채에 도착해 보면 알 것이오, 어차피 지금 내가 뭐라고 말해봤자 믿어주지도 않을 것이고."

"……."

추소산은 대답 대신 고개만 끄덕여 보였다. 염사충이 거짓말을 한다는 생각은 들지 않았다.

그렇게 두 사람이 귀왕채 앞에 도착했을 때였다.

귀왕채의 대문을 지키고 앉아 있던 산적 둘이 입을 가볍게 벌렸다. 한 시진쯤 전에 날듯이 귀왕채를 떠났던 염사충이 묵사발이 된 얼굴로 모습을 드러냈기 때문이다.

“도대체…….”

“이게 무슨……?”

연이어 의혹에 찬 시선을 던지는 산적들을 향해 염사충이 한심한 표정으로 소리쳤다.

“으이구, 이 쌍넘들아! 보면 모르겠냐?”

“……!”

그제야 두 산적의 시선이 천천히 등에 매단 목검을 빼 들고 있는 추소산에게 향해졌다.

“적?”

“적!”

따! 닥!

산적들은 한마디씩을 내뱉고 그대로 얼굴을 흙바닥에 묻었다. 어느새 전광석화 같은 종상벽하가 그들의 태양혈을 스치고 지나간 뒤였다.

반 각 후.

정오가 살짝 지난 후의 나른한 식곤증에 빠져 있던 귀왕채가 한바탕 큰 소란으로 뒤집어졌다. 지난 몇 년간 한 번도 없었던 습격을 당했기 때문이다.

“컥!”

“케헥!”

애초 약속대로 염사충을 귀왕채 앞에서 때려 혼절시킨 추소산의 목검이 번뜩일 때마다 반쯤 잠이 덜 깬 눈으로 뛰쳐나오던 산적들은 비명과 함께 이리저리 나뒹굴었다.

그들 중 단 한 명도 추소산의 이 검을 받을 수준은 없었다. 하나같이 흉측한 인상으로 밥벌이를 하는 평범하고 순진한 산적들이었다.

그렇게 질풍노도처럼 추소산이 귀왕채의 안방인 귀왕대전에까지 이르렀을 때였다.

쉑! 쉑쉑!

귓전을 울리는 파공음에 추소산은 반사적으로 목검을 상하로 빠르게 휘둘렀다.

폐음소음.

갈지재[之]를 그린 목검의 끝에 두 개의 비도(飛刀)가 퉁겨져 올랐다.

찌릿!

추소산은 목검을 타고 올라오는 저릿한 느낌에 눈살을 가볍게 찌푸렸다. 자신을 습격한 비도의 빠르기보다는 그 속에 담긴 힘이 신경 쓰였다.

'최소한 염 채주에 비견되는 고수다!'

추소산은 내심 경각심을 일깨우며 주변을 빠르게 둘러봤다. 비도만으로 자신을 습격하진 않으리란 생각이 들었기 때문이다.

그의 예상은 옳았다.

휘리리!

파팟!

추소산이 비도에 신경을 기울이는 동안 대전 바닥을 구르며 파고드는 두 명의 암습자가 있었다. 오전 내내 염사충을 벗겨먹은 두 형제, 사일류와 사이류였다.

좌우 양측.

짧은 단도를 든 사일류와 쌍도를 풍차처럼 회전시키는 사이류의 괴상망측한 도법!

그것은 산동성(山東省)에서 맹위를 떨치는 지당문(地躺門)의 문하만
이 익힐 수 있는 비전 지당단도(地躺單刀)와 지당쌍도(地躺雙刀)였다.
그렇지 않다면 세상에 어떤 자들이 이렇게 바닥을 마구 뒹굴며 칼을
휘두를 수 있겠는가.

파파파팟!

추소산은 일시 하반신 전체를 노리며 파고드는 두 형제의 도파를 피
해 재빨리 뒤로 물러섰다. 일시 평생 처음 보는 지당문의 도법을 파훼
할 방도를 찾을 수 없었기 때문이다.

그러자 다시 예의 비도가 추소산을 노리며 파고들었다. 철저히 상대
방의 약점을 노리는 치졸한 수법.

추소산은 목검을 연달아 똑바로 찔러 비도를 퉁겨 내고, 도파를 줄
기줄기 뿜어내는 두 지당 문하를 향해 파고들었다.

지이이이이!

수류보를 펼치며 받은 탄력을 이용해 바닥을 강하게 긁은 추소산의
목검이 단숨에 사일류와 사이류를 휩쓸었다. 지존검법 중 가장 강한
파괴력을 지닌 철우경지를 펼친 것이다.

“크헥!”

“컥!”

사일류가 수중의 단도를 놓치며 개구리처럼 뒤로 자빠졌고, 사이류
는 자신의 쌍도에 목이 낀 채로 바닥을 나뒹굴었다. 합공을 한 것치고
는 꽤나 비참한 결과였다.

슥!

추소산은 연달아 수류보와 지존검법을 함께 펼친 탓에 다소 가쁜 호

흡을 참고서 두 사람에게 파고들었다. 다시 바닥을 구르며 성가시게 굴기 전에 확실하게 제압하려는 의도였다.

파팍! 팍!

추소산의 목검이 두 형제의 태양혈과 인당혈을 빠르게 찍었다. 일단 정신을 잃게 만든 것이다.

쉐쉐쉐쉐쉑!

여태까지 두 개 이상은 날아들지 않던 비도가 무더기로 쏟아졌다. 추소산이 사씨 형제에게 해코지를 했다는 판단을 내린 듯하다.

추소산은 연달아 종상벽하를 펼치는 대신 황룡포섬으로 전신을 감싼 채 전진하는 편을 택했다. 몇 번이나 비도의 기습을 받는 동안 어디서 날아오는지 대충 감을 잡은 상태였다.

투타타탕!

종상벽하로 하나하나 퉁겨 낼 때완 달리 둔탁한 소리가 연달아 터져 나왔다. 상대적으로 추소산의 호구가 목검을 타고 가중되는 압력에 피투성이로 변했음은 물론이었다.

'승부!'

추소산은 수류보를 전력으로 펼치며 비도가 날아든 곳으로 파고들었다.

봉황전시.

순간적으로 목검과 하나가 된 추소산은 시위를 떠난 화살과 다름없었다. 그는 목검을 든 후 처음으로 필살의 의지를 드러냈다. 그렇지 않고선 비도를 날리는 자에게서 살아날 수 없다는 판단이었다.

그러나 추소산의 봉황전시는 중간에 날개를 꺾어야만 했다. 뜻밖의 상황과 맞닥뜨리고 말았기 때문이다.

"소령……?"

추소산은 십오 세가량 되어 보이는 중성적인 매력의 소녀를 바라보며 가볍게 입을 벌렸다. 눈앞의 소녀의 얼굴이 워낙 특징적이고 눈에 익었기 때문이다.

그러자 양손에 비도 네 개를 나눠 든 채 맑고 커다란 눈을 한차례 깜빡인 소녀가 갑자기 크게 놀란 표정으로 소리쳤다.

"언니, 안 돼!"

'기습?'

뜻밖의 상황을 만나 잠시 풀어졌던 긴장의 끈이 다시 팽팽해졌다. 추소산이 뒤도 돌아보지 않고 목검을 겨드랑이 사이로 찔러 넣었다.

사수해구.

방어와 공격을 동시에 겸비한 초식이었다.

타탕!

목검이 찌르르 울렸다.

급작스레 펼쳐 낸 사수해구가 성공한 것인가?

추소산은 그렇지 않다고 생각했다. 기습자의 신음이나 비명이 들리지 않은 건 둘째치고 목검으로 파고드는 느낌에 전혀 타격감이 전달되지 않았다.

휘류류!

추소산은 망설임없이 수류보를 펼쳐 신형을 회전시켰다. 그의 신형이 흐릿한 분영을 만들며 좌우로 흩어졌다. 시간을 벌고 자신이 생각한 바가 맞는지 확인해야만 했다.

'역시.'

추소산은 수중의 목검을 바닥으로 내렸다. 목검을 타고 피 한 방울이 주루룩 흘러내렸다. 방금 전의 일검으로 호구가 완전히 찢어졌음을 보여주는 모습.

한데 추소산은 호구의 상처를 살필 새도 없이 눈앞에 반월형의 쌍수도를 든 채 서 있는 십육, 칠 세가량의 소녀를 바라봤다, 뚫어질 정도로.

그녀는 비도를 날려 기습을 가한 소녀와 더불어 그가 팔 년 만에 귀왕채를 찾은 원인 중 하나였다.

"정말 대령이가 맞구나."

"소산 오라버니⋯⋯?"

대령이라 불린 소녀가 추소산의 모습을 한참 동안 바라보다 못 믿겠다는 듯 중얼거렸다. 그러자 소령이라 불린 소녀가 냉큼 그녀의 옆으로 뛰어가 소리쳤다.

"절대로 소산 오라버니가 맞아! 그렇지 않으면 어찌 언니하고 내 이름을 알겠어!"

"그치만⋯⋯."

팔 년 전 이별한 후 많은 변화가 있었다. 소녀들은 완연한 여인의 모습이 됐고, 소년은 한 명의 늠름한 청년이 되었다. 확신을 갖지 못하는 마음도 무리는 아니었다.

추소산이 그네들의 의문을 풀어주듯 묵직하게 고개를 끄덕였다.

"나, 소산이다."

"소산 오라버니⋯⋯."

"정말루?"

추소산의 입꼬리가 미소를 만들어냈다.

"꼬맹이들, 정말 많이 컸구나!"

“흐흑!”

“우앙!”

추소산의 말이 떨어진 순간 대령과 소령, 두 소녀가 갑자기 펑펑 눈물을 쏟으며 그에게 달려들었다, 손에 들고 있던 쌍수도나 비도 따윈 바닥에 아무렇게나 내동댕이치고서.

눈물의 상봉은 오래가지 못했다.

추소산에게 달려든 두 소녀가 한창 눈물, 콧물을 그의 옷에 마구 문질러 대고 있는 사이 대전 안쪽에서 한 명의 녹포면사녀가 모습을 드러냈다.

여인으로선 꽤나 큰 오 척 일곱 치(171㎝)가량의 키.

선정적일 정도로 늘씬한 몸매.

면사 밖으로 드러나 보이는 한 쌍의 흑백이 또렷한 눈에 담긴 강렬한 기운은 여인이 매우 정열적인 기질을 지녔음을 은연중 내보였다.

“대령! 소령!”

면사녀의 싸늘한 일갈에 추소산의 품에 폭 안겨 있던 대령과 소령이 움찔 어깨를 떨어 보였다.

‘이런!’

‘주, 죽었다!’

면사녀의 일갈에 금세 울상이 된 소령과 달리 대령은 언니답게 크게 놀란 중에도 추소산에게 살짝 속삭이는 걸 잊지 않았다.

“소산 오라버니, 귀왕채주가 왔으니 빨리 도망치세요! 여긴 저하고 소령이 어떻게든 막아볼 테니…….”

‘저 여인이 바로 귀왕채의 새로운 채주?’

추소산의 눈이 깊숙이 가라앉았다. 이미 대령과 소령을 만났는데 그녀들을 놔두고 혼자 산을 내려갈 생각은 전혀 없었다.

"너희들은 걱정할 것 없다."

한마디를 툭 던진 후 대령과 소령에게서 떨어져 나온 추소산이 수중의 목검으로 면사녀를 가리켰다.

"귀왕채주십니까?"

"너는……."

"대령과 소령의 오라비 되는 추소산이라 합니다."

"추… 소산……?"

면사녀의 시선이 재빨리 대령과 소령을 향했다. 마치 무언가 잘못한걸 꾸짖는 듯한 눈빛.

꼿꼿한 대령과 달리 소령은 움찔움찔 어깨를 떨며 놀란 토끼와 같은얼굴이 되었다. 대령보다는 소령이 면사녀를 더욱 무서워하고 있음이분명했다.

"흥! 이래서 계집아이들이란……."

나직이 코웃음친 면사녀가 추소산에게 갑자기 쑥 다가섰다.

'빠르다!'

내심 경각심을 일으킨 추소산이 한 걸음 옆으로 물러서며 목검을 태산압정과 같이 들어올렸다. 검초 자체보다는 자신의 결연한 의지를 보여주려는 의도였다.

면사녀의 눈빛이 싸늘하게 식었다.

"귀왕채에 단신으로 쳐들어왔으니 각오는 되어 있겠지?"

"물론."

"싸가지없이 말도 짧구나!"

나직이 호통친 면사녀가 갑자기 추소산에게 파고들었다. 눈앞에서 바로 움직였음에도 흡사 기습을 한 것과 같다.

파팟!

추소산은 공간 이동이라도 한 것처럼 느닷없이 눈앞에 나타난 면사녀의 쌍수를 피해 옆으로 급격히 신형을 이동했다. 수류보를 몸에 착 달라붙을 때까지 익히지 않았다면 있을 수 없는 순발력을 발휘한 것이다.

그러자 면사녀의 눈에 가벼운 이채가 떠올랐다. 추소산이 자신의 일격을 피한 걸 믿을 수 없다는 반응.

추소산은 순간적으로 수중의 목검을 찌르는 반격을 가해 그녀의 놀람을 더욱 가속화시켰다.

파아!

종상벽하의 매서운 일격이 대뜸 면사녀의 옆구리에 파고들었다.

동굴을 찾아드는 뱀과 같이 민활하면서도 재빠른 일격.

순간 면사녀가 종상벽하의 변화를 만들어낸 목검을 무릎을 살짝 들어 받아냈다. 검초가 변화하는 짧은 순간 무릎으로 검신의 방향을 바꿔놓는 신기였다.

게다가 종상벽하를 막아낸 그녀의 무릎은 갑자기 빙글 방향을 바꾸더니 벼락같은 여섯 번의 원앙각을 쏟아냈다.

종상벽하가 무산되는 것과 동시에 균형을 크게 잃은 추소산으로선 꼼짝없이 당할 수밖에 없는 상황.

"꺄악!"

"아악!"

대령, 소령의 비명 속에 추소산이 크게 신형을 비틀거리며 뒤로 물러섰다.

그의 손에 이미 목검은 들려 있지 않았다.

종상벽하가 실패하고 면사녀에게 공격받은 순간 목검을 포기하고 건곤권을 펼쳐 간신히 방어에 성공한 것이다.

"제법!"

면사녀의 면사가 살짝 나풀거렸다.

미소.

한차례 웃음과 함께 면사녀의 새하얗고 작은 옥수가 몇 번의 변화를 만들어냈다. 빈손이 된 추소산의 상반신 전체를 노리는 매서운 수공(手功).

타타타타탁!

추소산의 양손과 팔굽, 관절에서 콩을 볶는 듯한 소리가 연달아 터져 나왔다. 지근 거리에서 펼쳐진 면사녀의 수공을 건곤권으로 모조리 받아낸 것이다.

"호호, 방어 한번 잘한다!"

면사녀의 면사가 다시 나풀거렸다. 추소산이 극히 평범하고 기본적인 권장만으로 자신의 살벌한 공격을 막아내자 면사녀는 내심 어이가 없었다.

그때 양팔 전체를 타고 전해져 오는 고통을 참지 못한 듯 추소산이 풀썩 자리에 주저앉았다. 저항하기를 포기한 것처럼.

'응?'

면사녀는 갑작스런 변화에 눈살을 찌푸리다 풀쩍 뒤로 신형을 물렸다. 바닥에 주저앉은 듯 보였던 추소산이 신형을 회전시키며 그녀의 하반신을 공격해 들어왔기 때문이다.

“서, 설마!”

“지당권?”

추소산의 철우경지에 얻어맞고 대전 바닥에 널브러져 있던 사씨 형제의 입에서 작은 경악성이 터져 나왔다. 그만큼 바닥을 구르며 면사녀를 공격하는 추소산의 모습은 지당문의 권법을 연상케 했다.

면사녀 역시 그런 생각을 했음이다.

“이 자식들!”

추소산의 공격을 피해 몇 걸음 뒤로 물러선 면사녀의 싸늘한 눈총에 사씨 형제가 죽도록 고개를 가로저으며 소리쳤다.

“아닙니다!”

“저, 절대 우리하곤 관계가 없습니다!”

면사녀의 눈이 가늘어졌다.

“그럼?”

사씨 형제가 대답을 하지 못했다. 그들 역시 추소산이 어떻게 지당권을 저리 능숙하게 발휘하는지 당최 알 수가 없었다. 하긴 그들이 어찌 지당단도와 지당쌍도의 변화를 본 것만으로 지당문 무공의 원리를 깨닫는 천재가 있음을 짐작할 수 있겠는가.

그때 면사녀가 물러선 짧은 틈을 타 바닥에 떨군 목검을 집어 든 추소산이 신형을 재빨리 일으켜 세웠다. 처음부터 노리고 있었던 게 분명한 그림 같은 움직임.

슥!

목검을 든 추소산을 힐끔 눈으로 살핀 면사녀가 사씨 형제에게서 시선을 뗐다. 신경을 딴 곳으로 분산시키면서 상대할 만큼 추소산이 만만치 않다는 판단을 내린 것이다.

"설마 지당문과 관계가 있는 것이냐?"

"……."

추소산이 고개를 저어 보였다.

면사녀의 면사가 다시 나풀거렸다.

"사실 그렇다 해도 바뀌는 건 없긴 하다!"

'그럼 왜 물어본 건지…….'

추소산이 내심 투덜거리며 목검을 거꾸로 든 채 자세를 낮췄다.

철우경지.

이미 철우경지에 크게 당한 일이 있는 사씨 형제가 이구동성으로 소리쳤다.

"채주님!"

"조심하십시오!"

면사녀의 눈에 이채가 떠올랐다. 그녀 역시 추소산의 자세에서 범상찮은 느낌을 받았기 때문이다.

'그 자세에 뭔가 있다는 거냐?'

면사녀의 옥수가 하늘과 땅을 동시에 가리켰다. 공수를 겸한 절초로 추소산이 어떤 공격을 하든 받아쳐 버리려는 의도였다.

슛!

추소산이 움직였다.

목검은 평소처럼 바닥을 긁지 않았다. 대신 일직선으로 움직이는 수류보의 돌격에 속도가 조금 더 붙었다.

철우경지의 파괴력을 포기하고 속도에 중심 축을 둔 일격.

"핫!"

면사녀는 순식간에 하단에서 상단 쪽으로 이동한 목검이 목젖을 꿰

뚫듯 파고들자 나직이 헛바람을 들이마셨다. 변화 자체보다는 그 빠르기와 과감함이 그녀의 예상을 한참이나 벗어나 있었다.

이미 받아치긴 늦은 상태!

터억!

면사녀의 허리가 마치 버들가지처럼 뒤로 크게 굴신했다. 그리고 올려 차진 다리의 일격.

일순 면사녀의 인후를 노리던 목검이 변화를 일으켰다. 철우경지의 검초를 갑작스레 육합개정으로 바꾼 것이다.

퍽!

면사녀의 발바닥이 움찔 떨렸다.

발로 목검을 받아낸 것까지는 좋은데 하필 육합개정의 기세가 담긴 일검이 용천혈(湧泉穴)을 건드렸다. 통증이 뼛속 깊이까지 파고들지 않을 수 없다.

"쌍……!"

면사녀는 나직한 욕설과 함께 추소산의 공격을 되받아치고 머리를 깨부수려던 우수로 바닥을 짚었다. 손바닥으로 탄력을 일으켜 추소산에게 반격을 가하기 위함이었다.

터엉!

면사녀의 다리가 공중에서 빠르게 교차했다. 한쪽이 툭 터진 치맛자락이 펄럭이며 미끈한 다리가 추소산의 눈을 어지럽혔다. 한창 혈기 방장한 나이인 그의 정신을 흐트러뜨리기엔 충분하다 못해 넘칠 정도의 수법.

"채주님, 너무해!"

소령이 살기 만장한 혈전 중이란 것도 잊고 빽 소리를 질렀다. 자신으로선 절대 따르지 못할 여성적인 매력을 발산하는 면사녀의 행동에 발끈한 것이다.

그러나 추소산은 잠시 당황했을 뿐 곧바로 검초를 폐음소음으로 바꿔 면사녀의 다리와 하반신 전체를 노렸다. 한번 잡은 승기를 결코 놓칠 수 없다는 결기였다.

따닥!

결국 추소산의 목검에 하얀 종아리를 얻어맞은 면사녀가 바닥을 뒹굴었다. 굴욕적인 나려타곤(懶驢陀滾)을 펼치지 않고선 추소산의 공세에서 빠져나갈 수 없었다. 잠시 추소산을 얕본 것이 돌이킬 수 없는 대가를 치르게 된 셈이다.

"개자식!"

추소산은 면사녀가 이를 가는 모습을 보고 검초를 멈췄다. 비록 연환검을 펼친 건 아니나 그에 준할 정도로 빠르게 검초를 쏟아낸 터였다. 이를 모조리 받아낸 면사녀에게 존중하는 마음이 생기지 않을 수 없다. 객관적으로 볼 때 이미 승부 자체가 판가름났다는 사실은 차치하고서 말이다.

슥!

면사녀가 일어섰다.

목검에 얻어맞은 다리가 아픈지 아미를 살짝 찡그린 모습.

마음이 움직인 추소산이 목검을 살짝 바닥으로 내려뜨리곤 말했다.

"수빈 소저, 이젠 그만 해도 되지 않겠습니까?"

"너……!"

추소산을 손가락으로 가리킨 면사녀가 잠시 온몸을 부들부들 떨었다. 추소산의 말에 심한 충격을 받았음에 분명하다.

"…언제부터 안 거냐?"

면사녀가 인정하자 추소산이 한숨을 내쉬었다.

"면사 따위로 어찌 수빈 소저의 본 모습을 감출 수 있겠습니까? 대령, 소령과 달리 수빈 소저는 팔 년 전에 이미 십칠 세의……."

"그만!"

면사녀가 목소리를 높여 추소산의 말을 끊었다. 그러자 멀찍이 떨어져 있으면서도 다 들은 듯 사씨 형제가 서로를 바라보며 수군거렸다.

"형님, 채주님은 방년 이십 세의 꽃다운 나이라고 하셨는데, 팔 년 전에 십칠 세였다면……."

"그 말을 곧이곧대로 믿었냐?"

"그럴 수가!"

사이류가 상처받은 표정으로 면사녀를 뚫어져라 바라봤다. 형 사일류의 말이 도저히 믿어지지 않는다는 표정이었다.

'죽일 놈!'

면사녀가 사일류를 싸늘하게 노려보곤 얼굴의 반면을 가리고 있던 면사를 손으로 거뒀다.

사락!

심부를 간질이는 듯한 소음과 함께 드러난 면사녀의 얼굴은 갸름한 계란형에 이목구비가 또렷하고 시원시원한 강북 미녀의 전형이었다.

"역시……."

추소산이 감탄하듯 중얼거리자 과거 명천 곡마단 최고의 무희이자 경극(京劇) 배우였던 백수빈이 교염한 눈꼬리를 살짝 치켜떴다.

"역시라니? 확신하고 있었던 게 아니란 뜻이냐?"

"제가 아는 수빈 소저는 추상같은 위엄이 있긴 하나 어디까지나 명천 곡마단 제일의 무희이고 경극 배우였습니다. 어찌 함부로 녹림에

투신했으리라 생각했겠습니까?"

"그러면 어찌 갑자기 그런 생각을 한 거지?"

'그거야 체형 때문이지.'

속으로 중얼거린 추소산이 대답했다.

"명천 곡마단 제일의 여걸이었던 수빈 소저가 아니라면 어찌 대령, 소령을 한 목소리로 제압할 수 있겠습니까?"

"흐흥! 쌍령은 고작해야 두 명의 작은 계집아이에 불과한데 제압하기가 무에 어려울까? 네가 어려서부터 입속의 혀를 달착지근하게 놀리더니 장성해서도 그 버릇은 여전하구나. 하지만 정말 네가 내 정체를 확실히 알아봤다면 정말 용서 못할 나쁜 놈이 아니냐!"

"그건……."

"이 자식아, 이걸 보란 말야!"

백수빈이 느닷없이 추소산 앞에 자신의 종아리를 들어 보였다. 방금 전 그의 목검에 얻어맞아 퉁퉁 부어오른 모습을 보여주려 함이었다.

움찔!

추소산의 낯이 가볍게 붉어졌다. 그는 평생 처음으로 여인의 허벅지를 보게 된 것이다.

백수빈이 그 모습을 보고 피식 웃었다.

"역시 이젠 남자가 다 됐다는 거냐?"

"죄송하게 됐습니다."

"뭐가?"

"그게… 여러 가지로……."

추소산이 슬그머니 고개를 옆으로 돌리자 백수빈이 그제야 들어올렸던 종아리를 내렸다. 다른 때 같았으면 추소산을 더욱 부끄럽게 만들었을 터이나 오늘은 주변의 이목이 좀 많았다, 얻어맞고 진 주제에 계속 농을 부리는 것도 마음에 들지 않았고.

"뭐, 자세한 사항은 나중에 얘기하기로 하자."

"……."

백수빈이 신형을 돌리려다 가볍게 휘청거렸다. 추소산의 목검에 얻어맞은 게 원인이었다.

추소산이 얼른 다가가 그녀를 부축했다.

자동적으로 이뤄진 일.

"으음."

추소산의 강인한 손길에 살짝 신음을 흘린 백수빈이 낯을 가볍게 붉혔다.

"고맙다."

백수빈의 말을 들은 쌍령이 입을 크게 벌린 채 넋을 잃었고, 사씨 형제가 바닥을 쥐어뜯으며 울부짖기 시작했다. 그들 평생에 이와 같은 일을 보게 될 줄은 몰랐기 때문이다.

"제기랄! 크흐흐흑!

"이럴 수가……."

사씨 형제의 통곡 속에 백수빈을 부축한 추소산은 말없이 걸음을 옮겼다.

밤.

홀로 귀왕채를 발칵 뒤집어놓은 추소산은 자신에게 배정된 처소에 누워 있다 나직이 한숨을 내쉬었다.

허탈하다고 해야 할까?

지난 팔 년간 마음속 깊이 몇 개나 되는 검을 갈았던가. 생각해 보면 오늘의 결과는 전혀 뜻밖이라고 할 수 있으니 심사가 헝클어지는 것도 당연하다 할 터다.

하지만 추소산은 살짝 모로 누우며 한편으론 크게 안심하기도 했다. 귀왕채로 향하던 중 생각했던 최악의 상황이 벌어진 게 아니었기 때문이다.

'뭐, 일단은 좋게 생각하기로 할까?'

추소산은 바로 백수빈을 비롯한 명천 곡마단 출신 여인들의 면면을 떠올리며 씩 웃었다. 팔 년간 가슴 한 켠을 무겁게 했던 일이 종결되자 묵었던 체중이 내려간 듯 시원했다. 어찌 됐든 결과가 좋으면 되는 것이다.

그때 굳게 닫혀 있던 문 저편에서 나직한 헛기침 소리가 들려왔다.

"험험, 추 소협 계시오?"

'염사충…….'

추소산이 침상에서 일어나 앉았다.

"들어오십시오."

추소산의 말이 떨어지기가 무섭게 문이 열리고 찬바람과 함께 염사충이 들어섰다. 낮에 좀 심할 정도로 두들겨 맞은 탓인지 초췌한 얼굴에는 평소의 살기등등한 기운이 전혀 보이지 않았다.

"다행히 깨어 계셨군요."

"예."

"크게 놀라셨을 테니 그럴 만도 하시겠지요."

크게 고개를 주억이는 염사충의 얼굴에는 가벼운 동정의 기색이 떠올라 있었다. 추소산에게 일부러 얻어맞고 정신을 잃었다가 깨어난 그는 대전에서 벌어진 싸움의 전말을 알지 못했던 것이다.

'하긴 수빈 소저는 둘째치고 쌍령이나 사씨 형제만 해도 염사충 혼자선 감당키 어려운 실력자들이었다. 그들 모두를 내가 이겼으리란 생각은 하지 못하는 게 당연한 일일 테지.'

내심 한때 귀왕채의 채주로 악록산 일대를 주름잡았던 녹림 호걸을 가엾게 쳐다본 추소산이 말했다.

"다행히 수빈 소저나 쌍령 등과는 명천 곡마단에서의 친분이 있었던지라 심한 꼴만은 면할 수 있었습니다."

"허허, 그랬소이까? 역시 사람은 인맥이 중요하구려. 전날 이 염 모는 백 채주한테 거의 죽기 일보 직전까지 두들겨 맞고 석 달 보름을 앓았거늘."

"그런 일이 있었군요. 본래 수빈 소저가 조금 성격이 괄괄한 면이 있지요."

"후우, 어찌 그 성격을 괄괄하다는 말로 다 표현할 수 있겠소이까? 그 밑에서 부림을 당하는 염 모의 입장으로썬……."

고개를 가로저으며 장탄성을 터뜨리던 염사충의 볼살이 가볍게 실룩거렸다. 갑자기 그와 마주 보고 앉은 추소산이 미미하게 고개를 가로젓는 모습을 발견했기 때문이다.

'설마……?'

추소산이 살짝 눈으로 염사충의 어깨 너머를 가리켰다. 눈짓을 준 것이다.

염사충이 조마조마하면서도 혹시나 하는 심정에 고개를 뒤로 돌렸다. 그러자 혹시나가 역시나였다. 마치 자신을 욕하는 자를 찾아 나서기라도 한 듯 백수빈이 달빛을 받으며 싸늘하게 미소 짓고 있었다.

"내 성격이 뭐가 어떻다고?"

"그게……."

염사충에겐 변명을 할 기회조차 주어지지 않았다.

퍽!

백수빈의 전족과는 거리가 먼 발이 사정없이 염사충의 안면에 박혔다. 그가 상당히 심한 부상을 당한 상황임을 전혀 고려치 않은 일격.

푸쉬!

백수빈의 발이 떨어져 나간 자리에서 쌍코피가 폭포수처럼 터져 나왔다. 그리고 외로 쓰러진 거구.

쿵!

정신의 끈을 놓아버린 염사충을 향해 한차례 가벼운 코웃음을 친 백수빈이 추소산에게 열기 어린 눈빛을 던졌다.

"아직 안 잤네?"

"잠자리가 바뀌어서……."

"곡마단에서 나간 후에 꽤나 호사스럽게 지낸 모양이구만, 잠자리 투정을 다하고."

"그런 건 아닌데……."

"시끄럽고! 내 방에 술상 차려놨으니까 따라와!"

명령조로 톡 쏘아붙인 백수빈이 신형을 돌려세웠다, 추소산의 의견 따윈 하등의 가치가 없는 것처럼.

술이 세 순배 정도 돌자 추소산의 안색은 다소 붉어져 있었다. 평생 술이라곤 몇 차례 마셔본 바가 없는 그인지라 소태보다 더 쓰고 독한 모태주는 꽤나 부담이 되었다. 은근히 취기가 몸 전체로 번져 나가고 있었다.

귀왕채의 전통을 내세우며 대접을 술잔 대신으로 삼은 백수빈이 놀리듯 손가락질을 해댔다.

"깔깔깔, 사내가 되어 갖고 고작 술 석 잔에 얼굴이 빨개진 모양새라니……."

"수빈 소저의 안색도 붉어졌습니다만?"

"응?"

백수빈이 손으로 자신의 볼을 매만졌다. 손가락을 가져다 대면 분가루가 떨어질 듯 하얀 얼굴에서 가벼운 미열이 감지되었다. 역시 붉어졌음에 분명하다.

"…내가 술이 약해진 건가?"

"사실 깡술은 건강에 그리 좋은 게 아니죠."

추소산이 얼른 젓가락으로 안주로 나온 사슴 고기를 집어 들었다.

"자식, 여전히 눈치 하나는 빠르구나!"

백수빈이 얼른 젓가락에 들린 사슴 고기를 혀로 쏙 빼 먹었다, 추소산이 대비할 틈도 없이.

'내가 먹으려던 것인데……'

추소산은 자신의 비어버린 젓가락을 바라보며 내심 한숨을 내쉬었다. 팔 년 만에 만난 백수빈의 성격이 전혀 변한 바가 없다는 생각이 들었다.

"그런데 명천 곡마단은 어찌 된 것인지 물어봐도 되겠습니까?"

"어떻게 되긴 뭐가 어떻게 돼? 전날 귀왕채 산적들한테 습격받았을 때 풍비박산난 게지."

"그렇군요."

천천히 고개를 끄덕여 보인 추소산이 말했다.

"그럼 당시 수빈 소저와 쌍령은 무공을 알고 있으면서 어찌 수수방관하신 건지 물어봐도 되겠습니까?"

"왜 수수방관했냐고?"

"예."

"호호, 그게 궁금했던 거로군!"

"제 지난 팔 년이 걸린 일이니까요."

추소산의 눈에 강한 기운이 담겼다. 여태까지 그를 무공 조금 주워 익힌 애송이로 대하고 있던 백수빈의 얼굴에 움찔한 기색이 스쳐 갔다.

'역시 그냥 평범한 애송이는 아니란 거겠지.'

내심 중얼거린 백수빈이 말했다.

"명천 곡마단은 강남 하오문(下午門)의 하부 조직 중 하나였어. 본래는 그냥 강남 일대를 돌며 정보를 수집하는 정도의 임무를 수행했는데 갑자기 상부에서 악록산 일대에 거점을 마련하란 명령이 하달됐어."

"그래서 악록산 일대의 귀왕채를 끌어들였다는 겁니까, 하오문의 지부를 만들기 위해서."

"그래, 천하에서 가장 많은 문도를 거느리고 있는 비천하고 강인한 문파가 바로 내 사문이거든."

백수빈의 오연한 시선에는 도전적인 기색이 역력했다. 무림에 발을 담근 자라면 대부분 멸시하는 하오문을 사문이라 밝히고선 추소산의 반응을 지켜보는 것이다.

그러나 추소산은 강호를 떠도는 이야기꾼을 사부로 둔 자로 자신을 제자로 삼으려 한 다른 무학 명가들한테 태연스레 사문의 존재를 숨긴 사람이었다, 단지 그들에게 계속 시달리고 싶지 않다는 이유로.

그런 사람이 무림 문파 간의 귀천을 문제 삼을 리 만무하다. 사실 그런 것에 관심조차 없기도 했고.

"제 사부님은 만검조종이시며 검선지로를 걷는 분이십니다."

"……."

백수빈의 도전적이던 시선이 순간적으로 크게 흐트러졌다. 추소산의 진지한 소개에 자칫 입 안의 사슴 고기가 튀어나올 뻔했다. 그만큼 어이가 없었다는 뜻이다.

"만검조종에 검선지로… 를 걷는다고……?"

"예, 그렇습니다."

"네 사부가?"

추소산이 고개를 끄덕이자 백수빈은 도톰한 입술을 한참 동안 굳게 닫았다. 잠시 추소산이 한 말의 사실 여부를 생각하느라 머리가 복잡해졌기 때문이다.

추소산이 말했다.

"사부님은 산속에 숨어사시는 기인이사시기에 천하에 큰 명성을 떨치진 못했습니다. 하지만 제가 그분의 제자임에는 한 치의 거짓도 없습니다. 수빈 소저가 하오문의 제자이며 귀왕채의 채주인 여중호걸인 것처럼요. 비록 실상을 모르는 다른 자들이 잠시 오해하고 비웃을진 몰라도."

"다른 자들이 오해하고 비웃을지라도 상관없다? 자신이 떳떳하고 진실하기만 하다면?"

"예."

“흠, 그럼 내 사문이 하오문이라 해도 네겐 아무런 상관이 없겠구나?”

“물론입니다.”

추소산의 대답을 들은 백수빈이 유쾌한 듯 크게 웃어 보였다. 하오문에 입문해 무공을 배워 익힌 이후 마음속 깊숙한 곳에 남아 있던 껄끄러움이 한번에 날아가 버렸음이다.

그때 추소산이 말투를 살짝 바꿔 물었다.

“그런데 그 당시 어째서 저만 명천 곡마단에서 쫓겨난 겁니까? 저 역시 명천 곡마단의 일원이었으니 하오문에 속해 있었던 게 아닙니까?”

“그건…….”

“설마… 수빈 소저는 절 질투하신 게 아닙니까?”

“지, 질투?”

“하하, 당시 패왕별희의 우희 역을 남자인 제게 빼앗기고 무척 화를 내지 않았습니까? 그러니 하오문에서 악록산에 거점을 마련하란 명령이 떨어진 걸 기회로 절 자연스레 쫓아낼 생각을 한 게 아니냔……."

“…….”

백수빈의 고개가 옆으로 조용히 돌아갔다. 마치 추소산에게 추궁이라도 당한 것처럼.

‘맞구나!’

추소산이 가볍게 입을 벌렸다. 아무리 생각해 봐도 답이 나오지 않아 농담 삼아 던진 말인데 딱 걸렸다. 황당함에 더해 허탈하기까지 했다.

탁탁!

추소산이 술잔으로 삼은 사발로 소반을 가볍게 두들겼다.

"왜에……?"

백수빈의 평소 성격으로 봐선 절대 나올 수 없는 모기 소리에 추소산이 씩 웃어 보였다.

"그냥 술이나 한잔 따라주십시오."

"화… 안 내는 거야?"

"뭐…….."

다시 추소산이 웃음으로 대답을 얼버무리자 백수빈이 언제 기가 죽었냐는 듯 방긋 미소 지었다.

"자식, 역시 화통하구나!"

"……."

"하긴 본래 여자의 질투는 무죄라지 않더냐? 옹졸하게 마음속에 넣지 않고 풀어버리는 게 사내답긴 하지."

추소산의 술잔에 백수빈이 모태주를 넘칠 정도로 콸콸 따라줬다. 팔 년 전 벌어졌던 일 전체를 과거 속에 완전히 파묻기라도 하려는 것처럼.

'여자의 질투는 무죄? 정말 말을 잘도 갖다 붙이는군.'

추소산이 내심 고개를 가로저으며 술잔을 입으로 가져갔다. 오늘은 왠지 고주망태가 될 정도로 취해 버리고 싶었다.

제8장

유아독존(唯我獨尊), 견천하(見天下)

　"끄응."

　눈을 뜨자마자 추소산은 심한 갈증에 입을 크게 벌렸다. 흡사 가슴에 바위가 얹혀진 듯한 압박감과 더불어 목젖이 쩍쩍 갈라지는 듯했다.

　"무… 물……."

　추소산은 입만 뻐끔거리다 귓전을 파고든 낯설지 않은 목소리에 고개를 옆으로 돌렸다. 목소리의 주인을 확인하기 위함이었다.

　'이런…….'

　추소산의 안색이 갑자기 딱딱하게 경직되었다. 밤새 그의 가슴을 짓눌렀음에 분명한 백수빈의 흐트러진 머리를 발견했기 때문이다.

　"물!"

　처음보다 또렷한 목소리가 울려 퍼지자 추소산은 마음이 무척 다급해졌다. 백수빈의 목소리가 무조건적으로 지금 당장 선결해야만 할 지상 과제처럼 느껴졌다.

'침착하자, 침착! 하의를 제대로 입고 있는 걸로 봐서 간밤에 어떤 일도 이뤄진 건 없다! 없을 거야!'

추소산은 자신에게 신념을 담아 소리치곤 베고 있던 목침을 살짝 빼들었다. 여전히 자신의 가슴을 점거하고 있는 백수빈의 머리를 옮겨놓기 위함이었다.

스으윽.

추소산은 흡사 미꾸라지라도 된 듯 신형을 옆으로 빼내는 동시, 손에 들고 있던 목침을 백수빈의 머리에 괴어줬다. 한 치의 오차도 허용되지 않는 첫 번째 과업을 비교적 성공적으로 끝마친 것이다.

하지만 아직 그가 넘어야 할 장애물은 높고도 많았다.

발끝을 모아 슬그머니 침상을 빠져나가려던 추소산의 허리춤을 강하게 잡아당기는 손길이 있었다.

"새꺄, 물… 달라고 했… 잖아!"

"예에."

추소산은 당장이라도 이곳에서 도망치고 싶은 마음을 억누른 채 머리맡에 놓여 있는 물 주전자 쪽으로 향했다. 일단 백수빈이 원하는 건 될 수 있으면 들어주는 편이 낫겠다는 판단이었다.

"벌컥벌컥!"

백수빈은 추소산이 건넨 주전자에 담긴 물을 혼자서 거의 절반이나 거덜냈다. 추소산 역시 해갈의 욕구가 강했으나 손가락만 빨 수밖에 없었다.

한참 후 주전자의 주호에서 입을 뗀 백수빈이 다소 몽롱한 시선을 추소산에게 던졌다.

"너… 간밤에…….."

"아닙니다!"

백수빈이 눈살을 가볍게 찌푸려 보였다.

"아직 아무 말도 하지 않았는데?"

"들은 것이나 다름없습니다."

"그런가?"

백수빈이 고개를 모로 갸웃해 보였다. 머리가 울려 아픈 것이다.

"일단 골치 아프니까 나중에 다시 얘기하자."

"예. 저기… 그런데…….."

"왜?"

"물 남은 거 있으면 좀 나눠주시죠?"

추소산이 손을 내밀자 백수빈이 다소 아쉬운 듯한 표정과 함께 주전자를 건네줬다.

"자!"

추소산은 건네받은 주전자의 주호에 얼른 입을 갖다 댔다, 방금 전까지 백수빈이 입을 댔던 그 자리에.

화끈.

갑자기 백치미가 흘러 넘치다 못해 홍수를 이루던 백수빈의 안색이 금방이라도 불타오를 듯 변했다.

"입 대지 마!"

'우린 어쨌거나 밤새 한 침상을 쓴 사이인데…….'

추소산이 백수빈을 한차례 빤히 바라보곤 주호에서 입을 뗐다, 혀로 한차례 핥는 걸 잊지 않고서.

"입 대지 말라니까!"

백수빈이 목침을 집어 추소산에게 던졌다.

휘익!

얼른 고개를 움츠려 목침을 피한 추소산이 주전자를 든 채 밖으로 달아났다. 별다른 뜻 없이 그냥 자신의 본능에 충실하기로 한 것이다.

"새꺄, 거기 안 서!"

백수빈이 뒤에서 고래고래 소리를 질렀다. 물론 이미 본능에 충실하기로 한 추소산이 멈춰 설 리 만무했다.

추소산이 귀왕채주이자 하오문의 부문주겸 악록산 지부장인 소수마녀(素手魔女) 백수빈과 동침한 일은 며칠 새 산채 구석구석까지 소문이 났다.

본래 그렇다. 이런 유의 소문은 진원지나 사실 확인은 그다지 되지 않지만 누구나 알고 있고, 알게 된다. 그러니 어쩌면 당연한 결과라 할 수 있다.

그 때문인가?

귀왕채에 속한 자들의 반 수 이상을 죽도록 두들겨 팬 추소산과 일정 이상 거리를 두던 산적들이 시간이 지나자 자발적으로 하나둘 다가오기 시작했다.

그들은 괜스레 주변을 돌며 묘한 미소를 던지고 온몸을 배배 꼬거나 진지한 표정으로 앞으로 잘 부탁하겠단 말을 남겼다. 추소산을 채주인 백수빈이 맞아들인 기둥서방쯤으로 인식했음에 분명한 행동이었다.

이상한 건 백수빈의 태도였다.

여인으로서 이와 같은 소문이 도는 건 극히 수치스러운 일이었다.

재론의 여지가 없었다.

왜 그렇지 않겠는가? 그럼에도 불구하고 그녀는 침묵을 고수했다. 흡사 소문 그 자체를 인정하기라도 하는 것처럼 말이다.

벌렁!

추소산은 귀왕채 뒤편에 있는 너른 공터에서 새벽 수련을 끝마친 후 바닥에 아무렇게나 누웠다.

그의 시야 속으로 티 한 점 없이 깨끗한 가을하늘과 함께 뭉게구름 하나가 조용히 파고들었다.

본래 추소산이 사부 단양이 돌아오길 기다리지 않고 옥화산을 떠난 건 쌍령과 백수빈을 구하기 위함이었다. 무공을 연마한 연유 역시 마찬가지다. 그는 오늘날까지 약해지려는 자신을 스스로 채찍질하며 여기까지 이르렀다. 모두 목표가 있었기 때문이다.

그런데 결과는 어떠했는가?

살기등등한 백수빈과 이젠 완연한 숙녀 티가 물씬 풍기는 쌍령의 모습을 떠올린 추소산이 내심 쓰게 웃었다. 현실이 그저 웃기단 생각만 들었다.

그때 문득 그의 뇌리 속으로 평생 처음 본, 절정의 매화만개를 펼쳐 보였던 화무겸의 모습이 떠올랐다, 그와 맺은 삼년지약과 더불어.

'역시 나 자신을 다시 처음부터 단련시키기 위해선 이곳을 떠나야 하는가?'

추소산은 눈살을 가볍게 찌푸렸다. 점차 중천으로 향하기 시작한 햇빛이 그의 눈가를 맴돌았다.

그의 뇌리로 불확실한 앞날과 더불어 화무겸과의 삼년지약, 천하제일무술대회와 같은 상념이 자연스럽게 스쳐 지나가고 있었다.

그때였다. 며칠 전부터 추소산의 수련장이 된 공터로 한 명의 소녀가 나비같이 팔랑거리며 다가들었다.

"있다! 있다!"

은방울이 울리는 듯 짤랑짤랑한 목소리만으로 추소산은 소녀의 정체를 눈치챘다.

'소령……'

추소산이 허리에 힘을 주고 활개를 치고 있던 신형을 가볍게 일으켜 세웠다.

"아!"

가볍게 소리를 지른 소령이 고개를 뒤로 젖혀 자신을 바라보는 추소산에게 날름 혀를 내밀었다.

"그러다 목 부러져요!"

"설마?"

추소산이 목뿐 아니라 허리까지 뒤로 크게 굴신하더니 아예 한 바퀴 곡예를 돌아 소령 앞에 섰다. 예전 곡마단에서 자주 연습하곤 하던 기예 중 하나를 펼쳐 보인 것이다.

"와!"

소령이 크게 소리치곤 박수를 치자 추소산이 살짝 허리를 숙여 답례를 했다. 역시 곡마단에서 공연을 마친 후 관객들에게 하는 마지막 행동이었다.

소령이 두 볼을 발그스름하게 붉힌 채 말했다.

"소산 가가는 여태까지 그런 걸 모두 기억하고 있었구나?"

"아무렴."

살짝 고개를 끄덕여 보인 추소산이 입가에 얼핏 장난스런 미소를 만들어냈다.

"근데 가가라니?"

"아, 그, 그건……."

소령이 발끝으로 흙바닥을 툭툭 차더니 조그만 목소리로 말했다.

"소령이도 벌써 나이가 열다섯이나 됐어. 그러니까… 어린애가 아니야."

"그렇군. 이젠 시집가도 되겠어."

"아이, 그런……."

소령이 양손으로 자신의 얼굴을 감싸곤 마구 발을 굴렀다. 부끄러운 것이다.

추소산이 그 모습을 보고 크게 웃었다. 방금 전까지 품었던 근심이나 걱정이 한꺼번에 날아가는 듯했다.

그런 추소산이 얄미웠으리라.

손가락 사이로 추소산의 모습을 살피고 있던 소령이 갑자기 왈칵 소리쳤다.

"소산 가가는 뭐가 그리 재밌는 거야!"

"그냥."

"그냥은 무슨!"

소령이 입술을 살짝 앞으로 내밀었다.

토라진 모습.

"풋!"

추소산이 그 모습에 다시 웃음을 터뜨렸다. 그러자 더욱 토라진 표정이 된 소령이 잔뜩 울상을 지어 보였다.

"히잉!"

"미안, 미안!"

추소산이 여전히 미소를 머금은 채 양손을 모아 용서를 구했다. 더 놀렸다간 소령이 울 것 같았기 때문이다.

소령이 어느새 눈가에 맺힌 한 방울의 눈물을 소매로 훔치고서 말했다.

"소산 가가는 장난기 많은 것도 변한 것이 없어."

"그런 것도 다 기억하고 있었구나."

"그럼, 소령이는 당시 크면 소산 가가한테 시집가고 싶었는걸."

"그러려면 그렇게 눈물이 헤퍼선 곤란한데……."

"저, 정말?"

"당연하지. 난 여자가 우는 게 세상에서 가장 싫으니까."

추소산이 미소마저 지운 채 심각한 표정을 지어 보이자 소령이 조금 남았던 눈가의 물기까지 싹싹 닦아내곤 말했다.

"알았어. 앞으론 소령이, 절대 울지 않을게."

"정말?"

"약속할게!"

소령이 새끼손가락을 앞으로 내밀자 추소산이 그녀와 다짐하듯 손가락을 걸었다.

"약속했다?"

"웅!"

추소산과 소령이 서로를 마주 보며 거의 동시에 웃음을 터뜨렸다? 마치 팔 년 전 꾸밈없던 때로 돌아간 것처럼.

그때 두 사람만 있던 공터에 소령보다 조금 더 큰 여인이 모습을 드러냈다. 대령이었다.

"소령, 거기서 도대체 뭘 하는 거니?"

"아! 아아아!"

추소산에게서 시선을 떼고 조금 성이 난 듯한 대령을 바라본 소령이 또 울상이 됐다.

"대령 언니……."

대령이 그녀의 모습을 보고 추소산의 안색을 살피더니 가벼운 한숨을 입가에 담았다.

"후우, 또 하란 일은 까맣게 잊고 소산 오라버니를 괴롭히고 있었구나?"

"내가 뭘 소산 가가를 괴롭혀?"

"수빈 언니의 명을 전달하긴 했구?"

"…아니."

소령의 목소리가 거의 들릴락말락할 정도로 작아지자 대령이 거 보란 표정이 됐다.

"네가 또 수빈 언니한테 죽도록 혼나봐야 정신을 차리려나 보구나."

"아앙! 대령 언니이~"

소령이 대령에게 달려가 찰싹 매달렸다. 이미 절반쯤 울고 있는 게 추소산과 방금 전에 맺은 약속 따윈 까맣게 잊어버린 듯하다.

대령이 다시 한숨을 내쉬곤 매미처럼 자신에게 매달린 소령의 이마에 살짝 군밤을 먹였다.

딱!

"아파! 아파!"

"아파? 그럼 대신 볼기를 맞을래?"

"싫어어~"

소령의 목소리엔 거의 절규가 깃들어 있었다. 추소산 앞에서 엉덩이가 까이느니 차라리 죽어 버리는게 낫다고 생각한 것이다.

'쿡!'

추소산은 입가로 새어 나오려는 웃음을 간신히 참고서 대령에게 시선을 던졌다.

"수빈 소저가 날 불렀다고?"

"아, 예……."

"무슨 내용인지 알 수 있을까?"

"그건 제 마음대로 말할 수 없습니다."

"그렇군."

추소산이 대령에게 미미하게 고개를 끄덕여 보이곤 귀왕채에서 가장 큰 건물인 채주의 거처 쪽으로 시선을 던졌다. 마침 잘됐다는 생각이 들었다.

호사스런 백호피로 장식된 태사의 위에 앉아 있던 백수빈은 추소산이 모습을 보고 들고 있던 술잔에서 입술을 뗐다.

"늦었어."

추소산이 백수빈이 애용하는 녹의 사이로 살짝 드러난 하얀 다리를 슬며시 외면하며 물었다.

"대낮부터 술입니까?"

"왜? 대낮부터는 술 마시면 안 된다는 법이라도 있던가?"

"그렇진 않지만 건강에는 나쁠 것 같군요."

"흐응."

백수빈이 추소산을 지그시 바라봤다. 눈가로 촉촉한 붉은 기가 감돌았다.

"마치 내 서방이라도 된 것 같구나. 정말 요 근래 산채에 돌고 있는 소문을 믿고 있는 건 아닐 테지?"

"설마요?"

추소산이 한차례 어깨를 으쓱해 보이고 미소 짓자 백수빈의 눈매가 가늘어졌다.

"뭐야, 그 표정은? 나로선 네 녀석과 어울릴 자격이 없다는 거냐?"

"그런 뜻이 아니라……."

"그럼 뭐가 설마인데?"

추소산은 자신을 잡아먹을 듯한 백수빈의 얼굴을 한차례 바라보곤 대답했다.

"산채에 도는 소문 따윈 일고의 가치도 없다는 뜻입니다."

"그러니까 그 일고의 가치도 없다는 건 내가 네 녀석과 어울리지 않는다는 거잖아!"

"수빈 소저는 제가 마음에 드십니까?"

"뭐, 그런 건 아니지만……."

"그럼 더 이상 그 문제를 가지고 늘어지지 말고 절 부른 까닭이나 말씀하시는 편이 좋을 듯하군요."

추소산이 명쾌하게 말끝을 자르자 백수빈의 얼굴이 살짝 붉어졌다. 부아가 치밀어 오르는 걸 간신히 억제한 것이다.

'너, 잘났다!'

내심 추소산에게 욕을 한 백수빈이 몸을 살짝 태사의에 묻고는 다리를 살짝 꼬았다.

"지난번에 어째서 자기만 하오문에서 쫓아낸 거냐고 항의했었지?"

"예."

"그래서 며칠 간 고민한 끝에 널 다시 하오문 소속으로 받아들이기로 했다. 뭐, 정식 문도로 받아들이겠다는 거지."

"거절하겠습니다."

"그래, 거절… 거절? 거절하겠다고?"

"그렇습니다."

추소산이 대답과 함께 고개를 끄덕이자 백수빈이 태사의에 파묻었던 상체를 앞으로 바짝 내밀었다.

'이런……'

추소산의 눈이 옆으로 살짝 움직였다. 몸매를 그대로 드러낸 옷을 입은 백수빈의 상체가 앞으로 내밀어지자 속살이 살짝 엿보였기 때문이다.

백수빈이 째지는 목소리로 소리쳤다.

"뭐가 불만이야! 설마 하니 아직도 팔 년 전의 일로 마음속이 꿍해 있는 거냐?"

"불만은 없습니다. 다만 하오문에 입문할 마음이 없을 뿐입니다."

"왜 하오문에 입문하고 싶지 않은데? 설마 네가 하오문을 무시하는 거냐?"

"설사 하오문이 아니라 천하에 명성을 떨치는 구파일방이나 오악검파라 해도 저는 입문할 생각이 없습니다."

"하오문이기 때문은 아니다?"

"그렇습니다."

"그럼?"

백수빈이 불신이 깃든 표정으로 묻자 추소산이 담담하게 대답했다.

"제게는 이미 훌륭한 사부님이 계십니다. 타 문파에 입문하여 존사님의 이름을 욕되게 할 생각은 전혀 없습니다."

"그 만검조종에 검선지로를 걷는 기인이사……?"

"그렇습니다."

추소산이 다시 고개를 끄덕여 보이자 백수빈이 입술 한쪽을 살짝 일그러뜨리곤 욕설을 내뱉었다.

"망할!"

백수빈의 손이 일순 백색의 기운을 뿜어냈다. 당장에라도 눈앞에 있는 추소산을 도륙할 기세..

파파파파팟!

한 쌍의 소수에서 일어난 기파에 추소산의 옷자락이 크게 흩날렸다. 일촉즉발의 상황.

한데 백수빈은 갑자기 양손에 운집한 소수한음공(素手寒陰功)을 풀어버렸다. 추소산의 고집이 보통이 아닐뿐더러 무공으로 제압하는 것도 불가능하단 판단을 내렸기 때문이다.

"…그럼 하오문의 일을 돕도록 해라! 하오문에 입문하는 게 아니니까 그건 가능하겠지?"

"곤란합니다."

"어째서?"

"수빈 소저와 쌍령이 무사한 걸 확인했으니 저는 이만 이곳을 떠날까 합니다."

"떠나?"

"삼 년 후에 누군가와 비무를 하기로 약속했습니다."

"흐응……."

언제 성을 냈냐는 듯 백수빈의 얼굴에 묘한 미소가 떠올랐다. 추소산의 말을 듣고 언뜻 떠오르는 바가 있었다. 그냥 지나칠 리 없다.

"굳이 삼 년 뒤에 비무를 약속한 건 천하제일무술대회 때문이겠지?"

"그렇습니다."

"그럼 비무만이 목표는 아닐 것 같은데, 자신은 있고? 소산 네 무공은 제법 그럴듯하긴 하지만 지나칠 정도로 기본에만 치중해서 무림 절정의 공부를 만나면 크게 불리해질 것 같아 묻는 거야."

"……."

추소산이 침묵했다.

옥화산을 떠나 이곳 귀왕채로 오는 동안 몇 차례나 강적을 만난 터라 그는 자신의 무공이 지닌 장단점을 어느 정도 파악한 상태였다. 백수빈의 말이 크게 틀린 점이 없다는 것 정도는 충분히 알고 있었다.

백수빈이 그럴 줄 알았다는 듯 미소 지으며 교태로운 입술을 혀로 살짝 핥았다.

"그러니 이렇게 하자, 천하제일무술대회가 열릴 때까지 나와 하오문이 널 지원하는 걸로. 네게 말했다시피 하오문은 천하에서 가장 부유한 문파고 정보 수집 능력에 있어선 개방에도 뒤지지 않을 정도니까 꽤나 많은 걸 해줄 수 있을 거야."

"대가가 있을 테지요?"

"대가는 네 능력을 하오문에 몇 번 빌려주는 것 정도면 어때?"

"그 정도로 되겠습니까?"

"본래 투자란 상대적으로 대상의 가치가 떨어질 때 하는 게 옳아. 나는 네 미래 가치를 꽤나 높게 보고 있고, 확실히 본전을 뽑을 자신이 있으니까 너는 걱정할 필요가 없어."

잠시 백수빈을 바라본 추소산이 미미하게 고개를 끄덕이며 말했다.

"몇 가지 무공 서적과 수련 장소가 필요합니다."

"각 대문파의 비전 무공 같은 게 아니라면 네가 원하는 만큼 얻을 수 있을 거다. 수련 장소도 마찬가지고."

"그렇군요."

"그렇군요? 고작?"

"……."

백수빈의 얼굴에 자신만만한 표정이 떠올랐고, 추소산은 침묵으로 대답을 대신했다.

*   *   *

추소산이 백수빈에게 요구한 건 그리 많지 않았다.

사부 단양과 그 자신이 구한 이, 삼류 기본 무공 중 유실됐던 부분이 담긴 완벽본과 각종 검법의 이론서, 귀원연기공의 근원인 전진파의 다른 내공 심법, 도산검림이나 다름없는 무시무시한 개인 연무장.

그것이 전부였다.

백수빈이 훨씬 좋은 타 문파의 무공 비급과 어렵게 구한 몇 가지 영약을 내밀었으나 그는 거들떠보지도 않았다. 남의 무공을 익힐 경우 자신이 확립한 무공 체계가 깨질 수 있고, 영약 역시 귀원연기공을 바탕으로 한 순수한 내공을 이루는 데 도움이 되지 않는단 생각이 들었기 때문이다.

당장 악록산에서의 수련을 시작하기 전, 풍개 지화자에게 받아 복용한 천구환으로 인해 추소산의 내공은 꽤나 중진되었으나 정순함이 많이 떨어진 상황이었다. 내력의 두터움을 얻는 대신 예기를 잃어버린 것이다.

본격적으로 지존검 연환검식을 연마하며 그 같은 문제의 심각함을 깨달은 추소산은 고민 끝에 단기 속성으로 내공을 끌어올리는 걸 포기했다.

쉽지 않은 선택.

대체할 수 있는 다른 방향을 모색하지 않을 수 없었다. 그는 귀원연기공과 부합되는 전진파 내공의 파편을 모으는 한편 지존검법과 합치시키는 작업에 주력했다. 무림사에 그 유래가 없는 연기검(鍊氣劍)의 토대가 만들어지는 순간이었다.

유아독존(唯我獨尊), 견천하(見天下).

추소산은 기왕 무공을 익힌 이상 홀로 서서 천하를 굽어보기로 마음먹었다. 사부에게 배운 것이 없기에 그럴 수밖에 없었다. 이제 와서 남의 제자가 되거나 무공을 익히는 건 성격상 맞지 않았다.

그는 지존검법의 단순한 검초들을 연기검의 형태로 다듬는 한편, 이론만 정립해 놓은 연환검식을 완벽하게 실전에서 사용할 수 있게 만드는 데 연무의 목표를 뒀다.

그렇게만 된다면 천하의 어떤 상대라 해도 능히 이길 자신이 있었다. 지존검 연환검식의 위력은 그 자신조차 정확히 판단할 수 없을 정도로 막강했다.

오만이 아닌 확신.

스스로를 반추한 끝에 단호한 결의를 가슴에 품은 추소산은 묵묵히 수련에 집중하기 시작했다. 천하에 보기 드문 무학에 대한 재능과 정열을 바탕으로 자신이 만들어놓은 기준을 껑충 뛰어넘기 위해 최선을 다했다.

그는 지난 육 년간 쌓아온 단단한 기초 외의 어떤 것, 딱히 말하자면 능히 천 년을 버틸 만큼 강인한 축대(築臺)와 성채를 쌓아 올리기 위해 매진했다.

그 모습은 광기에 찬 귀신에 다름 아니었다.

때로 세상에는 미치지 않고선 얻을 수 없는 게 있었고, 추소산에게 스스로 무공을 독창해 내는 과정이란 바로 그러했다. 타 문파에서 수백 년간 이뤄낸 결과물을 그는 홀로 모조리 이뤄야만 했다.

자연스런 일이랄까?

쌍령을 제외한 귀왕채에 속한 산적들과 백수빈 휘하의 하오문도들은 점차 추소산을 멀리하기 시작했다. 자신들과 완연할 정도로 다른 존재에 대한 거부감과 외경이 작용한 것이다.

쌍령은 매일같이 고련 속에 연무장 한 켠에 정신을 잃은 채 쓰러지곤 하는 추소산을 거두는 게 하루 일과 중 끝이 되었다.

그녀들은 지독한 수련으로 인해 나날이 상처가 늘어가는 추소산의 몸에 백수빈에게 넘겨받은 금창 영약들을 아낌없이 사용했고, 몰래몰래 그가 먹는 음식 속에 몸을 보하는 영약들을 섞어 넣었다. 그렇게 하지 않고선 추소산을 거의 극한까지 몰아붙이는 무공 수련이 계속될 수 없음을 잘 알고 있었기 때문이다.

쌍령의 세심한 배려 속에 추소산은 나날이 자신의 무공을 확립해 갔

고, 백수빈은 종종 그의 수련하는 모습을 살피러 찾아왔다 돌아가곤 했
다. 현재 추소산에게 필요한 게 자신이 아니란 걸 그녀는 정확히 파악
하고 있었다.

　이 년이 쏜살같이 지나갔다.
　귀왕채에서 두 번의 겨울과 여름을 경험한 추소산은 키가 한 치 더
자랐고, 얼굴 역시 성숙해져 완연한 사내의 내음을 풍기기 시작했다.
　전날 귀왕채를 처음 찾았을 때와는 크게 달랐다.
　요즘 들어 처녀티를 물씬 풍기기 시작한 쌍령 두 자매가 보기만 하
면 낯을 붉히는 것도 무리는 아니었다. 다소 마른 듯한 그의 온몸 근육
속에 감춰진 폭발적인 힘은 야성의 다른 이름과 동일했기 때문이다.
　'이번으로 열다섯 번째인가……?
　추소산은 자잘한 상처로 가득한 상반신을 드러낸 채 수중의 목검을
강하게 부여잡았다. 오랫동안 그를 괴롭혀 온 산 정상을 바라보는 시
선에는 강한 의지가 느껴진다.
　이 년여간 극심한 수련 중에 몇 번이나 생사를 장담키 힘든 부상을
입었으나 사부 단양이 깎아준 수중의 목검만큼은 결코 손상시키지 않
았다. 그만큼 아껴왔다는 뜻이다.
　그러니 오늘 그의 손에 목검이 들렸다는 건 꽤나 큰 의미가 담겨 있
었다. 반드시 성공하고야 말겠다는 의지의 표현에 다름 아니었다.
　슥!
　한차례 심호흡과 더불어 추소산이 손을 들어올렸을 때다.
　쿠쿠쿵!
　지축을 울리는 소리와 함께 연무장 주변을 감싸고 있는 숲 속에서

집채만한 바윗덩이와 통나무들이 연달아 쏟어져 내려오기 시작했다. 기관이 움직이기 시작한 것이다.

'지난번보다 두 배 빠르다!'

추소산은 눈이 아니라 오감 전체로 자신을 노리며 달려들고 있는 기관과 온갖 함정들의 발동을 더듬었다.

일단 기관이 발동하면 눈만을 의지하다간 삽시간에 당하고 만다는 걸 경험을 통해 알고 있었다.

콰쾅!

첫 번째로 바위가 추소산 앞에 도달했다.

족히 수백 근이 넘을 듯한 크기.

웬만한 천하장사라 한들 정면으로 받았다간 온몸의 근골이 모조리 산산조각나고 말리라!

스슥!

추소산은 바위가 바로 지척에 이르고서야 비로소 신형을 움직였다.

이형환위(移形換位)인가?

일순 추소산의 신형이 두 개로 나뉘었다. 하나는 분영이 분명할 터.

수류보를 펼친 게 아님에도 추소산은 바위를 가볍게 피해냈다. 그저 반 보가량 옆으로 이동한 것뿐이나 이미 바위는 그를 지나쳐 가고 있었다.

그리고 시작된 기민한 움직임.

흡사 노련한 무림 고수의 공격처럼 시간 차를 두고 연속적으로 쏟아져 내리기 시작한 돌 무더기와 통나무의 맹렬한 추돌음.

그 소름 끼치는 전장 속으로 추소산은 망설임없이 뛰어들었다. 한 자루 목검에 자신의 생명을 맡기고서.

콰득!

추소산의 목검이 세 차례 움직임을 보였을 때다.

가속도가 붙은 채 굴러 내리던 십 장이 넘는 크기의 아름드리 통나무가 일시에 산산조각났다. 수없이 많은 장애물과 기관을 통과하면서도 단 두 번밖엔 펼치지 않은 삼검 연환의 위력이었다.

파파파파팟!

최후의 관문이라 할 수 있는 통나무의 위용을 말해주듯 칼날이나 다름없는 파편들이 천지로 비산했다. 본래 나뭇결이 강하면서도 한번 부서지면 수없이 많은 파편을 양산해 내는 재질임을 분명히 하는 광경.

추소산의 한쪽 볼살이 가볍게 꿈틀거렸다.

삼검 연환을 펼친 그를 향해 수없이 많은 파편이 파고들었다. 최후의 최후라 할 수 있는 관문의 발동이었다.

타탁!

타타타타탁!

추소산의 목검이 지존검법 중 가장 많은 변화를 함유한 육합개정과 팔방풍우를 연이어 연환시켰다. 눈으로 나무 파편 하나하나를 쫓기보다는 전신 방어에 중점을 두기로 한 것이다.

일시 추소산의 전신이 목검이 만들어낸 검영과 그를 향해 파고든 나무 파편으로 완전히 에워싸였다. 그 정도로 순간적이며 급작스레 벌어진 변화였다.

'이때다!'

잠시 목검을 연환시키느라 멈칫한 추소산의 신형이 일시 앞으로 쭉 늘어났다. 실제로 늘어난 게 아니라 그렇게 보였다는 뜻이다.

슉!

추소산의 신형이 단숨에 오 장을 이동했다. 그의 뒤로 처참할 정도로 두 동강난 통나무의 잔해가 보였다.

"하아!"

추소산은 내처 달려 악록산의 정상에 도착하고서야 참고 있던 호흡을 터뜨렸다. 열다섯 번째 도전 끝에 비로소 정상 정복에 성공했다. 마음 한 켠에 감회가 일지 않을 리 없다.

추소산은 가슴이 터질 정도로 숨을 들이켰다.

상쾌한 바람이 폐부를 훑고 지나갔다.

승리자만이 맛볼 수 있는 시원함이었다.

털썩!

추소산은 기껏해야 대여섯 장을 넘지 않을 듯 좁은 정상 한 켠에 아무렇게나 주저앉았다. 바짝 긴장했던 전신의 감각이 살짝 풀어지는 느낌이 소름 끼칠 정도의 쾌감을 던져 줬다.

'삼검 연환의 위력은 암석을 박살 내고 강철을 꿰뚫는다. 구검 연환은 과연 얼마나 굉장할지 상상조차 못하겠구나.'

추소산은 자신이 독창해 낸 지존검 연환검식을 떠올리며 고개를 살짝 옆으로 기울여 보았다.

아직 그가 펼칠 수 있는 최대치는 오검 연환이었다. 벌써 까마득히 먼 곳에 있는 구검 연환 따위를 생각할 개제는 아니란 생각이 들었다.

그때 정상 근처에서 기관과 함정을 조종하고 있던 대령이 평소처럼 약 상자를 들고서 달려왔다.

"소산 오라버니!"

추소산이 대령을 향해 살짝 손을 흔들어 보였다.

"대령 누이, 여기다!"

기관의 중추를 맡은 장본인인 만큼 대령은 추소산의 활약상을 똑똑히 확인한 터였다. 그가 다른 때완 달리 별다른 부상조차 입지 않은 듯 보이자 얼굴에 활짝 웃음꽃을 피웠다.

'다행이다! 이번엔 소산 오라버니가 큰 부상을 당하지 않은 것 같으니……'

대령은 내심 기뻐하면서도 빠른 걸음으로 추소산에게 다가갔다. 혹시나 하는 마음에서였다.

대령의 손에 들린 약 상자를 보고 추소산이 피식 웃었다.

"이번엔 분명 성공한다고 했는데… 너는 믿지 않았구나."

"만약이란 게 있잖아요."

"만약이라……."

나직이 중얼거린 추소산이 자신의 옆자리를 손으로 가리켰다. 앉으란 뜻이다.

대령이 세심하게 추소산의 상반신 전체를 살피곤 나직이 한숨을 내쉬었다.

"정말 이번엔 생채기 하나 나지 않았네요?"

"응, 손등에 살짝 긁힌 상처 외엔 없다."

"손등이요?"

대령의 시선이 재빨리 추소산의 손등을 향했다. 과연 오른쪽 손등에 길쭉한 핏자국이 보였다. 긁혔다기엔 제법 큼지막한 상처였다.

달그락!

옆구리에 끼고 있던 약 상자를 바닥에 내려놓은 대령이 그 속을 뒤져 효과가 극히 탁월한 성약을 꺼냈다. 소림사(少林寺)에서 대력금강장(大

力金剛掌)과 같은 외가기공을 연마할 때 사용하는 금강석분(金剛石粉)이었다. 외가무공을 익힌 자들에겐 보물이나 다름없는 물건으로 백수빈이 천금을 들여 어렵사리 구한 것이었으나 추소산이 그러한 사실을 알 리 없었다.

그는 그저 금강석분을 꽤나 효과가 탁월한 금창약 정도로 알고 있었다. 이 년여의 수련 기간 동안 수없이 많은 부상을 입은 자신의 몸이 나날이 튼튼해지고 강건해진 까닭을 까맣게 모르고서 말이다.

대령이 손등에 금강석분을 바르자 다른 때와 마찬가지로 금세 시원한 느낌이 들었다. 이제 하룻밤만 지나면 손등의 상처는 씻은 듯 나을 게 분명했다.

찌익! 찍!

대령이 자신의 옷자락을 찢자 추소산의 눈에 이채가 떠올랐다. 필경 약 상자 속에 붕대용 천이 있을 터인데 일부로 옷을 찢는 대령의 모습이 의아했다.

추소산의 의혹 어린 시선을 느낀 듯 대령이 변명하듯 말했다.

“마침 천이 떨어져서요.”

“…….”

추소산이 미미하게 고개를 끄덕였다. 그러자 대령이 익숙한 솜씨로 추소산의 상처를 천으로 감싸 단단히 고정시키는 것으로 치료를 끝마쳤다. 관문 통과에 실패하고 늘어졌던 전날과는 비교도 되지 않을 정도로 간단하고 빠른 처치였다.

문득 추소산이 살짝 감았던 눈을 떴다. 숨결마저 닿을 만한 거리를 두고 산바람에 안색이 발그스름해진 대령의 모습이 보였다.

“아…….”

대령이 추소산과 지나칠 정도로 바짝 밀착된 자신의 모습을 느끼곤 입을 가볍게 벌렸다. 살짝 드러나는 치열이 박속처럼 희다.

추소산이 웃음을 보였다.

"그래도 옷까지 찢을 필요는 없었는데……."

"이런 상처는 빨리 치료하지 않으면 큰일나요."

"그런가?"

"아무렴요."

대령이 단호하게 말했다. 그러자 그녀의 사뭇 엄한 표정을 슬쩍 곁눈질한 추소산이 벌렁 뒤로 누워 버렸다. 오랫동안 끌어왔던 관문을 통과하자 마음 한 켠에 작은 여유가 생겨났다.

"그나저나 오늘은 소령이 안 보이네. 어쩐 일이지?"

"소령은 지금……."

대령이 반사적으로 대답하다 말끝을 흐렸다.

추소산이 그녀를 올려다봤다.

"지금… 그 다음은?"

대령이 입가에 가는 한숨이 매달렸다.

"그 아이는 지금 수빈 언니한테 벌을 받고 있어요. 한동안 소산 오라버니의 연무장에 모습을 보이지 못할 거예요."

"또 뭘 잘못했기에?"

"요즘 들어 무공 수련도 게을리 할뿐더러 무슨 바람이 불었는지 자꾸 산 아래 강호로 내려가겠다고 땡깡을 부렸거든요."

"그건 또 왜?"

"얼마 전에 수빈 언니의 연지 분을 몰래 훔쳐 바르다가 걸려서 크게 혼났거든요."

“푸후!”

나직이 웃음을 터뜨린 추소산이 즐거운 기색을 감추지 않고 말했다.

“그러고 보니 올해 대령 누이가 열아홉이 됐고, 소령 역시 열일곱의 여엿한 숙녀가 됐군.”

“…예.”

대령의 목소리가 수줍은 듯 살짝 기어들어 갔다.

“강호라…….”

추소산이 나직이 중얼거리곤 누운 자리에서 벌떡 일어섰다.

“소산 오라버니?”

대령이 놀라 부르자 추소산이 담담히 웃어 보였다.

“갑자기 할 일이 떠올라서 말야.”

“할 일……?”

대령의 반문이 채 끝나기도 전에 추소산이 산중턱을 향해 신형을 날렸다. 귀왕채에 찾아갈 일이 생긴 것이다.

“히잉.”

소령은 넓디넓은 귀왕대전 바닥을 걸레질하다 우는 얼굴이 되었다.

홀로 새벽부터 대전 청소를 한 탓에 허리는 끊어질 듯 아프고 종아리는 퉁퉁 부어 올라 제 몸 같지가 않았다. 처음 무공을 익힐 때 마보(馬步) 수련을 하루종일 했을 때도 지금과 같지는 않았다는 생각이 들었다.

그때 대전 정 중앙에 마련된 태사의에 앉아 양발을 까닥거리고 있던 백수빈의 무심한 목소리가 들려왔다.

“소령, 내가 언제 손을 멈추라고 했지?”

“조금만 쉬었다 할게요.”

“안 돼!”

“우우······.”

“그런 표정 지어봤자 소용없다. 난 네가 항상 몰래 뒤에서 노래 부르듯 마음이 얼음처럼 차가운 마녀니까.”

“······.”

소령이 잔뜩 풀이 죽은 표정으로 백수빈을 올려다봤다. 비 맞은 참새 같은 얼굴이다.

그러나 백수빈은 수중에 들린 술병을 한차례 빙글 돌리고는 나직이 코웃음칠 뿐이다.

“흥! 건방지고 쪼그만 계집애야, 그러니까 너는 다시 내 방에 몰래 숨어들어 와 훔쳐 간 연지곤지를 바르고 붙인 그 예쁘장한 얼굴을 땀으로 범벅을 하고서 당장 걸레질하는 게 좋을 거다. 더 치도곤당하기 전에.”

“우욱!”

소령이 울음 섞인 표정을 한 채 다시 걸레질을 하기 시작했다. 백수빈이 이렇게까지 강하게 나올 때는 얌전히 명령에 따르는 편이 낫다는 걸 그녀는 경험을 통해 알고 있었다.

그때 대전 문을 열고 추소산이 모습을 드러냈다. 악록산 정상에서 이곳까지 단숨에 달려왔음이다.

‘소산 가가······?’

소령은 반가운 표정을 지어 보이는 한편, 눈가에 맺힌 눈물 자국을 얼른 소매로 훔쳤다. 그와 다시는 울지 않겠다는 약속을 맺은 일이 있었기 때문이다.

백수빈이 추소산을 위아래로 훑어보곤 말했다.

“흐응, 대책없는 무공광(武功狂)이 이곳엔 무슨 바람이 불어 왕림하

셨담?”

“오늘 관문 하나를 통과했습니다.”

“그 괴상한 검법을 대성했다는 거야?”

“아직 대성하기엔 요원하긴 합니다만 어느 정도 진경을 얻은 건 분명합니다.”

“어느 정도라…….”

백수빈이 고개를 옆으로 살짝 기울여 보였다. 추소산이 한 말의 의미를 되새겨 보기 위함이었다.

찰랑!

수중의 술병을 한차례 흔들어 보인 백수빈이 곧 고개를 바로 했다.

“그래서 이곳에 왔을 때보다 얼마나 무공이 발전한 거지?”

“글쎄요.”

백수빈의 입가에 묘한 미소가 떠올랐다. 그녀가 뭔가 장난거리를 발견했을 때 짓곤 하는 표정.

“뭐, 표정에 자신감이 넘치는 걸 보니 꽤나 대단한 진전이 있었나 보네. 그래서 또 뭘 부탁하러 온 거야?”

“일을 주십시오.”

“일?”

“하오문과 대립하는 인물 중에 극악무도하고 무공이 강한 인물이면 좋겠습니다.”

“…….”

백수빈이 잠시 침묵하다 호기심 어린 표정을 짓고 있는 소령을 향해 소리쳤다.

“뭐가 그리 궁금한 거냐, 계집애야?”

“에헤헤.”

“웃기는. 좀 나가 있어라!”

“왜, 왜요……?”

“맞고 나갈래, 그냥 나갈래?”

“그냥 나갈게요.”

소령이 추소산과 백수빈을 묘한 시선으로 바라보곤 대전 밖으로 걸어나갔다, 필시 속으로 몇 가지나 되는 욕을 했음 직한 얼굴을 하고서.

소령이 대전을 빠져나간 순간 백수빈이 추소산에게 살짝 손가락을 까닥거렸다.

“이리 좀 와봐.”

추소산이 다가서자 백수빈이 맨발로 그의 허벅지를 툭 건드렸다.

“실전을 벌이고 싶다는 거야? 그런 거라면 하오문에 속한 고수 몇을 붙여줄 수도 있는데…….”

“지금의 제게 그냥 싸움은 별 의미가 없습니다.”

“어째서?”

“진짜 살기를 뿜어내는 자가 필요하니까요.”

“그거… 꽤나 위험할 텐데…….”

“그게 제가 바라는 바입니다.”

추소산은 대답과 함께 고개를 살짝 숙여 보이곤 신형을 뒤로 물렸다. 계속 자신의 허벅지를 농락하고 있는 백수빈의 발을 피하기 위해서였다.

‘재미없는 자식!’

백수빈은 추소산에게 살짝 눈을 흘겼다.

아쉬운 마음에 입맛을 다시면서.

제9장

남녀 간에 나이 차이란 별게 아니다

사흘이 지났다.

백수빈의 부름을 받고 귀왕대전으로 향한 추소산 앞에 두루마리 양피지 하나가 툭 떨어져 내렸다.

"네가 부탁했던 거다."

백수빈의 다소 퉁명스런 말을 들으며 추소산은 발치에 떨어진 양피지를 집어 들었다. 그 속에 적혀 있는 내용이 뭔지 확인하기 위함이었다.

"금후신마와 백원신마……."

양피지에 적힌 별호를 추소산이 읽자 백수빈이 설명하듯 말했다.

"악록산에서 삼십 리쯤 떨어진 익양(益陽)에 터를 잡은 후권문(猴拳門)의 두 마리 원숭이야. 별호에 마(魔) 자가 들어간 걸로 알 수 있듯이 사람 잡아 죽이길 파리 잡듯 할뿐더러 성품이 더러워서 피해를 본 자가 한둘이 아니야."

"그런데도 아직 살아 있는 걸 보면 꽤나 무공이 고강하겠군요?"

"뭐, 그렇지. 두 원숭이들이 익힌 무공은 원후신권(猿猴神拳)이란 권법인데 소림권(少林拳)에 못지 않은 강맹함에 괴이 사악한 동작이 겸비되어 웬만한 일류고수도 감히 상대하기 어려울 정도야. 특히 두 원숭이가 함께 연수 합격을 하면 절정고수조차 꼬리를 말아야 할 정도로 막강해지니 정말 골치 아픈 치들이지."

"그들이 후권문을 해체하고 익양을 떠나면 되는 겁니까?"

"그렇게만 되면 고맙지."

미미하게 고개를 끄덕여 보인 백수빈이 아미를 살풋 찡그려 보였다.

"그런데 정말 자신있는 거야? 이 원숭이새끼들은 진짜 무공이 강하고 성질 더러운 놈들이라구. 하오문에서도 여태까지 익양의 상권을 거의 포기하다시피 하고 있는 원인이기도 하구."

"자신을 얻기 위해 이번 일을 하는 겁니다."

"자신을 얻기 위해서……?"

"예."

백수빈에게 슬쩍 고개를 숙여 보인 추소산이 양피지를 품 안에 아무렇게나 쑤셔 넣었다. 일단 마음을 결정한 이상 결코 뒤돌아보지 않는 평소의 성격이 나온 것이다.

익양 후권문.

언제나와 같이 후권문의 안채에서는 풍악과 더불어 여인들의 자지러지는 교성과 울부짖음이 가득했다.

후권문의 제일문주인 금후신마는 술과 여자를 좋아할 뿐이지만 제이문주인 백원신마는 고자인 주제에 가학적인 성적 취향을 지니고 있었기 때문이다.

철썩! 철썩!

교룡의 가죽으로 된 채찍이 떨어져 내릴 때마다 반라 소녀의 새하얀 등판에서는 핏방울이 튀었다. 울음 섞인 신음성이 터져 나온 건 물론이었다.

"으흑……."

은자 두 냥 반에 오늘 후권문에 팔려온 소녀는 고통에 겨워 신음을 토하다 못해 나직이 흐느꼈다. 더 이상 신음을 토할 기력마저 없어 보였다.

그러자 채찍을 꼬나 쥐고 선 흰머리에 긴 팔을 한 원숭이 얼굴의 노인 백원신마가 두 눈에 흐릿한 흉광을 뿜어냈다.

"끌, 벌써 늘어지다니! 아직 노부는 조금도 재미를 못 봤거늘……."

백원신마는 채찍의 손잡이 부분으로 소녀의 턱을 확 들어올렸다.

부들부들…….

고통으로 반쯤 정신을 잃은 소녀의 얼굴에는 진한 고통과 절망만이 가득했다. 희망이란 걸 완전히 잃어버린 것이다.

"얼굴만 곱상하지 않아도……."

나직이 중얼거린 백원신마가 소녀의 머리채를 휘어잡고는 한 켠으로 내동댕이쳤다. 소녀는 바닥에 쓰러질 때 목뼈라도 다쳤는지 입에서 피를 토해내며 바닥에 얼굴을 묻었다.

툭!

소녀에게서 시선을 뗀 백원신마가 멀찍이 떨어진 채 부복해 있는 두 명의 후권문도에게 소리쳤다.

“이년을 당장 홍루(紅樓)에 넘기고 다음 년을 데려와라!”

“예, 예!”

두 명의 후권문도는 백원신마가 성적으로 흥분하면 대단히 잔혹해 진다는 걸 잘 알고 있었다. 자칫 자신들의 목숨이 오락가락하는 상황 에 머뭇거림을 보일 리 없다.

한 명이 달려가 반쯤 죽은 소녀를 치우는 동안 다른 한 명은 오늘 데려온 소녀들이 갇혀 있는 창고로 향했다. 적어도 오늘 그곳에 있는 소녀들 중 절반 이상은 죽는 것보다 더 심한 꼴이 되어 나가야 하리 라.

한데 창고 앞에 도착해 허리춤에 매달린 열쇠를 꺼내려던 후권문도 의 동공이 갑자기 크게 확장되었다. 갑자기 태양혈 쪽에서 번쩍하는 섬광이 인 것과 동시에 정신의 끈을 놓쳐 버린 것이다.

쿵!

후권문도가 바닥에 쓰러진 순간 그의 그림자 속에서 목검을 든 청의 무복의 사내가 빠져나왔다. 반나절 전에 악록산을 내려온 추소산이었 다. 그는 익양에 도착한 후 날이 어두워지기를 기다려 후권문에 숨어 들어 왔다.

‘여자와 술을 좋아한다는 말을 듣기는 했지만…….’

추소산은 방금 전 자신의 눈으로 확인한 광경을 생각하며 눈살을 찌 푸렸다. 가슴속 깊숙한 곳에서 이글거리며 분노가 치밀어 올랐다.

그 역시 어린 시절 부모에게 팔린 몸이었다.

돈에 팔린 자들의 운명이 어떠한지는 누구보다 잘 알고 있었다. 하 지만 눈앞에서 목도한 광경은 지나쳤다. 결코 사람이 같은 사람에게 해서는 안 되는 일이었다.

철렁!

후권문도의 손에 들린 열쇠 꾸러미를 빼 든 추소산이 창고 문을 활짝 열었다. 그러자 순간 들려오기 시작한 흐느낌과 두려움에 찬 비명 소리.

"흐흑!"

"어엉엉!"

추소산은 거의 발작에 가까운 반응을 보이는 소녀들의 행태에 검지를 살짝 입에 가져다 댔다.

"쉿!"

소녀들 중 그나마 온전한 정신을 유지하고 있던 자의소녀가 추소산이 후권문도가 아님을 알아봤다. 달빛에 비친 추소산의 모습은 너무나 빼어나 후권문의 추레한 자들과는 크게 비교가 되었기 때문이다.

"소, 소협은……?"

"추소산. 소저들을 구하러 온 사람이니 더 이상 떠들지 말아주시오."

"알았습니다."

자의소녀가 고개를 끄덕이며 대답하자 나머지 소녀들이 일제히 겁먹은 표정으로 서로를 바라봤다.

여전히 의혹 섞인 표정들이나 현 상황에 대한 의문을 나타내거나 반대의 목소리를 내는 소녀는 하나도 없었다. 자의소녀의 인정을 받은 것만으로 추소산은 소녀들의 절대적인 신뢰를 얻을 수 있었다.

추소산은 자의소녀의 도움을 받아 소녀들을 갇혀 있던 창고에서 모조리 나오게 했다.

그녀들을 일단 안전한 곳으로 피신시킨 후 금원신마와 백원신마에게 싸움을 걸 생각이었다.

그러나 그는 창고에 갇힌 소녀들이 전혀 무공이라곤 모르는 평범한 일반인이란 걸 잠시 잊고 있었다. 한 떼의 소녀들이 일제히 움직이자 작은 소란이 일었고, 근방을 지키고 있던 후권문도들이 몰려들기 시작했다.

"창고 쪽에 침입자다!"

"침입자가 계집들을 훔쳐 달아나려 한다!"

후권문도들은 하나같이 원숭이를 닮은 얼굴에 횃불을 밝힌 채 창고 쪽으로 달려왔다. 거금을 들여 구입한 소녀들을 놓칠 경우 문주들에게 치도곤을 당하리란 생각에 그들은 하나같이 두 눈에 살기를 번뜩였다.

"아악!"

"악!"

자의소녀를 제외한 소녀들이 겁에 질려 마구 소리를 질러댔다.

그녀들에겐 후권문도들의 손에 들린 횃불이 지옥 유부의 유황불처럼 보였다. 그리 소리를 질러대는 것도 무리는 아니었다.

그때 추소산이 움직였다.

쉬악!

추소산의 손에서 목검이 움직인 순간, 가장 먼저 달려온 두 명의 후권문도가 바닥을 나뒹굴었다. 그들은 목검이 어떻게 움직였는지조차 볼 수 없었다.

추소산은 거기서 멈추지 않았다. 수류보를 밟으며 다섯 차례 분영을 만들어낸 그의 목검이 연달아 종상벽하를 펼쳐 나머지 후권문도 모두를 쓰러뜨렸다.

질풍 그 자체!

소녀들은 추소산의 압도적인 무위에 놀라 입만 벌린 채 석상처럼 굳어버렸다. 눈앞에서 벌어진 일이 그녀들에겐 도무지 믿어지지 않았다.

한 바퀴 도는 것으로 대충 주변 정리를 끝마친 추소산이 유일하게 정신을 차리고 있는 듯 보이는 자의소녀 앞에 섰다.

"소저, 다른 소저들을 이끌고 지금 당장 이곳을 떠나시오!"

"추 소협께서는……?"

"내 볼일은 지금부터요."

추소산의 입가에 강인한 미소가 떠올랐다, 보는 이의 마음을 묘하게 뒤흔드는 마력을 담고서.

자의소녀 또한 그러했다.

잠시 눈가에 가벼운 떨림을 보인 자의소녀가 살짝 허리를 숙여 보였다.

"소녀는 여연경이라 합니다. 오늘 추 소협께서 베풀어주신 은의(恩義)는 결코 잊지 않겠어요."

"……."

추소산은 잠시 자신을 여연경이라 밝힌 자의소녀를 묵묵히 바라봤다. 그녀의 침착함과 사리 분명함에 마음이 움직이는 바가 있었다.

'얼굴은 평범하지만 기품이 느껴지는 소녀로구나.'

추소산은 여연경을 비롯한 소녀들에게 한차례씩 시선을 던지곤 말했다.

"모두 여 소저를 쫓아 이곳을 떠나되 결코 뒤를 돌아봐선 안 될 것이오!"

"흐흑… 예!"

"예, 알겠습니다!"

여기저기서 흐느낌과 함께 목 메인 대답들이 들려왔다. 그러자 추소산이 다시 여연경에게 한차례 시선을 던지곤 또다시 달려들기 시작한 후권문도들을 향해 파고들었다.

"크악!"

"커억!"

추소산에 의해 추풍낙엽처럼 나뒹구는 후권문도들을 바라본 여연경이 소녀들에게 명령하듯 말했다.

"소매들은 절 따라오도록 해요!"

"…예."

소녀들이 비틀거리며 여연경의 뒤를 따르기 시작했다.

한 떼의 소녀들을 구하느라 은밀히 일을 끝내려던 추소산의 계획은 몽땅 틀어졌다. 그러나 그는 결코 자신의 결정에 후회하지 않았다. 오히려 일이 이렇게 되어서 잘됐다는 생각이 들었다.

추소산은 손에 사정을 두지 않았다.

그의 목검이 번뜩일 때마다 후권문도들은 비명과 함께 바닥을 나뒹굴기에 바빴다.

그들 중 이 검을 필요로 하는 자는 하나도 없었다.

그만큼 추소산과 평범한 후권문도들 사이엔 커다란 무력의 차이가 존재했다.

어느새 추소산 주변엔 두 발로 서 있는 후권문도가 단 한 명도 남지 않게 됐다. 모두 몸 안의 뼈 중 한두 군데가 부러지거나 요혈을 얻어맞고 바닥을 기어가기 바빴다.

그러자 당연한 일이겠지만 추소산이 일으킨 소란은 두 후권문주를 불러들였다.

제일문주 금후신마와 제이문주 백원신마.

영판 백모(白毛) 원숭이를 닮은 백원신마와 달리 금후신마는 제법 풍채가 그럴듯한 육 척 오 치의 키에 무릎까지 이르는 긴 팔을 가진 황모(黃毛) 노인이었다. 같은 어미의 뱃속에서 태어난 형제란 게 믿어지지 않는 겉모습의 차이.

슬쩍 목검을 어깨에 걸치고 선 추소산을 향해 흉맹한 눈빛을 번뜩인 백원신마가 으르렁거리듯 말했다.

"애송이 놈! 감히 후권문에서 이런 난리를 일으키고 살아서 돌아갈 생각은 아닐 테지?"

추소산이 백원신마를 한차례 노려보곤 서늘한 시선을 금후신마에게 던졌다.

"당신이 후권문주인 금후신마가 맞소이까?"

금후신마가 눈 깊숙한 곳에서 차가운 살기를 뿜어냈다.

"당신이라……! 요즘 어린 아해들은 정말 개념을 상실했구나."

"그러게 말입니다, 형님!"

백원신마가 얼른 맞장구를 쳤다. 그러자 금후신마가 그쪽을 바라보지도 않고서 길고 강인해 보이는 주먹을 날렸다.

퍼억!

백원신마의 얼굴이 크게 옆으로 돌아갔다. 금후신마의 주먹에 얼굴을 가격당한 것이다.

"크……."

백원신마가 크게 신형을 휘청거리자 금후신마가 무심한 표정으로 말했다.

"너 같은 걸 동생으로 둔 탓에 저런 어린 아해가 감히 후권문에 뛰어들어 난리를 피우는 게 아니냐!"

"형님, 그, 그건……."

"맞아 뒈지고 싶으면 그 주둥이 계속 지껄여 봐라!"

"……."

백원신마가 얼른 입을 다물었다. 그만큼 금후신마에게 두려움을 느끼고 있음이다.

추소산의 눈에 이채가 떠올랐다.

'저 긴 팔로 자유자재로 권법을 펼쳐 낸다면 분명 매우 힘든 상대가 될 것이다!'

금후신마가 백원신마에게 명령하듯 말했다.

"동생아, 저 빌어먹을 애송이 녀석의 사지를 찢어버려라!"

"알겠수다."

금후신마에게 한 대 얻어맞은 게 분한지 백원신마가 퉁명스런 대답과 함께 추소산의 앞으로 쑥 나섰다. 허리를 살짝 구부리고 양팔을 바닥에 닿을 듯 내려뜨린 게 그야말로 원숭이 그 자체의 모습이다.

"노부의 원후신권을 받아봐라!"

백원신마가 누런 이를 드러낸 순간 추소산이 어깨에 걸치고 있던 목검을 빼 들었다. 백원신마에게서 기묘한 살기를 느끼고 방어에 나선 것이다.

그러자 어슬렁거리는 걸음을 몇 보 앞으로 내디딘 것과 동시에 백원신마가 노도와 같이 추소산에게 달려들었다, 마치 추소산을 산산조각이라도 내려는 것처럼.

"크워워워!"

여연경은 한 떼의 소녀들을 이끌고 후권문의 담을 넘다가 천지가 진동하는 듯한 괴성에 흠칫 어깨를 떨었다. 그녀의 시선이 자연스럽게 추소산이 떠나간 방향을 향했다.

'추 소협……'

여연경은 양손에 깍지를 껴서 소녀들이 담을 넘는 걸 도왔다. 연약한 소녀들로선 낮은 담장 하나 넘는 것도 대단히 힘든 일이었기 때문이다.

그렇게 마지막 소녀까지 담을 넘자 여연경은 살짝 양 어깨를 흔들어 보였다. 십수 명이 넘는 소녀들의 월담을 돕느라 양팔에 알통이 밴 듯했다.

툭툭!

조그만 주먹으로 욱신거리는 양팔을 번갈아가며 안마하듯 두들긴 여연경이 아무것도 없는 공간을 향해 중얼거렸다.

"파도(破刀), 여기 있어?"

여연경의 말이 떨어지기가 무섭게 아무것도 없던 공간 한 켠이 가벼운 파문을 일으켰다. 흡사 공간 자체가 반쪽으로 갈라지는 듯한 형상.

그 속에서 냉막한 인상에 묵직한 묵도를 등에 멘 흑의의 중년무사가 모습을 드러냈다.

"파도, 아가씨 곁을 계속 지키고 있었습니다."

"그랬구나."

여연경은 미미하게 고개를 끄덕이곤 얼굴로 손을 가져다 댔다.

스륵!

여연경의 얼굴이 일순 크게 변했다, 극히 평범한 용모의 소녀에서 극미(極美)라 할 정도로 아름다운 미소녀의 얼굴로.

손바닥에 착 달라붙은 인피면구를 내려다본 여연경이 파도를 향해 말했다.

"파도는 혼자 이곳 후권문을 제압할 수 있어?"

"후권문의 문하들은 그다지 센 상대가 없으나 두 문주만은 예외입니다. 개개인이 일류 권사일뿐더러 성명절학인 원후신권은 꽤나 상대하기 힘든 괴공이니까요. 만약 그 둘이 손을 잡는다면 속하 역시 승부를 장담키 어려울 듯합니다."

"파도는 패천도문에서도 손꼽히는 실력자잖아. 그런데도 힘들단 말야?"

"속하는 그저 패천도문의 서열 이십 위에 불과합니다. 어찌 손꼽히는 실력자라 할 수 있겠습니까?"

"그렇구나……."

여연경의 아름다운 옥용에 가벼운 그늘이 스쳐 갔다. 추소산이 크게 걱정됐음이다.

파도라 불린 중년무사가 말했다.

"아가씨께서는 그리 크게 걱정하실 필요가 없을 듯합니다."

"어째서?"

"속하가 보기에 추 소협의 무공은 결코 제 아래가 아니었습니다. 만약 싸우는 도중 수세에 몰린다 해도 도망치는 데는 큰 문제가 없으리라 봅니다."

"아!"

여연경이 기쁜 표정으로 미소 지었다. 그러자 그녀의 절세 미모가 더욱 빛을 발했다.

중년무사의 무심하게 가라앉아 있던 시선이 가볍게 흔들렸다.

'아가씨도 다 크셨구나!'

여연경이 말했다.

"그럼 우리는 일단 뒤로 물러났다가 나중에 다시 오기로 해요. 추소협이 오늘밤 후권문을 처리하지 못할 수도 있으니까."

"아가씨는 또다시 이런 위험한 일을……."

"호남성이 비록 강북과 강남의 중간에 위치해 있다곤 해도 우리 패천도문의 영향권 내라고 할 수 있어요. 어찌 이런 패악무도한 짓을 하는 사도의 무리를 내버려 둘 수 있겠어요?"

'아가씨, 패천도문도 결코 명문 정파는 아니올시다. 아니, 어쩌면 정파 측에서는 사파의 거두로 보고 있을 터인데…….'

중년무사는 내심 한숨을 내쉬면서도 결코 여연경에게 속마음을 내비치지 않았다. 그녀가 상심하는 표정을 결코 보고 싶지 않았기 때문이다.

"속하는 그저 아가씨의 명을 따를 뿐입니다."

중년무사가 허리를 숙여 보이자 여연경이 방긋 웃고는 다시 추소산이 있는 쪽을 바라봤다. 또다시 소름 끼치는 괴성이 터져 나오는 것으로 보아 추소산이 아직 무사하단 걸 확신할 수 있었다.

우르르르르!

추소산은 평생 처음으로 권풍(拳風)이란 걸 경험하고 내심 탄성을 터뜨렸다. 인간 같지 않은 괴성과 함께 달려든 백원신마의 주먹에서 일어난 강력한 회오리가 미친 바람이 되어 추소산의 전신으로 파고들었다.

위기일발의 순간,

추소산은 살짝 발로 진각을 일으키며 철우경지를 펼쳤다. 원후신권의 권풍에 철우경지의 강인함으로 맞서기로 마음먹은 것이다.

콰릉!

원후신권에서 발출된 권풍이 추소산의 철우경지를 깨뜨리지 못하고 산산이 흩어졌다. 힘 대 힘으로 맞서 뒤로 밀리지 않는 데 성공한 셈이다.

"이런, 개 같은!"

백원신마의 입에서 망연자실한 신음이 흘러나왔다. 그는 설마 하니 이제 약관밖에 되지 않은 추소산이 자신의 원후신권을 막아내리라곤 꿈에도 생각하지 못한 것이다.

어찌 그렇지 않겠는가?

그러나 백원신마의 놀람은 그때부터가 시작이었다.

스슥!

전혀 타격을 받지 않은 듯 추소산이 목검을 곧게 치켜들고 바람같이 파고들었다.

봉황전시.

익히 알고 있고, 단 한 번도 두렵다고 생각해 본 일이 없는 검초에 백원신마의 안색이 대변했다.

'빠르다!'

백원신마는 원후신권을 펼쳐 받아칠 엄두도 내지 못하고 신형을 급격히 옆으로 이동했다. 봉황전시의 쾌속함에 기가 질린 것이다.

그러자 추소산의 목검이 가는 떨림을 보이더니 종상벽하와 오룡희주, 황룡포섬을 연달아 쏟아냈다.

삼검 연환!

현란하게 변화하는 연환 검초에 백원신마는 채 신형을 뒤로 빼내지도 못하고 오른쪽 어깨의 견정혈을 찔렸다.

찌릿!

백원신마의 오른쪽 어깨가 축 늘어졌다. 그의 원후신권에 커다란 파탄이 발생한 건 당연한 결과.

추소산의 목검이 연달아 검초를 뿜어내자 백원신마는 연신 껑충껑충 뛰며 뒤로 물러서기에 바빴다. 도저히 추소산의 맹격에 대항할 수 없는 상황에 처했음이다.

그때 추소산의 검초를 냉정하게 지켜보고 있던 금후신마가 갑자기 싸움에 끼어들었다.

우르르릉!

금후신마가 일권을 내친 순간 추소산은 심부가 크게 진동하는 걸 느꼈다. 이미 금후신마가 암습하듯 쏟아낸 원후신권에 내상을 입었음이다.

'역시 아우보다는 낫구나!'

백원신마를 연달아 가격하던 추소산의 목검이 크게 회전을 일으키더니 곧바로 금후신마를 찔러 들어갔다.

종상벽하.

금후신마의 두툼한 입술에 한가닥 조소가 스쳐 지나갔다.

"건방진 놈!"

금후신마는 종상벽하를 피하지 않고 곧바로 권을 내쳤다. 목검과 함께 추소산의 손까지 날려 버리겠다는 기세.

추소산의 목검이 순간 폐음소음과 육합개정을 동시에 펼쳐 냈다.

이검 연환!

금후신마는 눈앞에서 갑작스레 두 배는 더 빨라진 검초에 눈살을 찌푸렸다. 얼마 전 동생 백원신마를 일패도지시킨 괴이한 검초가 다시 나왔다는 생각이 들었기 때문이다.

"후욱!"

금후신마가 한 호흡의 숨을 들이마셨다. 그리고 내쳐진 원후신권의 절초 팔비원후(八臂猿猴).

일시 금후신마의 주먹이 여덟 개로 늘어난 듯 현란한 변화를 보이며 추소산의 이검 연환을 맞받았다. 변화를 변화로 맞받는 절묘한 한 수!

추소산은 자신의 이검 연환이 무산되는 걸 느끼곤 바닥을 발로 강하게 박찼다. 이검 연환에 더해 봉황전시를 펼쳐 삼검 연환을 만들어낸 것이다.

"억!"

금후신마의 입에서 포효에 가까운 괴성이 터져 나왔다. 시위를 떠난 살처럼 움직인 목검에 순간적으로 자신의 단전이 산산조각났음을 깨달았기 때문이다.

뒤로 주춤거리며 물러서는 금후신마를 본 백원신마의 두 눈에 핏발이 섰다.

"우워어!"

백원신마의 왼손에서 무지막지한 기세의 권풍이 일어났다.

목표는 등을 보인 추소산.

위기의 순간, 추소산이 신형을 뒤로 뒤집으며 철우경지를 펼쳤다.

콰쾅!

백원신마의 왼 어깨가 마저 축 늘어졌다. 오른쪽에 이어 왼쪽마저 목검에 혈도를 찔려 버린 것이다.

"크으!"

도저히 현실을 믿을 수 없어 백원신마는 나직이 신음을 토했다. 눈빛만으로 사람을 죽일 수 있다면 당장 눈앞의 추소산을 찢어발기고 싶었다.

그때 철우경지를 펼치며 받은 반진력을 이용해 한차례 공중제비를 돌고 바닥에 내려선 추소산의 입에서 피 한 모금이 터져 나왔다. 금후신마의 일권에 내상을 입은 채 무리하게 검초를 운용한 결과였다.

'역시 실전은 다르구나. 연환 검식을 사용하지 않고 제압하려다가 자칫 위험할 뻔했어.'

추소산은 내심 고개를 가로젓고 허탈한 표정의 금후신마에게 시선을 던졌다.

"단전이 깨졌으니 앞으로 어찌하시겠소?"

"죽… 여라!"

추소산이 고개를 가로저었다.

"당신은 살아서 여태까지 수없이 많은 패악을 끼쳤던 후권문을 해체시켜야 하오, 저기 동생 분과 함께."

추소산이 양팔을 모두 쓸 수 없게 된 백원신마를 손가락으로 가리키자 금후신마의 안면이 푸들거리며 떨렸다.

자신은 단지 단전이 깨졌을 뿐이나 양팔 모두를 쓸 수 없게 된 동생 백원신마는 앞으로 살아남기가 어려울 듯 보였다. 결코 그냥 놔두고 죽을 순 없다는 생각이 들었다.

"빌어먹을! 나더러 저 병신새끼를 맡으란 말이냐!"

"당신 동생이지 않소."

“그래, 분명 그렇다. 하지만…….”

“후권문만 해체하면 더 이상 나는 당신들의 일에 관여치 않을 것이오.”

추소산이 그 말을 끝으로 신형을 돌렸다. 내상이 심상치 않아 빨리 치료해야만 했기 때문이다.

추소산이 신형을 날려 사라지자 그의 뒷모습을 물끄러미 바라보고 있던 금후신마가 크게 고개를 가로저었다.

“제기랄, 어찌 저리 젊은 나이에…….”

“혀, 형님, 괜찮으시오?”

백원신마가 비틀거리며 다가오자 금후신마가 발로 그의 정강이를 걷어찼다.

퍽!

“이 빌어먹다 뒈질 놈! 태어날 때부터 속을 썩이더니 끝까지 내 바지자락을 붙잡고 늘어지는구나!”

“혀, 형님…….”

“이놈아, 울지 마라! 네놈 하나쯤은 앞으로 내가 어찌 거둬볼 테니.”

두 눈 가득 눈물을 쏟아내기 시작한 백원신마 곁으로 걸어간 금후신마가 아우의 등을 가볍게 두들겨 줬다, 형제로 태어난 후 처음으로 보이는 다정한 표정을 하고서.

*　　　　*　　　　*

후권문이 해체를 선언한 이후 추소산은 몇 차례에 걸쳐 비슷한 일을 반복했다.

명목상 하오문에게 진 신세를 갚는 일종의 보은이었으나 실상은 고련 끝에 얻은 무공을 실전에서 사용하기 위한 준비 작업이라 할 수 있었다. 아무리 강하고 뛰어난 무공이라도 실전에서 자유자재로 사용할 수 없다면 무용지물이나 다름없기 때문이다.

그렇게 오 개월이 순식간에 지나갔다. 가을과 겨울이 지나 신록이 소생하는 봄이 왔다, 악록산에도.

언제나 그렇듯 수련을 끝마친 후 자신의 거처로 향하던 추소산의 눈에 이채가 떠올랐다. 귀왕대전을 그다지 떠나지 않던 백수빈의 서성거리는 모습을 발견했기 때문이다.

"수빈 소저……."

추소산이 목소리를 높이자 백수빈이 눈을 반짝이며 손에 들고 있던 술병을 들어올렸다.

"작년에 묻어뒀던 매화주(梅花酒)가 익었다. 한잔해야 하지 않겠어?"

"또 술입니까?"

추소산이 쓰게 웃어 보이자 백수빈이 발끈한 표정으로 소리쳤다.

"내가 얼마나 술을 마신다고 그런 소리를 하냐?"

'매일…….'

추소산은 내심 중얼거렸다. 그러자 백수빈이 자신이 말하고도 좀 무안한지 한차례 헛기침을 하고 말했다.

"험험, 소산, 네 문제점이 뭔 줄 아냐? 너는 인생을 너무 재미없이 산다는 거야. 그렇게 매일같이 무공 수련에 강한 무공 상대나 찾아다니는 게 삶에 무슨 큰 도움이 되겠어?"

"제가 한 일들이 하오문을 돕는 거라 생각했는데, 아니었습니까?"

"하오문에 도움이 되기야 했지. 네 덕분에 최소한 호남성 일대에서 하오문의 사업을 방해하던 날파리들은 대부분 청소가 됐으니까. 그 점은 문주도 꽤나 많은 칭찬을 했어. 하지만 말야, 그런 일들은 사실 그리 중요한 게 아니야. 네가 반드시 나서지 않았어도 언젠가는 하오문이 자체적으로 해결할 수 있는 일이었다는 거야. 그러니 너는……."

"한잔하시죠."

추소산이 결국 백기를 들었다. 그렇지 않으면 끝없이 백수빈의 전혀 논리가 없는 잔소리를 들어야 할 것 같았기 때문이다.

백수빈이 언제 잔소리를 늘어놨냐는 듯 활짝 웃었다.

"아하하, 그래야 진짜 남자지! 그럼 네 거처로 가자!"

"제 거처보다는 귀왕대전이 나을 것 같습니다만."

"왜? 그동안 네 거처에 나 몰래 예쁜 처녀라도 한 명 숨겨놓은 거냐?"

"그렇진 않지만 꽤 지저분합니다."

"사내 방이 지저분한 거야 당연한 일이지! 난 대범해서 그런 거 신경 쓰지 않으니까 빨리 앞장서라구!"

백수빈의 호령에 추소산이 어쩔 수 없이 자신의 거처 쪽으로 걸음을 옮겼다. 백수빈이 이렇게까지 우기는 데야 도리가 없는 것이다.

추소산과 백수빈의 대작은 밤이 늦도록 계속됐다.

본래 술을 그다지 좋아하지 않는 추소산이나 본래 주량은 보통 사람보다 센 편이었고, 백수빈의 경우 두주불사(斗酒不辭)라 할 수 있었다. 두 사람이 오랜만에 마주 앉아 술을 마시기 시작했으니 쉽사리 자리가 파할 리 없었다.

쪼르륵!

열 번째 술병의 마개를 따고 첫 잔을 따른 백수빈이 추소산에게 취기 오른 시선을 던졌다.

"어이, 난봉꾼! 요즘 쌍령하고는 잘돼가는 거야?"

"무슨?"

"너한테 죽고 못 사는 못난이 두 자매 말야. 벌써 이 년이 넘도록 붙어 다녔으니 뭔가 결실을 맺을 때가 됐잖아?"

"그런 일 없습니다."

"어째서?"

"쌍령은 제게 친누이 같은 존재들입니다."

"흐흥."

추소산을 바라보는 백수빈의 시선이 묘한 빛깔을 띠었다. 뭔가 평소와는 사뭇 다른 분위기였다.

어색한 기분이 든 추소산이 화제를 돌릴 겸 말했다.

"그보다 수빈 소저야말로 이젠 슬슬 성혼할 때가 된 것 같은데 지나치게 느긋한 거 아닙니까?"

"나?"

추소산이 고개를 끄덕였다. 그러자 백수빈이 고개를 옆으로 뉘어 보이며 중얼거렸다.

"나야 이제 스물두 살밖에 되지 않았으니 그리 급한 건 아니야."

"스물두 살?"

"응."

백수빈이 술을 홀짝이며 고개를 끄덕였다. 진실로 진실만을 말하고 있는 것처럼.

그녀의 본 나이를 알고 있는 추소산으로선 기가 막힐 따름이었다.

"……"

슬며시 고개를 옆으로 돌리는 추소산의 행동을 눈으로 살핀 백수빈이 버럭 소리를 질렀다.

"이 자식, 왜 날 외면하는 거야!"

백수빈이 손에 들었던 술잔을 강하게 소반 위에 내려놨다.

탁!

술잔에 남아 있던 술 몇 방울이 추소산의 얼굴로 튀어 올랐다. 극히 짧은 순간 벌어진 일이었다.

추소산은 절세 검수의 쾌검보다 빠른 술 방울의 습격을 입을 살짝 벌리는 것으로 방어했다. 술 방울을 모조리 받아먹은 것이다.

백수빈의 눈매가 가늘어졌다.

"간접 입맞춤!"

"……"

추소산이 받아먹은 술을 내뱉으려 하자 백수빈이 주먹을 들어올렸다.

"내뱉기만 해!"

"꿀꺽!"

추소산이 얼른 침과 함께 모인 술을 목구멍으로 넘겼다. 순간적으로 백수빈에게 두들겨 맞는 것보다는 간접 입맞춤을 했다는 놀림을 받는 편이 낫다는 판단을 내렸음이다.

백수빈이 혀로 입술을 살짝 핥았다.

"자식, 좋은 건 알아가지고."

"쌍령과는……."

"말 돌리기 하려는 거냐?"

"……."

추소산은 자신의 의도를 정확히 짚어낸 백수빈을 잠시 뚫어지게 바라봤다. 지나칠 정도로 예리한 그녀가 진짜 취한 건지 의심스러웠기 때문이다.

"푸하하! 웃긴 얼굴……."

백수빈이 추소산과 시선을 맞추고는 깔깔거리며 방바닥을 마구 두들겨 댔다. 추소산이 잠시 가진 의혹을 씻은 듯 지워주는 모습이었다.

그러나 곧 내심 다소 방심하게 된 추소산에게 백수빈이 청천벽력 같은 선언을 했다.

"소산 네가 쌍령과 별 관계가 없다면 그냥 나한테 와라!"

"예?"

"내가 거둬주겠다고! 남녀 간에 나이 차이란 별게 아니긴 하지만 네 말처럼 나도 이젠 벌써 스물두 살이나 됐고……."

'스물두 살이 아니라 스물 일곱이잖아!'

"…너도 한 사람의 사내가 됐으니 한 쌍의 선남선녀라 할 수 있잖아? 우리 두 사람은 강호를 사는 무림인이니 세상의 격식에 얽매일 필요 없이 적당한 날을 잡아서 물 한 사발 떠놓고 천지를 증인 삼아 식을 올리자구."

"하지만 수빈 소저, 일을 그렇게 급하게 처리할 순 없습니다."

"왜?"

"저에겐 아직 해결해야 할 일이 있습니다. 이리 쉽사리 가정을 이룰 순 없습니다."

“그 천하제일무술대회에 참가해서 비무하자던 약속 말야?”

“예.”

“그런 것쯤 나랑 혼인한 후에도 할 수 있는 일이잖아? 그리고 어차피 나하고 혼인하면 천하제일무술대회에 참가할 때 하오문으로부터 물심양면으로 지원을 받게 될 테니까 더 잘된 일이지 않겠어?”

“그건… 그게…….”

“설마 그 비무란 게 비무초친(比武招親)은 아닐 테지?”

“비무초친?”

“그래, 그 무학을 겨뤄서 신부를 구한다거나 하는 거 말야!”

추소산은 얼른 고개를 끄덕이려다 백수빈의 두 눈에서 뿜어져 나오는 강렬한 살기를 보고 입을 다물었다. 아무리 상황이 다급하더라도 그런 거짓말을 할 순 없을뿐더러 하오문의 부문주인 백수빈을 계속 속인다는 건 불가능하단 생각이 들었기 때문이다.

추소산이 고개를 가로저었다.

“그렇진 않습니다.”

“그래?”

백수빈의 얼굴에 다시 미소가 돌아왔다.

“그렇담 더 이상 문제는 없겠네. 산 아래에 애들 몇 보내서 성복술사를 불러올 테니 좋은 날을 받아서 합궁하도록 하자! 알았지?”

“…….”

홀로 모든 일을 결정하고 깔깔거리는 백수빈의 모습에 추소산은 잠시 현기증을 느꼈다. 가끔 그녀에게서 묘한 기운을 느끼긴 했으나 자신을 사내로 생각할 줄은 꿈에도 몰랐다. 등줄기로 식은땀이 흘러내리는 것도 무리는 아니었다.

'이건… 곤란하다!'

추소산은 바로 마음을 결정했다. 악록산을 떠나기로. 백수빈의 뜻대로 억지 신랑이 될 생각은 추호도 없었기 때문이다.

"술이나 마시죠?"

내심을 숨긴 추소산의 권유에 백수빈이 다시 요란스레 교소를 터뜨렸다.

"아하하, 그래! 아직 매화주는 많이 남았으니까!"

"그렇죠."

추소산은 자신의 술잔에 조용히 술병을 기울였다.

다음날.

간밤의 폭주로 인해 늦잠을 자고 있던 추소산의 거처로 두 명의 여인이 찾아왔다. 쌍령 자매였다.

쾅쾅쾅!

나무로 된 문이 부서지도록 두들겨 대는 소리에 추소산은 잠에서 깼다. 아직 술기운이 덜 깬 터에 시끄러운 소음을 더하니 머리 속이 지진을 맞은 듯 지끈거렸다.

"끄응."

추소산은 이마에 손을 갖다 대곤 잠시 침상 위에 앉아 있다 문 쪽으로 시선을 던졌다.

"누구요?"

추소산의 목소리를 들은 쌍령이 거의 동시에 목소리를 높였다.

"대령이에요!"

"소령이에요!"

'쌍령……?'

추소산이 눈살을 찌푸려 보이는 사이 쌍령이 문을 열고 방 안으로 들어왔다. 얼굴이 하나같이 발그스름한 게 이곳까지 전력으로 달려왔음에 분명하다.

"소산 오라버니, 그게 사실이에요?"

대령의 밑도 끝도 없는 질문에 추소산이 더욱 눈살을 찌푸렸다.

"뭐가?"

소령이 울 듯한 표정으로 소리쳤다.

"수빈 언니한테 장가간다면서요!"

"아, 그거?"

추소산이 대수롭지 않다는 표정으로 말을 받자 언제나 침착하던 대령이 눈가에 이슬을 매달았다. 추소산이 시인했다고 생각한 것이다.

"그럴 수가…….."

소령이 추소산에게 왁 하고 울며 달려들었다.

"앙앙앙! 소산 가가, 거짓말쟁이! 나하고 손가락까지 걸고 약속해 놓고서!"

추소산은 엉겁결에 소령을 안아 들고 두 손으로 얼굴을 가린 대령을 난감한 표정으로 바라봤다. 어리광쟁이인 소령은 둘째치고 대령마저 눈물을 글썽이니 당최 어찌해야 할 바를 모르게 된 것이다.

그때 순식간에 추소산의 가슴패기를 눈물로 흥건하게 만들어놓은 소령이 살짝 고개를 들어올렸다.

"소산 가가, 정말로 수빈 언니의 성숙하고 멋진 몸매에 넘어간 거야?"

"멋진 몸매……?"

“나 소령이도 조금만 나이가 들면 수빈 언니 이상으로 멋진 몸매가
될 수 있어. 대령 언니하곤 다르다구. 그러니까 좀만 기다려주면 안
돼?”

“소려엉!”

대령이 언제 눈물을 글썽였냐는 듯 소령을 노려봤다. 여인에겐 꽤나
민감한 사항을 소령이 건드렸기 때문이다.

움찔한 표정이 된 소령의 목소리가 기어들어 갔다.

“…틀린 말은 아니잖아.”

“뭐라구!”

대령이 대뜸 소령에게 금나수(擒拿手)를 펼쳤다. 잡아서 혼구멍을 내
줄 생각이었다.

쉭쉭!

소령이 자신의 목덜미를 노리며 파고드는 대령의 수영(手影)을 피해
추소산의 뒤로 숨어들었다. 신발도 벗지 않고 침상 위로 기어오른 것
이다.

“이익!”

추소산의 바로 앞에서 손을 멈춘 대령이 소령을 향해 소리쳤다.

“다 큰 계집애가 겁도 없이……!”

소령이 추소산의 등 뒤에 숨어 얼굴만 살짝 내민 채 소리쳤다.

“나는 소산 가가한테 시집갈 테니까 상관없다, 뭐!”

“누구 맘대로!”

“내 맘대로다!”

“수빈 언니가 널 가만 놔둘 것 같냐?”

대령이 백수빈의 이름을 들먹이자 소령의 안색이 대번에 어두워졌

다. 만만한 대령과 달리 백수빈은 소령으로선 정말 상대할 도리가 없는 강적이었기 때문이다.

"이, 이……."

다시 커다란 두 눈에 눈물을 그렁그렁 담은 소령을 돌아본 추소산이 쓰게 웃으며 대령에게 말했다.

"대령 누이, 나는 수빈 소저한테 장가가지 않는다. 소령 누이를 울릴 필요는 없어."

"저, 정말요?"

"그래."

추소산의 확답이 떨어진 순간 대령은 자신도 모르게 눈가를 소매로 훔쳤다. 그녀 역시 소령만큼 울고 싶었던 걸 간신히 참았던 것이다.

"그, 그렇군요."

어느새 추소산의 등 뒤에 찰싹 달라붙은 소령이 언제 울었냐는 듯 질문했다.

"소산 가가, 그럼 수빈 언니가 거짓말을 했단 말예요?"

"그건 아니야."

"에! 방금 전에 수빈 언니한테 장가가지 않는다고……."

"응, 그건 사실이야. 하지만 수빈 소저가 한 말도 틀린 건 아냐. 확실히 어젯밤에 그런 얘기가 오간 건 사실이니까."

대령이 눈을 한차례 깜빡이곤 뭔가 깨달은 표정이 됐다.

"소산 오라버니는 이곳을 떠날 생각이시군요?"

소령의 눈이 동그래졌다.

"정말요?"

추소산이 쌍령을 번갈아 바라보고 고개를 끄덕였다.

"그럴 작정이다."

"안 돼요!"

크게 소리 지르며 추소산에게 달려들려던 소령의 목덜미를 대령이 낚아챘다.

"깍!"

대령이 소령에게 작게 고개를 저어 보이고 추소산에게 처연한 시선을 던졌다.

"이미 소산 오라버니는 마음을 굳힌 것이겠죠?"

"그래."

"그렇군요."

대령이 조그맣게 중얼거리며 소령의 목덜미를 놔줬다. 그러자 더 이상 추소산에게 달려들기를 포기한 듯 소령이 고개를 푹 숙였다.

'휴우, 그래도 소산 가가가 수빈 언니의 몸매에 반한 게 아니라니 다행이다.'

소령은 자신의 다소 빈약한 가슴을 쓸어내리며 내심 한숨을 터뜨렸다.

추소산과 대령 간의 대화를 듣고 그녀 역시 깨닫는 바가 없진 않았으나 백수빈과 자신의 몸매 차이만큼 중요하게 생각되진 않았다.

한창 성장기에 들어선 그녀에겐 그게 가장 중요한 문제였다.

제10장
도초(刀招)를 부수는 검식(劍式)

밤.

침상에서 소리없이 일어선 추소산은 짐을 최대한 간소하게 꾸렸다.

사실 크게 챙길 만한 것도 없었다. 악록산에서 지낸 지난 이 년 오 개월간 무공 수련 외에 한 일이라곤 아무것도 없었다. 짐이 늘어날 일이 없었다.

'이미 쌍령에게 들통도 났는데 글이라도 한 줄 남겨야 하려나…….'

추소산은 잠시 침상 머리맡에 자리잡은 문방사우를 바라보다 내심 고개를 가로저었다. 큰 의미가 없다는 생각이 들어서였다. 딱히 남길 말도 생각나지 않았고.

"다시 만날 때가 있을 테니까."

친숙한 쌍령의 얼굴을 떠올리며 나직이 중얼거린 추소산이 목검과 봇짐을 들었다. 백수빈과 억지 혼례를 올리지 않기 위해 야반도주에 나선 것이다, 지난 기간 정들었던 귀왕채를 뒤로하고서.

살금.

몰래 거처를 빠져나오자마자 가장 가까운 곳에 서 있던 순찰자를 쳐서 쓰러뜨린 추소산이 철마류를 펼쳐 신형을 날렸다. 교교한 달빛만이 그의 은밀한 움직임을 비춰주고 있었다.

*   *   *

파도 현극빈.

강남제일세라 불리는 패천도문의 정예 중 하나인 전룡대(戰龍隊)의 대주를 역임한 오십대의 절정고수.

그가 패천도문주인 패도존 여신유의 절대적인 신임을 받아 그의 손녀인 강남일화(江南一花) 여연경의 호위를 맡은 지도 어언 십 년이 넘어가고 있었다.

강산이 바뀔 만한 세월.

그동안 어린 소녀에서 천하의 뭇 사내들을 상사에 불타게 만드는 절세 미녀로 성장한 여연경에 대한 현극빈의 애정은 남다른 바가 있었다.

평생을 칼 한 자루에 바친 터라 가정을 이루지 못한 그에게 여연경은 목숨을 바쳐 지켜야 할 아가씨이자 친 혈육이나 다름없었다.

그래서인지 여연경에 대한 현극빈의 과보호는 패천도문 내에서도 유명했다.

천하사파의 종주라 불리는 패천도문의 후대를 책임질 후계자 중 한 명인 여연경이 티 한 점 없이 맑고 투명하게 자랐을뿐더러 순진하기까지 한 건 모두 그의 공이라 할 수 있었다.

하지만 덕분에 현극빈에겐 요 근래 한 가지 남에게 말 못할 고민거리가 생겼다. 길거리 이야기꾼의 협객담을 우연히 접한 여연경이 갑자기 가출을 단행한 것이다, 천하에 몹쓸 마도 사파의 마두들을 때려잡는 협객행을 하기 위해서.

그야말로 말도 안 되는 일!

여연경의 협객행으로 인해 벌어진 기막힌 사태들을 무마하고 뒤처리하기 위해 그동안 현극빈이 치른 고생과 노고란 이루 말로 형언하기 힘들 정도였다.

협객행에 단죄를 받은 사파의 무리 중 패천도문과 관계 있거나 친분이 있는 자들이 상당수.

패천도문에 대한 불만과 의혹의 목소리가 증폭되어 터져 나오지 않을 리 만무했다. 여연경의 행동은 사파의 종주인 패천도문의 얼굴에 먹칠을 한 것이나 다름없었다.

그래서 현극빈은 중간중간 손을 써야만 했다.

그는 자신보다 한참이나 명성과 무공, 신분이 떨어지는 자들에게 고개를 숙여 사과해야 했고, 그동안 모아놨던 돈도 상당수 뿌려댔다. 모두 주인인 여신유의 귀에 여연경의 행동이 전해지지 않게 하려는 자구책이었다.

한데 그런 와중에도 꿋꿋하게 여연경의 곁을 지키던 현극빈의 머리에 근래 들어 새치가 급격히 증가하고 있었다. 여연경이 협객행에 나선 것도 모자랐는지 갑자기 웬 사내새끼한테 홀딱 마음을 빼앗기는 사태가 벌어졌기 때문이다.

'쥐새끼 같은 놈! 도대체 어디에 처박혀서 코빼기도 보이지 않는단 말이냐!'

지난 오 개월간 호남성 일대를 이 잡듯 뒤지고 다닌 탓에 다소 얼굴 살이 빠진 현극빈이 내심 이를 부드득 갈았다.

여연경에게 추소산의 정체나 소속, 행적이 오리무중이란 말을 전할 생각을 하니 화부터 났다. 여연경을 위해서라면 하늘의 해나 달이라도 구해다 줄 수 있다고 한 자신의 호언장담이 깨졌음을 인정해야만 했기 때문이다.

그러나 현극빈의 내심 한 켠에는 오히려 잘됐다는 생각이 자리잡고 있었다.

금이야 옥이야 키워온 여연경이다.

그 빼어난 아름다움과 따뜻한 마음, 순결한 영혼은 그저 멀찍이 서서 지켜보는 것만으로도 기쁨 그 자체였다. 언젠가 그녀가 한 사내의 여인이 되리란 생각을 안 해본 바는 아니나 지금은 아직 일렀다, 그녀를 품 안에서 떠나 보내기엔.

'흥, 어차피 지나가는 바람에 불과하다. 다시 일 년이나 이 년쯤 지나면 아가씨도 그런 호랑말코 같은 녀석 따윈 까맣게 잊어버릴 것이다.'

현극빈의 입가로 가느다란 미소가 떠올랐다. 마음을 돌이키자 갑자기 기분이 괜찮아졌다.

팟!

바닥을 살짝 발끝으로 찍은 현극빈의 신형이 순식간에 십여 장의 거리를 주파했다. 한시라도 빨리 여연경이 있는 청빈장(請賓莊)으로 가고 싶었다.

청빈장.

호남성에 위치한 패천도문의 비밀 분타 중 하나인 이곳이 발칵 뒤집힌 건 새벽이 밝아오면서부터였다. 몇 개월 전 찾아든 여연경의 행방이 묘연해지는 대사건이 벌어졌기 때문이다.

"이, 이 일을 어찌한단 말이냐!"

청빈장주이자 패천도문 서열 삼십오 위의 고수인 백염귀수(白髥鬼手) 손창범은 양손을 마구 비비며 안절부절못했다. 청마수공(靑魔手功)이란 독특한 절기를 연마해 시퍼런 기운이 가득한 두 손에서 연기가 일어날 지경이었다.

그때 손창범의 명에 의해 청빈장 주변을 샅샅이 뒤지고 돌아온 무사들이 하나둘 모여들었다. 손창범의 시선을 받은 그들의 고개가 절로 가로저어진다.

결국 손창범이 평소에는 자상하고 후덕하게 인상을 치장해 주던 백염, 백발을 부르르 떨며 노성을 터뜨렸다.

"이 쓸모없는 것들! 길 가다가 급살을 맞아 뒈질 놈들아! 그렇게 많이 몰려 나가서 단 한 명도 아가씨의 행적을 발견치 못했단 말이냐!"

"죽을죄를 졌습니다!"

"죽을죄를 졌습니다!"

손창범이 외양과 달리 매우 성질이 포악하다는 걸 알고 있는 무사들이 얼른 바닥에 오체투지했다. 속으로는 괜스레 화만 내는 손창범을 욕하고 있었지만 얼굴만은 잔뜩 겁에 질린 모습 그 자체였다.

그러나 손창범이 쉽사리 화를 가라앉힐 리 없다.

그는 손에 잡히는 대로 근처에 놓여 있던 화병 하나를 들어 가장 앞에 엎드린 무사의 머리에 집어 던졌다.

퍼석!

무사의 머리에 정확히 명중한 화병이 산산조각났다. 그에 따라 한줄기 핏물이 무사의 머리에서 줄줄 흘러내렸다. 겉보기만으로도 심상치 않아 보이는 상처를 입은 것이다.

그럼에도 머리가 깨진 무사는 반 마디의 신음조차 흘리지 않았다. 그저 연신 머리를 바닥에 조아릴 뿐이었다.

손창범이 눈에 혈기를 띤 채 소리쳤다.

"당장 다시 밖으로 나가 아가씨를 찾아 모셔오거라! 만약 아가씨의 신변에 손톱 끝만한 이상이라도 생길 시에는 너희의 하찮은 목숨 정도론 끝나지 않을 것이다!"

"옛!"

크게 복명한 무사들이 일제히 자리에서 일어섰다. 일이 자신들의 예상보다 매우 심각하다는 걸 깨달은 것이다.

그때 청빈장의 정문 쪽에서 한 명의 무사가 헐레벌떡 달려왔다. 정문 경계를 맡고 있는 자였다.

'이런…….'

손창범의 안색이 가볍게 일그러졌다. 파도 현극빈이 도착했음을 깨달았기 때문이다.

"…뭐라 했소?"

현극빈은 반문을 던지며 손가락 한 마디를 자신의 애도인 파산도(破山刀)의 도파에 가져다 댔다. 대답 여하에 따라 눈앞 손창범의 목이라도 칠 듯한 기세이다.

손창범의 양손이 반사적으로 꿈틀 움직임을 보였다.

흡사 생사 대적을 눈앞에 둔 것과 같은 느낌.

그보다는 등줄기를 스쳐 가는 섬뜩한 오한에 손창범은 긴장했다. 진짜 자신의 목이 현극빈의 파산도에 금방이라도 떨어질 것 같았기 때문이다.

'제, 제기랄……'

내심 튀어나오려는 욕설을 삼킨 손창범이 방금 했던 말을 반복했다.

"아가씨께서는 청빈장을 떠나셨습니다."

치링.

파산도의 도신이 시퍼런 전광과 함께 튀어나오려는 찰나 손창범이 크게 소리쳤다.

"여기 편지가 있소이다!"

"편지……?"

"그렇소이다! 아가씨께서는 현 대주에게 편지를 남기고 청빈장을 떠나신 거외다!"

"……."

현극빈이 이미 절반쯤 빠져나온 파산도의 도파에서 손을 떼고 손창범에게 힐난의 눈빛을 던졌다, 편지에 대한 얘기를 어째서 먼저 하지 않았느냐는 의미.

최소한 현극빈과 목숨을 걸고 싸우지 않게 됐음을 눈치챈 손창범이 내심 한숨을 내쉬며 품에서 편지를 꺼내 들었다.

"여기……."

현극빈이 바로 손창범의 손에서 편지를 낚아채 갔다. 최소한 수공과 금나수법에 있어선 현극빈보다 자신이 낫다고 생각하고 있던 손창범의 안색이 가볍게 변하지 않을 수 없다.

'전대 전룡대주였다더니 과연 명불허전(名不虛傳)! 파도는 도법만

빼어난 게 아니었다!

손창범이 내심 찬탄을 터뜨리는 사이 현극빈은 빠르게 편지 안의 내용을 읽어 내려갔다.

파도!

지금쯤 내가 없어져서 무척 당황스러워하고 있을 거라고 생각해. 하지만 이렇게 말 한마디 하지 않고 파도의 곁을 떠나는 내 마음도 그리 편하진 않다는 걸 알아줬으면 해.

나는 패천도문을 빠져나와 지금까지 정말 열심히 협객행을 했다고 생각해 왔어. 어렵고 힘든 사람, 힘없어 나쁜 놈들한테 억울함을 당한 약한 사람들을 도와주는 동안 얼마나 기쁘고 즐거웠던지…….

하지만 전날 후권문에서 추 소협을 만난 후 나는 깨달았어. 지금까지 내가 했던 일이란 그저 나이 어린 소녀의 치기에 불과하단 걸. 사실 그동안 파도가 내 뒤를 따르며 물심양면으로 도와주지 않았다면 그런 치기조차도 이루지 못했겠지만 말야.

그 점, 파도에겐 정말 고맙게 생각하고 또 미안해.

그래서 나는 지금부터 추 소협을 찾는 한편, 내 힘만으로 협객행에 나서려고 해. 파도가 없느니만큼 진짜 힘들고 어려워지겠지만 나도 각오를 했어. 너무 크게 염려하지 말아줘.

협녀(俠女) 여연경 씀.

익히 눈에 익은 여연경의 글씨체이고, 대충 짐작하고 있던 내용이다. 여연경은 현극빈이 오 개월이 지나도록 추소산의 행방을 알아오지 못하자 직접 그를 찾아나서기로 마음먹은 것이다.

'크윽, 아가씨…….'

편지를 든 현극빈의 손끝이 미미하게 떨렸다. 여연경이 청빈장을 떠난 까닭을 확인하고 나자 가슴속 깊숙한 곳에서 활화산과 같은 분노가 넘실거렸다.

슥!

편지를 본래대로 곱게 접어 품 안에 넣은 현극빈의 날카로운 시선이 손창범을 향했다.

"그래서 손 장주는 어떤 조치를 취했소이까?"

"조치라면……?"

"아가씨가 남긴 서신에 묵향이 짙게 남아 있는 걸 보니 필경 쓰여진 지 하루를 넘지 않았을 것이오. 아가씨를 찾기 위해 어떤 조치를 취했을 것이 아니오!"

"그거라면…….''

손창범이 이마에 땀방울마저 송송 만들어내며 현극빈에게 설명했다, 여연경이 청빈장을 떠난 걸 안 이후부터 자신이 취한 일에 대해서.

"…그런데도 행방이 오리무중이다?"

"그렇소이다. 그래서 지금부터 노부가 직접 아가씨를 찾아나서려고 생각 중에 있었소이다."

"흥, 처음부터 그러진 않았군."

나직한 냉소로 손창범의 노안을 붉어지게 만든 현극빈이 지그시 발끝에 내공을 실었다.

콰직!

현극빈이 딛고 있던 청석 대여섯 개가 비명을 지르며 산산조각 났다. 발바닥 밑에 직접적으로 붙어 있던 청석뿐 아니라 그 주변의 것들까지 박살 내는 신기를 보인 것이다.

'현 대주의 내공은 이미 화경(化境)에 이르렀구나, 내가기공을 저리 자유자재로 내뿜을 수 있는 걸 보니…….'

손창범이 내심 한숨을 내쉬며 현극빈에게 말했다.

"아가씨가 천금임을 노부가 어찌 모르겠소이까? 혹여라도 무슨 문제가 생긴다면 현 대주가 손을 쓰기 전에 노부 스스로 책임을 물을 것이외다."

"그 책임은 막중할 것이오."

"명심하겠소이다."

"반드시 명심해야 할 것이오!"

쐐기를 박는 한마디를 남긴 현극빈이 바로 신형을 돌렸다. 여연경이 홀로 강호를 떠돌고 있을 걸 생각하니 속이 새카맣게 타는 느낌이었다. 한시라도 청빈장에서 낭비할 시간이 있을 리 없었다.

팟!

현극빈의 모습이 눈앞에서 사라진 순간 손창범의 수장이 옆에 있는 기둥을 찍었다.

콰득!

기둥에 깊숙한 장인(掌印)이 찍혔다. 패천도문 내의 서열을 떠나 자신보다 스무 살은 어린 현극빈에게 일방적으로 당한 손창범의 심중에 인 분노의 무게와 동일한 깊이였다.

"건. 방. 진. 녀. 석!"

손창범은 백염을 떨며 중얼거리곤 다시 기둥에 수장을 날렸다. 여전히 노기가 가시지 않았음이다.

퍼퍼퍼퍼퍽!

손창범의 쌍장이 기둥을 연달아 두들겼다. 그리고 그때마다 터져 나오는 타격음.

뚜뚝!

손창범의 쌍장에 몇 번이나 타격을 입은 기둥의 중간이 갑자기 두 동강났다, 거짓말처럼.

청빈장의 대청을 받치고 있던 최 중추의 기둥이 부러진 것이다.

우드드드드드!

부러진 기둥을 중심으로 엄청난 괴멸이 뒤를 이었다. 대청이 무너져 내리기 시작했다는 뜻이다.

"이런… 빌어먹을!"

손창범이 재빨리 대청 앞마당으로 뛰어내렸다.

일류고수다운 기민한 움직임.

콰콰콰콰콰쾅!

마당에 내려선 손창범의 눈앞에서 청빈장에서 가장 아름답고 커다랗던 대청이 굉음과 함께 사라졌다, 어이없을 정도로 간단하게.

"허, 허허허……."

손창범은 자신의 손으로 부숴 버린 대청을 바라보며 허탈하게 웃었다. 한순간 이성을 잃어버린 대가치고는 지나친 값을 치렀기 때문이다.

"현 대주, 아가씨는 반드시 내 손으로 되찾아오고 말겠소! 어떻게 해서든지……."

손창범의 노안에서 광망이 번뜩였다.

그 시각, 악록산 부근을 걷고 있던 여연경은 급하게 차려입은 남장이 어색한지 이리저리 몸을 뒤틀어 보였다.

새벽에 몰래 청빈장을 빠져나올 때만 해도 여유가 없어 미처 신경을 쓰지 못했는데 대충 추격자를 따돌리고 보니 여간 불편하지 않았다. 몰래 구해 입은 남자 옷이 몸에 맞을 리 없는 것이다.

'바짓단과 소매가 너무 길어서 걸을 때마다 거추장스럽고 불편하다.'

그렇다. 여연경이 대충 갖춰 입은 남장은 한눈에 보기에도 어색하기 그지없었다.

바짓단은 바닥에 질질 끌렸고, 소매 역시 양손을 덮고 있었다. 그에 비하면 축 처진 어깨나 엉덩이 쪽의 헐렁한 모양새는 극히 양호하다 해도 무방할 정도였다.

완벽하게 맞지 않는 옷을 입은 모양새.

"안 되겠다!"

여연경은 결국 자신이 계속 이렇게 강호를 돌아다닐 수 없음을 자인했다. 볼썽사나운 모양새는 차치하고 지금처럼 사람이 없는 곳을 벗어난 후 혹여라도 무공을 사용해야 할 때 문제의 소지가 많다는 판단을 내린 것이다.

이리저리 주변을 둘러보던 여연경이 길 한 켠에 놓여 있는 편편한 바위 쪽으로 향했다. 일단 반짓고리를 꺼내 대충이라도 옷을 몸에 맞춰 입으려는 의도였다.

스슥!

여연경은 먼저 겉의 장포를 벗어 어깨와 소매의 품을 줄이고, 다음엔 상의와 하의를 번갈아가며 바느질했다. 명문가의 천금이라 해도 과

언이 아닌 신분이나 바느질 솜씨가 예사가 아닌 것이 금세 옷을 줄일
수 있었다.

"후우!"

대충 옷 줄이는 작업을 끝마친 여연경이 이마를 소매로 훔쳤다.

바느질이 끝나는 순서대로 옷을 입은 터라 그녀의 지금 모습은 하의
를 벗고 상의는 모두 걸친 상태였다. 이제 바느질이 끝난 하의만 걸치
면 끝날 터였다.

한데, 그때 문제가 발생했다. 여태까지 인적이 전혀 없던 산중 여기
저기에서 갑자기 무수히 많은 웅성거림이 들려오기 시작한 것이다.

'이, 이게 갑자기……'

여연경은 길게 생각할 것도 없이 수중의 하의를 든 채 재빨리 근방
의 풀숲으로 뛰어들었다. 하의를 벗은 모습을 다른 사람들한테 들킬
순 없었기 때문이다.

여연경의 순간적인 판단은 옳았다.

후닥닥!

그녀가 풀숲에 몸을 숨긴 것과 동시에 여기저기에서 텁석부리에 흉
터로 가득한 얼굴을 한 사내들이 튀어나왔다. 협객행을 하는 동안 무
수히 많은 사마외도를 만나봤지만 진짜 보기 드물게 흉폭해 보이는 모
습들.

'산적!'

여연경은 사내들의 손에 들린 낭아봉(狼牙棒)과 구환대도 등을 살피
곤 눈에 이채를 띠었다. 사마외도와 녹림의 산적만큼 협객행의 제물로
적당한 대상은 없다. 관심이 가는 건 어쩔 수 없는 일이었다.

"그쪽에도 없냐?"

“없다! 그쪽에는?”

“썅! 있었으면 너희한테 물어봤겠냐!”

“이런, 우라질!”

서로 의미를 알 수 없는 질문과 대답을 주고받은 산적들이 가뜩이나 흉측한 안색을 와락 일그러뜨렸다. 무슨 일인지는 몰라도 굉장히 마음이 다급한 모습들이었다.

‘도대체 저 못생긴 산적들이 무슨 나쁜 일을 하려다 문제가 생긴 것일까?’

여연경은 손에 들린 바지를 입을 생각도 하지 않고 미간을 살짝 모았다. 산적들의 대단히 수상쩍은 행동에 크게 마음을 빼앗긴 것이다.

그때 여연경이 숨은 풀숲 바로 옆을 가로지르며 또 다른 산적이 모습을 드러냈다. 다른 산적들과 매한가지의 다급한 표정을 하고서.

“이 씨발 놈들아! 이런 곳에 모여서 뭘 노닥거리고 있는 거냐!”

“염 순찰님!”

“염 순찰님!”

예의 산적들이 욕을 퍼부은 자에게 일제히 허리를 숙여 보였다. 그가 바로 귀왕채의 전 채주인 염사충이었기 때문이다.

염사충이 대뜸 가장 앞에 서 있는 산적을 발로 걷어찼다.

퍽!

“어이쿠!”

산적이 죽는다고 소리 지르며 바닥에 쓰러지자 염사충이 그자를 발로 자근자근 밟았다. 죽는다는 목소리가 바로 수그러들었음은 물론이었다.

“또 죽는다고 해봐라! 해봐! 진짜 내가 이 자리에서 죽여줄 테니!”

“…….”

염사충의 발밑에 깔린 산적은 입을 꽉 다물었다. 혹시라도 잇새로 신음이 샐까 두려웠다.

염사충이 그제야 성질을 죽이며 다른 산적들에게 흉맹한 시선을 던졌다.

“그래서 추 공자의 흔적이라도 발견했냐?”

‘추 공자?’

여연경은 문득 가슴이 뛰는 걸 느꼈다. 느닷없이 추소산의 얼굴이 떠올랐기 때문이다.

산적들이 사색이 된 얼굴로 고개를 가로저었다.

아무도 시원하게 대답하는 자는 없었다.

“쌍!”

염사충이 욕설과 함께 다시 발밑의 산적을 걷어찼다. 여태까지 때렸던 것의 족히 두 배는 될 듯한 기세.

우둑!

갈비뼈가 나간 산적이 입에서 게거품을 물었다. 그 순간에도 비명을 지르지 않은 게 용타고 해야 할까?

머뭇머뭇하던 산적 중 한 명이 말했다.

“염 순찰님, 추 공자가 귀왕채에서 모습을 감춘 건 지난밤이었습니다. 그러니 이미 추 공자는 악록산을 내려간 게 아닐까요?”

“당연히 그랬겠지.”

염사충이 내뱉듯 말하자 산적의 안색이 크게 어두워졌다.

“그럼 저희들은 모두 채주님 손에 죽는 겁니까?”

“너희만 죽겠냐?”

“그런…….”

염사충의 확인을 받은 산적들이 서로를 바라보며 깊은 한숨을 내쉬었다. 일단의 극악무도한 산적들이 한 떼의 겁먹은 양 떼가 되어버린 것이다.

그때 바지를 대충 추려 입은 여연경이 숨어 있던 풀숲에서 불쑥 일어섰다. 마음속에 인 의문을 풀어야만 했다.

“산중호걸님들, 내 한 가지만 묻겠소이다!”

“…….”

염사충을 비롯한 산적들의 시선이 일제히 여연경을 향했다. 모두 뜨악한 표정들이다. 자신들의 안방인 악록산에서 낯모르는 사람에게 이런 질문을 받는 일이 그리 흔한 건 아니었기 때문이다.

“험험, 내가 묻고 싶은 건 다름이 아니라 산중호걸님들이 말씀하신 추 공자란 분에 관해선데…….”

“잡아!”

염사충의 명령이 떨어진 순간 산적들이 일제히 여연경을 덮쳐 갔다, 손에 들고 있는 낭아봉과 구환대도가 결코 장식품이 아니란 걸 확인이라도 시켜주려는 것처럼.

“이런……!”

여연경이 황당한 표정과 함께 눈살을 가볍게 찌푸려 보였다.

“어이구! 어이구!”

“나 죽네에!”

산적들의 비명 소리는 끝이 없었다. 방금 전 염사충에게 짓밟힐 때와는 전혀 달랐다. 하나같이 당장이라도 숨이 끊길 것만 같이 울부짖고 있었다.

　염사충을 마지막으로 십수 명의 산적 모두를 바닥에 나뒹굴게 만든 여연경의 얼굴에 다소 미안한 기색이 떠올랐다. 산적들의 지나치게 흉측한 얼굴에 놀라 너무 심하게 손을 썼다는 자책이 들었기 때문이다.

　'하아, 그렇지만 이 산적들은 너무 약하구나. 마지막으로 달려든 자를 제외하면 내 일 초 반 식조차 받아내질 못했으니…….'

　내심 한숨을 내쉰 여연경이 염사충 앞에 살짝 쪼그려 앉았다.

　"저기……."

　"제기랄, 허여멀건한 얼굴을 한 애송아, 쪽팔리니까 그냥 죽여라!"

　"안 죽일 건데요."

　"그냥 죽이라……. 엉?"

　여연경에게 눈을 부릅뜬 채 마구 소리를 지르던 염사충의 눈이 크게 벌어졌다. 자신의 눈앞에 내밀어진 큼지막한 금원보의 황홀한 광채를 발견했기 때문이다.

　'조, 족히 은자 백 냥은 될 듯한 크기…….'

　툭!

　염사충의 눈빛이 변하는 모습을 보고 금원보를 바닥에 떨군 여연경이 말했다.

　"이건 산중 호걸님들의 약값이에요."

　"그, 그럼 혹시 더……."

　"예, 제게 산중호걸님들이 찾아다니던 추 공자에 관해서 말해주신다면 다섯 개 더 드릴 생각이에요."

　"추 공자와는 어떤 사이신지?"

　"먼저 추 공자의 이름부터 말해주시는 게 우선일 듯하군요."

질문과 함께 여연경이 품에서 즉시 다섯 개의 금원보를 더 꺼내 들
었다. 일 년 동안 귀왕채에서 산적질을 해도 얻기 힘든 금액이었다.

"꿀꺽!"

자신도 모르게 침을 삼킨 염사충의 입가에 간사스런 미소가 떠올랐
다. 이번 기회에 귀왕채를 떠나 자립할 수 있는 기회가 생겼다는 생각
이 든 것이다.

"추 공자의 이름은……."

*   *   *

추소산은 악록산을 올랐던 때와 그다지 변한 게 없는 간소한 봇짐을
짊어지고 관도를 걷고 있었다.

여유가 느껴지는 걸음.

일단 산을 내려오는 자체가 목표였다. 특별히 목적지가 정해지지 않
은 상태인 그가 여유로운 건 어쩌면 당연한 일이었다.

'지금쯤 쌍령은 울고, 수빈 소저는 화를 내고 있으려나?'

추소산은 귀여운 소령과 새침하고 세심한 대령, 화끈하고 요염한 백
수빈을 떠올리며 피식 웃었다. 고작해야 이 년 오 개월에 불과했지만
그녀들과 정이 들 대로 들어버린 자신의 모습을 발견한 것이다.

한데, 그때 추소산이 서 있던 관도 위로 뿌연 진운과 함께 다섯 필의
기마가 모습을 드러냈다. 청빈장에서 여연경을 찾기 위해 출발한 무사
들 중 한 떼였다.

슥!

추소산이 순식간에 달려든 기마를 피해 관도 옆으로 재빨리 신형을

움직였다. 본래 달려드는 기마 사이로 신형을 날려 빠져나가려 했지만 느닷없이 머리를 노리며 파고든 직도(直刀)를 피해야만 했다.

'응?'

기마의 최선두에 섰던 청빈장의 이인자 낭도(狼刀) 남인의 입술이 꿈틀거렸다.

더러운 기분이었다.

화풀이할 대상이 필요했다.

그래서 관도 앞을 가로막고 서 있던 추소산을 발견하자 충동적으로 직도를 휘둘렀는데 전혀 손끝에 혈육을 벤 느낌이 전달되어 오지 않았다. 찜찜한 기분이 들지 않을 수 없다.

히히힝!

남인이 고삐를 잡아당기자 전력으로 관도 위를 치달리고 있던 말이 한차례 투레질과 함께 앞발을 크게 들어올렸다. 기마에 능숙하지 못한 자라면 당장 땅바닥에 나뒹굴 만한 모습.

다행히 남인은 기마에 꽤나 익숙했다.

그는 몸을 바짝 말의 머리에 붙여 땅바닥에 나뒹구는 걸 모면했다. 하지만 그의 뒤를 따르던 다른 자들까지 기마에 능숙한 건 아니었다.

"이크!"

"이런!"

나직한 경호성과 함께 세 명의 무사가 낙마했고, 나머지 한 명은 말 고삐를 잡아끌며 뒤로 크게 물러섰다. 기마 실력이 아닌 지닌 바 무공 수준의 차로 벌어진 일이었다.

말을 안정시킨 남인이 낙마한 수하들은 본체만체하고 후미에 바짝 붙어 있던 현극빈에게 허리를 굽신거렸다.

"현 대주님, 죄송합니다!"

현극빈의 시선이 냉전처럼 남인의 안면에 꽂혔다.

"까닭이 있을 테지?"

"그게……."

남인은 궁색맞은 변명을 늘어놓으려다 입을 다물었다. 그럴 필요가 없어졌기 때문이다. 관도 옆으로 신형을 피했던 추소산이 흙먼지 속에서 모습을 드러냈다.

"저노옴!"

현극빈의 눈에서 불똥이 튀었다.

그뿐 아니다.

그는 단숨에 발끝으로 안장을 박차고 추소산의 앞으로 떨어져 내렸다.

파파파팟!

흡사 매의 발톱처럼 변한 현극빈의 좌수가 매섭게 추소산의 어깨를 잡아채 갔다. 금나수라기보다는 공수탈인(空手奪刃)이라 해야 할 정도로 강력한 수법.

추소산이 그냥 가만히 보고만 있을 리 없다.

스슷!

한차례 어깨를 흔드는 것으로 신형을 뒤로 물린 추소산이 발끝으로 바닥을 살짝 때렸다.

투툭!

자신의 일수가 빗나가자 재차 손을 쓰려던 현극빈의 눈이 크게 흡떠졌다. 추소산의 발끝에 채여 날아간 한 덩이의 뿌연 흙먼지가 눈앞을 가렸기 때문이다.

"건방진!"

왼 소매로 얼굴을 가려 눈을 보호한 현극빈의 오른손 손가락 끝에
도파가 걸렸다.

스파앗!

장쾌한 도명과 함께 현극빈의 전신이 일시 백색 섬광으로 뒤덮였다.

도광백출(刀光百出)!

남인을 비롯한 네 무사의 입이 크게 벌어졌다. 평생 이와 같은 위력
의 도초를 본 바가 없었기 때문이다.

그러나 추소산은 백 개나 되는 뇌전이 떨어진 듯 눈부신 도광 속에
숨어 신형을 이동하는 현극빈의 모습을 똑똑히 확인했다. 심하다 싶을
정도로 몇 번이나 공격을 당한 터에 적당히 상대할 생각이 있을 리 없
다.

스슷!

파도처럼 쏟아지는 도광 속으로 추소산이 파고들었다.

목검을 앞세우고서.

지잉!

목검과 현극빈의 도가 중간에서 얽혔다. 직도흑룡(直刀黑龍)의 도초
와 황룡포섬의 검식이 어울림을 보인 것이다.

결과는 강력한 공명!

현극빈이 도를 들어 가슴을 방어한 채 뒤로 물러선 순간 추소산 역
시 목검을 늘어뜨린 채 옆으로 몇 보 이동했다.

두 사람 모두 상대방의 무위가 대단하다는 걸 깨달은 상태. 한 호흡
싸움의 박자를 늦추는 건 당연한 선택이었다.

"애송이, 제법이구나!"

"당신 역시."

추소산의 짧은 대꾸를 들은 현극빈의 입가에 작은 경련이 일었다.

"네 이름이 추소산이 분명할 테지?"

"날 아시오?"

"후권문에서 잠시 본 일이 있다."

"……."

추소산의 눈살이 가볍게 찌푸려졌다. 현극빈이 후권문의 두 문주와 관계된 자란 생각이 들었기 때문이다.

"복수를 하려는 것이오?"

"복수?"

"금후신마와 백원신마의 복수를 하기 위해 날 찾은 것이 아니오?"

"크큭!"

추소산이 자신을 오해했음을 깨달은 현극빈이 나직한 조소와 함께 말했다.

"후권문의 그 원숭이 녀석들 따위와 날 같이 묶다니 정말 재밌는 녀석이로구나. 나는 후권문과 전혀 관계가 없는 사람이다."

"그럼?"

"나는 여연경, 여 아가씨의 호위무사다."

'여연경이라면…….'

추소산은 후권문에서 만났던 자의소녀를 떠올리고는 눈살을 가볍게 찌푸렸다. 그녀와는 본래 어떤 원한도 없는데 갑자기 사람을 보내 목숨을 노리니 기이한 생각이 들었다.

현극빈이 추소산의 의문을 풀어주었다.

"아가씨는 오늘 갑자기 행방을 감추셨다, 네 녀석을 찾기 위해서. 그러니 너는……."

“미안하지만 여 소저와 나는 그 이후 만난 일이 없소이다. 만약 여 소저의 행방을 묻는 것이라면 나는 당신한테 해줄 말이 없다고 할 수 있소.”

“그 말이 사실이냐?”

“사실이오.”

“만약 네가 거짓말을 하고 있다면…….”

추소산이 무심히 반문했다.

“내가 당신한테 거짓을 말할 까닭이 무엇이오?”

“그건…….”

현극빈은 여연경의 정체를 밝힐 수 없어 말끝을 가볍게 흐렸다.

그러자 두 사람의 대화를 줄곧 귀담아듣고 있던 남인이 눈에 살기를 담고서 느닷없이 추소산에게 달려들었다.

“이 건방진 놈이 감히 어느 안전이라고!”

파앗!

남인의 직도가 추소산의 인후를 노리며 매섭게 파고들었다.

반드시 목숨을 빼앗겠다는 의도가 깃든 살도(殺刀).

추소산의 목검이 아래로 향했다가 곧게 앞으로 뻗었다. 종상벽하에서 폐음소음으로 이어진 이검 연환.

따닥!

추소산을 노리던 직도가 반대편으로 퉁겨 나간 것과 동시였다. 오히려 자신의 인후를 목검에 직격당한 남인의 머리가 크게 뒤로 젖혀졌다.

“크억!”

턱뼈가 산산조각난 남인이 크게 휘청거리며 뒤로 몇 걸음 물러서다 바닥에 털썩 주저앉았다. 눈이 반쯤 돌아간 게 충격으로 인해 절반쯤

의식을 잃어버린 모습.

"함부로 칼을 휘두른 벌이오!"

추소산의 말이 떨어진 순간 남인의 수하들인 무사들이 분분히 병장기를 꺼내 들었다. 상관인 남인의 무위를 믿고 있다가 뒤늦게 반응을 보이기 시작한 것이다.

"이, 이 찢어 죽일 놈!"

"처죽일 놈!"

무사들 중 한 명이 부상당한 남인을 뒤로 끌어내자 세 명이 추소산에게 살기 어린 시선을 던졌다. 당장에라도 뛰어들 듯한 기세.

현극빈이 냉막한 목소리로 일갈했다.

"물러서라! 네 녀석들이 상대할 자가 아니다!"

"그, 그렇지만……."

머뭇거리는 무사 한 명을 현극빈이 발로 걷어찼다, 생사를 개의치 않고서.

콰득!

동료가 애꿎게 말 한 마디 잘못했다가 현극빈에게 얻어맞자 나머지 무사는 황급히 좌우로 흩어졌다. 그들은 더 이상 반 마디도 내뱉지 않았다.

까닥!

머리를 한차례 옆으로 뉘었다가 바로한 현극빈이 추소산에게 살기 어린 미소를 던졌다.

"방금 전 내 도를 받아낼 때만 해도 우연이겠거니 했는데 자네가 익힌 검법에는 도초를 상대하는 비법이라도 있는 것 같군 그래."

'자네라? 그래도 애송이에서 격상된 거라고 생각해야 하는 건가?

내심 쓰게 웃은 추소산이 목검을 슬쩍 밑으로 내려뜨린 채 말했다.

"그렇소. 내게는 천하의 어떤 도초(刀招)든 부술 수 있는 검식(劍式)이 있소."

"도초를 부수는 검식이 있다?"

"그렇소."

"정말이냐?"

"믿지 못하는 것이오?"

"지랄!"

현극빈이 욕설로 대답을 대신하자 추소산이 유쾌한 표정으로 웃어 보였다.

"세상에 그런 게 어딨겠소? 당신은 손에 든 도로 내 검을 시험해 보시오!"

"……."

추소산이 땅을 가리키고 있던 목검을 슬쩍 들어올리자 현극빈이 이를 부드득 갈며 애도 혈야혼(血夜魂)에 잔뜩 내력을 쏟아 넣었다. 과거 여연경에게 말했던 바와 같이 추소산의 무공이 결코 자신보다 떨어지지 않는다는 판단을 내린 것이다.

『만검조종』 2권에 계속…

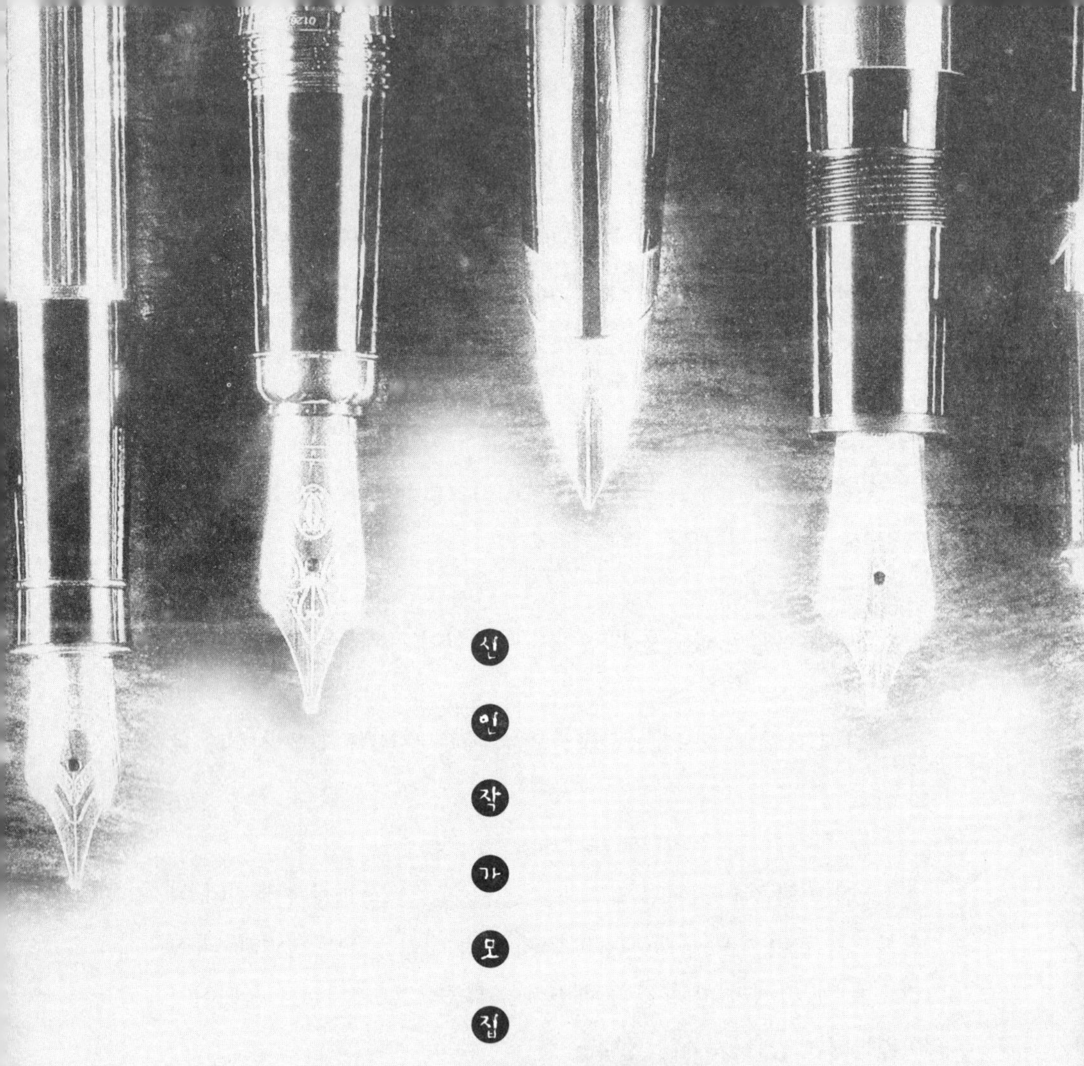